傘で子育て中

雨月夜道

幻冬舎ルチル文庫

CONTENTS ✦目次✦

相合い傘で子育て中

✦カバーデザイン＝久保宏夏(omochi design)
✦ブックデザイン＝まるか工房

イラスト・金ひかる✦

露と答えた、そのあとは

真っ暗闇の中、さあさあと静かで柔らかな音が響く。

全てを包み込むような、「こちらにおいで」と優しく手招きしてくるような、そんな音。

聞き覚えがある。この音は――。

『……ねえ。あれ、死んでいるのかしら？』

今度は、声が聞こえてきた。いやに不明瞭《ふめいりょう》で上手《うま》く聞き取れないが、多分女の声。

『自動車に撥《は》ねられたんだ。死んでるだろ。すごい音がしたし、血もたくさん出てる』

『あんなに小さいのに……まだ七、八歳くらいだろ？』

『でも、どうしたのかな。突然道路に飛び出して』

他にも色々聞こえてくる。というか、子どもが自動車に撥ねられた？

（かわいそうに。はやく、おいしゃさんにつれてって……あれ？）

体を動かしかけて、清二《きよじ》は己《おのれ》の異変に気がついた。

体が全然動かない。感覚さえない。不思議に思って瞬《またた》いてみると、真っ暗だった視界に光が差し、濡《ぬ》れた石畳の上に転がる手が浮かび上がる。

枯れ枝のように瘦《や》せ細り、垢《あか》と汚れで黒ずんだ肉刺《まめ》だらけの小さな手。

これは、自分の手だ。「なんて汚らしい」「小さすぎて何も持てそうにない、役立たずの手」と散々馬鹿にされた手。その手も石畳も赤く濡れている。これは、血？　では、まさか――。

（じどうしゃにひかれたのは……おれ？）

なぜ、そんなことに？　混濁した頭で思い出してみる。

確か、今日は人買いに連れられて遊郭《ゆうかく》へ行った。何でも、そこは変わった趣味の客が使う店だから、お前のような学なし不細工ガイコツでも買ってくれるはずだと言われて。

それなのに、やっぱり今日も自分だけが売れ残ってしまった。人買いがタダでもいいから引き取ってくれと食い下がってなお、断られるというおまけつきで。

人買いに連れられて故郷を出て以来、初めて涙が込み上げた。

（とうちゃんたちにうられたときは、はちえんでかってもらえたのに）

人買いが飯屋で昼餉《ひるげ》をすませるのを軒下で待ちながら、泣くのを必死に堪《こら》える。

その時、何かもこもこしたものが足に触れてきた。見ると、こちらを見上げる黒猫と目が合ったものだから、はっとした。

『くろっ？　おまえ、くろなの……っ』

昔仲良くしてくれた猫の名を呼び伸ばした手を、思い切り引っかかれる。

よく見ると、確かに同じ黒猫だが、艶《つや》やかで美しい黒い毛や、細身ながらも程よく肉がついたしなやかな体は、いつも腹を空《す》かせ、痩せ細っていた「くろ」とは似ても似つかない。

『ご、ごめんなさい。まちがえちゃった』

眉をハの字に下げ、しょんぼりと座り直す。すると、またもこもこした感触を足に覚える。

黒猫が体を清二の足にすり寄せ、ごろごろと喉《のど》を鳴らしている。

そんなことをしたら綺麗《きれい》な毛が汚れるよと言ってもやめようとしない。

ひとしきり体を擦《こす》りつけた後、猫は清二にぴったりと体をくっつけて丸くなり、そのまま目を閉じてしまった。

(さっき、ひっかいてきたくせに。きぶんやさん)

でも、かすかに感じる猫の柔らかな温《ぬく》もりが、いやに身に染みた。

この街に来て、殴られる以外で近づかれたことなどなかったから。ということもあるが、くろも清二が落ち込んでいると、こんなふうに寄り添ってくれたことを思い出したのだ。

(くろ。いま、どこにいるかな)

ちょうどこんな雨の降る日に、いなくなってしまったくろ。

暗い雨空を見上げ、ぼんやり思っていると、猫が顔を上げて、あたりを見回し始めた。

おもむろにすっくと立ち上がり、雨の中一目散《いちもくさん》に駆け出す。

その行く先が、馬車や自動車が行き交う道路だったものだから、清二は思わず「くろっ！」と叫んで、石畳の地面を蹴った。

何も考えていなかった。ただ、今にも轢《ひ》かれそうな猫めがけて無我夢中に駆けて……と、そこまで考えて、ようやく合点《がてん》がいった。

(……そっか。それでおれ、ひかれたのか。……あのねこ、どうなっただろう)

ちゃんと、無事でいるだろうか。頭は動かないから視線だけを動かし、探していると、

『おいっ！　何やってんだっ』

野次馬《やじうま》たちのざわめきを遮り、一際《ひときわ》大きな声が耳に届いた。

人買いの声だ。毎日暴言を浴びせ殴ってくるけれど、いつも売れ残る自分を見捨てず、日に一回残飯でも恵んでくれて、問屋、鉱山の町などあらゆる店に清二を連れ歩いて、根気強く売り込んでくれる人。

（ひとかいさん。めんどうをおこして、ごめんなさい）

謝ろうとしたが、人買いは清二を素通りし、清二を轢いた運転手に詰め寄った。

『うちの商品になんてことしてくれたんだ。きっちり落とし前は払ってもらうからなっ』

『落とし前？　ふざけるな！　このガキは自分から俺の車の前に飛び出してきたんだ。周りの奴らも見ているはずだ』

『！　自分からっ？　なんで、そんな』

『あんたからの仕打ちに耐えられなかったんだろ？　こいつが着てるぼろ雑巾《ぞうきん》みてえな着物や、生傷だらけの体見りゃ一目瞭然《いちもくりょうぜん》だ！』

（あ……ちがいます。ねこが、いたんです。くろによくにた、かわいいねこ。そのこが、じどうしゃにとびこんでいくのがみえたから、おもわずからだがうごいて）

説明しようとした。けれど、なぜか声が出ないし、体も指先一つ動かない。そんな自分を置き去りにして、話はどんどん進んでいく。

『全部あんたのせいだ！　こいつを治したきゃてめえで金を出せ』

『はあっ？　なんでこんなごみに、俺が』

……ご、み？

『くそ、くそっ！　なんて面倒なガキだ。どこにも売れねえ役立たずの上に、こんな面倒起こしやがって！　こんなことなら、八円でも買うんじゃなかった！』

……ああ。

『……病院？　よしてくれ。どうせ助かりゃしない……一応診《み》せるべきだ？　馬鹿言ってんじゃねえ。それじゃあその分の治療代払うことになるじゃねえか。俺はもうこいつにびた一文払いたくないんだ。このまま死んだことにして、とっとと片づけてくれ』

（……かた、づける？　それって、どういうこと……？）

意味が分からず、清二は混乱した。すると、聞こえてきたのは野次馬たちの声。

『おい。あいつ、あの子を見殺しにする気だぞ』

『惨《むご》いな。けど、あれじゃもう助かりそうにないしな。しかたないか』

『むしろ情けかもな。ここで生かされても、どうせろくな人生じゃないだろうし』

皆、好き勝手言っている。そして、誰もその場から動かない。ただ、異様な光を宿した目でこちらを凝視してくる。

まるで、戯《たわむ》れに嬲《なぶ》った虫けらの死にゆくさまを楽しげに観察する童《わらべ》のような、無邪気で残酷な視線。そのあまりの恐ろしさに、清二は悲鳴を上げた。

（たす、けて……にいちゃん、とうちゃん……だれかたすけて！）

声にならない声で、みっともなく叫ぶ。それだけ怖かった。寂しかった。

だが、返事はない。返ってくるのは、全てを飲み込む、静かな雨音ばかり。

誰も助けてくれない。誰も、自分を必要としていない。改めてその現実を、思い知らされて、目の前が真っ暗になった。

（……ああ。こんな、ことなら、やっぱり……あめのよる、くろみたいに……）

カラン。カラン。

不意に、雨音とは違う音がした。淀《よど》みのない、小気味の良い音。

これは、足音だ。下駄の歯で石畳を打ち鳴らし、近づいてくる、颯爽《さっそう》とした足取りだ。

（もしかして、おれを……かたづけにきたひと？）

恐る恐る目を上げる。清二は目を見開いた。

男の姿が見える。歳《とし》の頃は二十代半ば。すらりと伸びた長身に、新月の夜空みたいな漆黒の髪。その髪と同じ色の着物とトンビコートを纏《まと》った、全身黒ずくめの男が、蛇《じゃ》の目傘《めがさ》を差し、鷹揚《おうよう》で優雅な歩調で近づいてくる。

一人の人間の死にゆく様を、大勢の人間で傍観しているこの異常な状況下で、まるで散歩を楽しむ風流人のように悠然と……その男の周りだけ、違う空気が流れているようだ。

ここまでもひどく変わっているが、特筆すべきは顔だ。

長い前髪から覗《のぞ》く、誰も触れたことがない新雪のように、清らかで抜けるように白い肌。どことなく高貴さを醸し出す高い鼻梁《びりょう》。

見るだけでなぜか落ち着かない気持ちにさせられる、目元涼しげな二重の艶めいた瞳と、白い肌に浮かぶ、ほんのり赤く色づいた形のよい唇。

それらがぴたりと、これ以上ないほど絶妙な位置に配された相貌《そうぼう》は、夢のように美しい。

（……て、てんにょさま？）

あまりの美しさに圧倒され、そんなことを馬鹿みたいに考えている間にも、男はトンビコートをたなびかせ、歩み寄ってきた。

清二の傍らで歩を止めると、清二が濡れないよう傘を差しかけ、肩を竦《すく》めてみせる。

『やれやれ。ここにいたのか』

よく通る低く澄んだ声は、溜息《ためいき》交じりに言った。

『君って奴は、この僕にこんな面倒をかけさせるなんて。探していたんだぞ？　ずっと』

（……へ？）

ぞんざいに言い放たれた言葉に、ぽかんとする。

探していた？　誰を？　……まさか、自分を？

ありえない。タダでもいらないと言われた自分が、こんな麗人《れいじん》に……わざわざ探すほど必要としてもらえるなんて、あるわけがない。そう、思うのに。

（だれ？　あなたさまは、だれ？　どうして、おれなんかを……っ）

尋ねようとした。しかし、ここで視界が霞《かす》み始めた。

覗き込んでくる彼の顔が掠《かす》れていく。それどころか、耳も聞こえなくなっていって――。


「……ま、って。おねがい、だから……っ！」

息を呑《の》む。彼のぼやけた白い顔が消え、陽光に照らされる茶色が視界に広がる。あれは、天井の木目？

あたりを見回すと、六畳ほどの和室が見える。家具は何も置いてなくてずいぶんと殺風景だが、体にかけられている布団は、細やかな刺繍《ししゅう》が施された上等なものだ。寝心地も、ふかふかですごく気持ちいい。ちくちくして硬い茣蓙《ござ》とは全然違う。

体のほうも手当てだけでなく、どんなに擦っても落ちなかった垢や汚れも、綺麗に落とされていて、清二はますます混乱した。

（ど、どうして、おれなんかに、こんな……）

呆然《ぼうぜん》としていると、「みゃあ」という愛らしい鳴き声が耳に届く。

襖《ふすま》を前足で器用に開け、黒猫が部屋の中に入ってきた。

「！　おまえ……あのときの……」

尋ねると、近づいてきた黒猫は清二の顔を覗き込み、肯定するように鳴いた。

「そっか。よかった。ぶじだったんだ……あ」

思わず伸ばした掌《てのひら》が、ひらりとかわされる。だが、猫はまたすぐに駆け寄ってきて、清二の手を前足で突《つつ》いてくる。どうやら、遊んでやろうと言ってくれているらしい。

「ハハ。ありがとう。……ねえ。おまえ、ここのねこ？」

ここは、あの人のお家《うち》？　と、掌にじゃれついてくる猫と戯れていると、

「起きたのか」

かけられた声にはっとする。このよく響く静かな声、あの人の声だ！

「は、はいっ！　おかげさまで……っ」

息を止める。すぐ近くに、秀麗な白い顔があったせいだ。

顔が火をつけられたように熱くなり、心の臓が痛いほど高鳴って、清二は狼狽《ろうばい》した。

なぜ、この人の顔を見ると、こんなにも落ち着かなくなるのだろう。今まで、こんなこと一度もなかったのに。

（きっと、このひとがきれいすぎるせいだ。ぜったい、そう！）

きゅうきゅう痛む胸を擦っていると、相手は清二のそばに正座し、腕を組むと、細く形の良い右眉をわずかに動かした。

「何か？」

「！　あ、いえ。ご、ごめんなさい。なんでもありません。えっと、その……」

（わ！　まゆげがうごいた）

些細《ささい》な所作にさえしどろもどろになる。でも、とにかく、まずは助けてもらった礼をと思い、頭を下げようとすると、ゆったりとした優雅な所作で掌をかざされる。

「……へ？　な、なにか」

「礼は結構。感謝されたくて助けたわけではないし、君がどんな感謝の言葉を並べ立てるのかも、全く興味がないのでね」

静かに淡々と、だが容赦なく言い放たれた言葉に、清二はぎょっとした。

「え……あ。そ、そう……ですか。でも……いえ。なんでも、ないです」

今にも感謝の言葉を口にしそうな唇を、きゅっと噛《か》みしめる。

本当はお礼を言いたくてしかたないけれど、はっきりいらないと言っているものを押しつけるのは嫌がらせだ。とりあえず今は我慢しよう。と、感謝の言葉を飲み込んでいると、

「二つだ」

相手がまた、短い言葉で端的に告げてくる。清二もまた「へ？」と間の抜けた声を漏《も》らすと、相手の眉間《みけん》に皺《しわ》が寄る。

「僕は今、君と悠長に話している暇がない。よって、二つだけ質問に答えてやる。さっさと

「質問したまえ」

「ええっ？　い、いきなりそんなことといわれても……それに、ふたつだけなんて」

「一分経《た》っても何も出ないようなら、質問の受け付けを締め切る」

そら、早くしたまえ。懐《ふところ》から取り出した懐中時計を見遣《みや》り、ぞんざいに急《せ》かしてくる。

清二はますます慌てた。どうしよう。何を聞けばいい。

現在の場所。自分を助けた理由。彼の名前。彼の素性。駄目だ。たくさんありすぎて、とても二つに絞れない。だったら――。

「じゃ、じゃあ、いちばんききたいこと……お、おれに、なにか、ごようですか？」

「……何？」

「あ、あ……さっき、あなたさまはいいました！　『こんなところにいたのか。ずっとさがしてた』って。それって、おれになにか、ごようがあったからですよね？　だから」

「ない」

「……え」

「君に用などない。用があったのは」

彼女だ。と、彼は前足を舐《な》めている黒猫を一瞥《いちべつ》した。

「あの時、彼女は君のそばに蹲《うずくま》って欠伸《あくび》をしていたんだ。人に散々探させておいて、何をしているのかと……つまり、あの言葉は彼女に対してのもので、君に向けた言葉じゃない」

淡々と告げられる。瞬間、なぜだろう。胸の奥がぎゅっと締めつけられるように痛んだ。彼とは会ったことがないのだから、あんな言葉をかけてもらえるわけがないと分かっていたはずなのに。

自分の反応が理解できず、固まってしまう。

ふと、手の甲にかすかな痛みを覚え、我に返る。見ると、清二の手に前足をチョンと乗せてこちらを見つめる猫がいたものだから、清二はくしゃりと笑った。

そうだ。彼に必要とされたわけでなかったが、それでも……。

「おまえ、あのとき、ずっとそばにいてくれたの？」

話しかけると、猫が肯定するように一声鳴いたので胸がいっぱいになった。

「きづかなくてごめん。でも、ありがとう。そばにいてくれて……えっと、このこ、なんておなまえなんですか？」

「……知りたいのか？　……夜叉丸《やしゃまる》だ」

「やしゃまる！　わあ、かっこいい！　……って！　ええ？　おんなのこなのに、どうして」

「打ち切りだ」

「……へ？」

「僕はもう、君の質問に二つ答えた。よって、もう質問は受け付けない」

清二は「あっ」と声を上げた。しまった。ついうっかり！　何という大失敗……いや。

少なくとも、彼が自分にかけてきた言葉の謎は解けた。この猫があの騒ぎの中でも自分に寄り添ってくれる優しい子で、雌《めす》なのに名前が夜叉丸で、彼の飼い猫であることも分かった。

（うん！　ふたつのしつもんで、こんなにいっぱいわかった！）

指を折って分かったことを一つ一つ数え、痩《こ》けた頰《ほお》を綻《ほころ》ばせていると、「おい」と低い声がかかる。顔を上げると、こちらを凝視する彼がいたものだから、清二は首を傾《かし》げた。

「あれ？　おしごと、もどらなくていいんですか？」

質問に二つしか答えられないほど忙しいと聞いていただけに訊《き》き返すと、彼の目がかすかに見開いた。

「君は……いや」

言葉の途中で、彼は口を閉じた。しばし思案げに長い睫毛《まつげ》を伏せた後、再びこちらに目を向けてくる。心なしか、先ほどより表情が剣呑《けんのん》な気がする。

「では、僕が君に知っていてほしいことを伝えておく。君をこうして引き取った以上、怪我《けが》が完治するまで責任を持って面倒を見る。奉公先なり里親なりも世話しよう」

「そ、そんなことまで、もうしわけないです……」

「だが、僕がこうして君を助けたのは、彼女を庇《かば》って負傷した君にあのまま死なれたら寝覚めが悪いからだ。君自身には何の興味もない。名前を覚える気すら起きないくらいにね」

「……っ」

「僕に取り入ろうだなんて無駄なことは考えず、怪我を治すことだけに専念するように」

何の感情も見えない表情と声で冷然と告げられ、清二は限界まで目を見開いた。

そのまましばらく固まっていたが、ふと目をぱちくりさせると、視線を落とし、まじまじと自分の体を見た。

今まで、こんな容赦のない言葉を幾度もぶつけられた。そんな言葉を言う人間はえてして、行動にも容赦がなく、人とは思えぬ扱いをしてくることが常だった。

それなのに、この人は今まで出会った誰よりも上等な扱いをしてくれる。

……変な人。こんな人、初めてだ。と、首を捻《ひね》っていると、

「ぎゃああ！」

つんざくような男の悲鳴が轟《とどろ》いたものだから、清二は細い肩を震わせた。

「やれやれ。騒がしいな」

まるで慌てた様子もなく立ち上がった彼が、襖を開ける。

清二は息を呑んだ。がたいのいい洋装姿の男が、赤い縄で亀甲縛りをされて、畳の上でもがいている。

「お、お願いです、先生。僕には、もう無理です。勘弁して……」

「何を言うんだい、田島《たじま》君」

涙目で哀願する男……田島に、彼……先生は冷ややかに返す。

「まだ始めたばかりじゃないか。意気地《いくじ》のないことを言うんじゃあないよ」

「そ、そんなこと言ったって……後生です。早く解いてください。縄が喰《く》い込んで……こんな痕《あと》、妻に見られたら……わっ！」

先生に哀願していた田島は、口をあんぐり開けている清二を認め、また悲鳴を上げた。

「その子、目を覚ましたんですかっ？　あ……ぼ、坊や！　お兄さんたちはね、別にいかがわしいことをしているんじゃないよ？　これは、先生が今回の話で使う、縄抜け仕掛《トリック》が本当に可能かどうか実証する、立派な仕事の一環で」

「とりっく？」と、清二が瞬《まばた》きすると、田島は勢いよく頭を上下させた。

「そ、そうなんだ！　お兄さんはこの秋月《あきづき》大先生様を担当する編集者だ。それで……」

「先生ぇっ！」

また別の男の声が上がり、眼鏡の男が部屋に駆けこんできた。

その男も、ひどく異様な格好をしていた。洋装姿に、なぜかカフエの女給が着ているような、フリフリのついたエプロンをつけている。

そして、抱えているのは……ぷっくりした赤いほっぺと、くりっとしたどんぐり眼《まなこ》が愛らしい、一歳くらいの男の子。

「何なんです、この子！　おしめを替えようとしたら、突然小便をひっかけてきて」

「長谷川《はせがわ》君、なんてことをしてくれる。僕がせっかく買ってやったエプロンを。僕への感謝の念が足りないな」

「！　いや、これは不可抗力ですよっ。あんな不意打ち、避《よ》けられるはず……わっ。田島君、どうしたんだ、その格好……ああっ」

「ぎゃああ！　長谷川君、その子避けて！　小便が顔にっ」

長谷川と呼ばれた男が、また放尿し始めた赤ん坊を振り回すものだから、そばにいた田島が悲鳴を上げ……何というか、すごい光景だ。

「君たち、子どもをあやしてくれるのは助かるが、体を張りすぎだ」

振り回されて「きゃっきゃっ」と歓声を上げる赤ん坊を横目にそんなことを言う先生に、二人は「違います！」と声を揃《そろ》えて即答した。

「煩《うるさ》い奴らだな。それより、いい加減彼に服を着せてやれ。風邪《かぜ》を引いたらどうする」

「そ、そうしたいのは山々なんですが、おしめの締め方なんて分かりませんよ」

途方に暮れた声を漏らす長谷川に、先生は器用に右眉を上げる。

「なぜ知らないんだ。あれだけうんざりするほど子ども自慢をまくし立てていた分際で」

「そりゃ、そういうことは全部、家内がやってますから。家事も大変だろうに……へへ。うちの家内は本当に働き者……」

「君のとこの原稿は後回しにする」

「そ、そんなっ！　あんまりです、先生。僕は小便まみれになるほど頑張ってるのに」

「あ、あの」

それまで呆然と事の成り行きを見守っていた清二は、おずおずと声を上げた。

「おれでよかったら、おしめ、しめます」

「！　君、おしめの締め方知ってるのかい？」

「はい。こもりのおしごと、よくやっていたので……」

「片手でできるのか」

清二の言葉を遮り、先生が三角巾で吊られた清二の左腕を一瞥してくる。清二が頷《うなず》いてみせると、先生はしばしの逡巡《しゅんじゅん》の後、「では、頼む」と了承してくれた。

「いやあ、助かったよ」

数分後、片手でも手際よく、おしめを締める清二を見て、長谷川は先生から借りた着物に着替えつつ安堵《あんど》の息を吐いた。

「今まで先生には色々押しつけられてきたけど、まさか赤ん坊の面倒を見ろと言われるとは、思いもしなくて」

「へんしゅうって、せんせえのいうこと、なんでもきかないといけないんですか？」

赤ん坊に着物を着せてやりながら尋ねると、戒《いまし》めから解放された田島が顔を近づけてきた。

「まさか。普通はこんなことしないよ。でも、売れっ子作家様に、しないなら原稿は書かないと言われるとねえ。家事だろうと、仕掛の実証実験だろうとやらざるをえない」

「せんせえは、そんなにすごいせんせえなんですか?」

「ああ。先生が書く作品、どれも必ず面白いんだ。しかもよく売れる。だから、気まぐれで〆切《しめきり》破ろうが、理不尽《りふじん》な要求突きつけてこようが、どの出版社も先生の原稿をもらおうと必死で、だから……逆さ吊りだろうが亀甲縛《きっこうしば》りだろうが『やります!』と言うしかなくて」

「僕なんか、先生に気に入ってもらえる料理を作るために、日夜自宅で研究さ。そしたら、あんなエプロン贈呈されるは、家内から『あなたは先生の奥様なのっ?』って怒られるは……まあ、妬《や》いた彼女の顔は最高に可愛かったから、それはいいんだけどね」

「……は、はあ」

(よくわからないけど、せんせえってすごいんだなあ)

小声ながらも力説してくる二人の勢いに気圧《けお》されつつ、清二がそう思っていると、長谷川が「ところで、君は」と尋ねてきた。

「あ、はい。おれ、山野《やまの》清二っていいます」

はじめまして。と、ぺこり頭を下げてみせると、長谷川たちも丁寧に自己紹介して、頭まで下げ返してくれた。こんなみすぼらしい子ども相手に。とても感じのいい人たちだと思っていると、長谷川が改まったように姿勢を正した。

「時に清二君。先生と君たちの関係は?」

君……たち? 清二が首を捻ると、長谷川は説明してくれた。

「一週間前のことだ。先生が〆切をほっぽり出して行方《ゆくえ》不明になってしまわれた。僕たちは血眼《ちまなこ》になって探したが、行方はようとして知れない。しかし二日前、ふらりと帰ってきた。手当てされた君と夜叉丸。そして、この子……伊織《いおり》君を連れてね」

「！　そうなんですか？」

「ああ。いくら君たちのことを聞いても、君のことは道端で拾った。伊織君と夜叉丸については名前以外何も教えてくれない。そのくせ、君たちの面倒を見ろの一点張りさ」

「それは……ふしぎですね」

不可解過ぎてそれしか言えない。長谷川は頷いて、重ねて質問してきた。

「本当にね、奇々怪々さ。それで、困ってるんだ。君たちとどう接したものかってね。別に、根掘り葉掘り聞く気はないよ。ただ、せめて君にどう接したらいいか教えてほしいんだ」

「見たところ農村の出みたいだけど、あの先生が連れてくるんだ。さる尊いお方の御落胤《ごらくいん》だとか、神様の化身って可能性も十分考えられる……」

「ふん。何を馬鹿なことを言ってるんだ、君たちは」

隣の部屋で茶を飲んでいた先生が、やんわりと話に割り込んできたものだから、長谷川たちは飛び上がらんばかりに驚いた。

「先生！　聞こえてらしたんですか」

「僕は耳がいいんだ。……そんなに知りたいなら教えてやる。僕は彼についての素性を何も知らないし、聞く気もない。そういう相手だ。よって、君たちの好きに扱えばいい」

ぞんざいに言われた言葉に、伊織以外の全員が目を剝《む》いた。

「せ、先生。いくらなんでもそういう言い方は」

「たじまさん、いいんです」

「君……気に病むんじゃないよ？　先生は言い方はきついが、その」

「わかってます。せんせえは、たじまさんたちが、おれがだれであろうとひどいことしない、やさしいひとたちだってしんじてるから、ああいってるんですよね？」

今度は、清二と伊織以外の者たちが目を剝いた。

「へ？　いや、それは……」

「小賢《こざか》しい奴だな」

目を白黒させる田島の声を遮り、先生がこちらを睨《にら》んできた。顔には明らかに怒気の色が浮いている。

「言ったはずだ。僕に取り入ろうだなんて、無駄なことは考えるなと」

取り入る？　何のことだろう。先生は「助けた以上責任を持って看病する」と言ってくれた。だから、信頼していない人間に任せるはずがないと思っただけ。と、弁明しようとしたが、ここで清二はあることに気がついた。

先生がつり上げた眉、今まで右だったのに、今度は左がつり上がっている。

（どうしてかな？　……あ、もしかして）

「見え透いたごますりはするな。虫唾《むしず》が走る……」

「たじまさんたちのことしんじてるってしられるの、はずかしいんですか？」

「……っ」

先生の左眉が面白いくらいつり上がる。清二は笑ってしまった。

「はは。てれやさん」

「ききき清二君っ！」

とうとう肩まで震わせ始めた先生を見、田島たちが慌てて駆け寄ってきたが遅かった。

「今日はもう書く気がなくなった。寝る」


夜。一人布団に横になった清二は、深い溜息を吐《つ》いた。

あれからつむじを曲げてしまった先生は、田島たちがどう宥《なだ》めすかしても機嫌を直してはくれず、自室に籠《こ》もってふて寝してしまった。

おまけに、後から訪ねてきた編集者に対しても「書く気がしない」の一点張り。

田島たちは他の編集者たちから、ずいぶん文句を言われていた。

それでも決して清二を責めなかったし、先生がふて寝したのは清二のせいだとも言わなか

った。それどころか、清二の体を拭き、着替えを手伝い、清二がほとんど口にしたことがない、白米の粥《かゆ》まで作って食べさせてくれた。

すごくいい人たちだ。でも、二人に優しくされればされるほど、清二は哀《かな》しくなった。家族に売られ故郷を出て初めて、こんなにも優しくしてくれた人たちに迷惑をかけてしまった。それに、先生にも……と、思いつつ、長谷川たちの言葉を思い返す。

——君は命を救ってもらったから、先生に好意的に思われていると思っているようだが……先生は、君と仲良くしたいわけじゃないんだ。先生は、筋金入りの人間嫌いだからね。先生は極力人との接触を避けている。使用人も雇わず、編集者に家事を押しつけるのも、特定の人間と毎日顔を合わせるのが嫌だからという徹底ぶりだ。

——それにね、先生は僕らとは違う。持って生まれた感性もそうだけど、生まれもね……ここだけの話、先生は元華族様なんだ。

華族。その言葉を聞いた瞬間、清二の全身から血の気《け》が引いた。

華族とは昔、国を治めるお殿様だった人たちのことだと亡き祖父から聞いたことがある。名主《なぬし》やお役人よりずっとずっと偉い。平民の、しかも片田舎《かたいなか》の百姓出の自分たちとでは、身分が違い過ぎる。話すどころか、同じ部屋にいることさえ許されない。

まさに、雲の上の人。神様みたいなものだと。

——まあ、先生はもう華族という地位を捨てていらっしゃるが、それでも僕たち平民とは何もかもが違う。一緒だと思っちゃいけない。

確かに、初めて見た時から、ずいぶん浮世離れした人だと思っていた。常人離れした美しい容貌は勿論《もちろん》のこと、全てが上品で洗練された所作。こちらの都合をまるで考えない自由過ぎる言動。独特過ぎる考え方。あんな人、初めてだ。

それでも、優しい人だと思った。優しい……恥ずかしがり屋な人だと。

だが……それは、単なる勘違いだったのか。

清二の名前を聞く気にもなれない、感謝の言葉さえもいらないと言った言葉も、こんな下《しも》下《じも》のことなど取るに足らない、どうでもいいことだと思ったから？　もし、そうなら……。

「みゃあ」

暗がりの中、愛らしい声が転がる。

こちらに近づいてくる光る二つの目が見える。夜叉丸だ。

「こんばんは。……うん？　おそとにいってたの？　ぬれてる」

ふわふわした黒い毛に、そっと鼻を押しつける。雨の匂《にお》いがした。

……雨。……濡れた黒猫。……雨の中飛び出し、二度と見つからなかったあの子。

——こんな奴、タダでもいらねえよ。

——死んだことにして、とっとと片づけてくれ。

——すまないな、清二。もうお前を、この家には置いておけないんだ。

さあさあという雨音とともに罵声が頭の中で響き渡り、胸が詰まった……その時。

「……っ」

内からせり上がってきた不快感に、清二は口元を押さえた。

これはまずい！　思うように動かない体を無理矢理起こし、廊下へと飛び出す。

そのまま縁側の雨戸を開けて、外に出ようとしたが、

「うっ！　……かはっ。……うう、ぐ」

ついに我慢できなくなって、廊下に嘔吐《おうと》してしまった。

駄目だ。ここでしては！　しかし吐き気は止まってくれず、清二はその場で吐き続けた。

ようやく吐き気が治まった頃。廊下にぶちまけた嘔吐物に混ざったご飯粒を見て、これまで……雑草や木の皮で飢えをしのぐことが常だった清二は、顔面蒼白になった。

（せっかく、たじまさんとはせがわさんが、つくって、たべさせてくれたごはん、こんなにして……せんせえのおうちのろうか、よごし……）

「何をしている」

「……っ！」

全身の血が凍りつく。こちらを少し驚いた顔で見つめる、羽織を肩にかけた寝間着姿の先生と目が合ったからだ。

「君、吐いたのか」

「み、みないでっ」

清二は思わず、嘔吐物に覆いかぶさった。

貸してもらった着物が汚れるとか、そこまで頭が回らなかった。

とにかく、この汚らしいものを……皆からの厚意をこんな形にしてしまったことを見られたくなくて、必死にかき集める。

「ごめんなさい、ごめんなさい。すぐ、かたづけます。だから、みないで。どうか……っ」

無理矢理床から引き剝《は》がされて、清二ははっとした。

「おかしな奴だな、君は。どうして謝る」

「それは……だって、せっかくいただいたごはん、こんなにして、ろうかもよごして」

「故意だというなら、ぜひ謝罪してほしいところだがね。そうじゃないだろう？　具合が悪くて戻したのだからしかたがない」

そう言ってくれたが、声音は依然無機質で怒っているようにしか聞こえない。見下ろしてくる綺麗過ぎる顔も無表情で、すごく冷たく見える。

さらに、先生が元華族だと言う事実が重くのしかかってますます委縮《いしゅく》してしまう。

「い、いいえ。……きたない。こんな……こんな、もの……っ！」

焦点の合わない目で、譫言《うわごと》のように繰り返していた清二は我が目を疑った。

突如、先生が羽織を脱いだかと思うと、それで床を汚す嘔吐物を拭き始めたからだ。

「や、やめてくださいっ。そんな、きたない……っ」

「汚くない」

震える声で叫ぶ清二に、先生はきっぱりと言い切る。

「汚くなんてない。大丈夫……大丈夫だ」

それは、「君に興味なんかない」と言ったのと同じ、温かみの欠片もない声だった。

表情も冷たさを感じるほど感情の色がない。けれど、何の躊躇《ためら》いもなく、自分の着物で嘔吐物を拭いてみせられたら、彼は本心を口にしていると思わずにはいられない。

おまけに、拭き掃除なんてしたことがないような、ひどく拙《つたな》い拭き方を見てしまうと――。

「……ううう」

気がつくと、清二は大粒の涙を流し、泣きじゃくっていた。

「うう……えっぐ。わかん、ない」

「……」

「せんせえが、わかんない。おれのこと……こざかしくて、むしずがはしるって、おもってるくせに、こんな……こんな……ううう」

つい、駄々っ子のような声を上げていた。先生が小さく息を吐く。

「君は子どものくせに、馬鹿みたいに他人の心情を気にするんだな。昨日今日会ったばかりの僕に、なんと思われようがどうでもいいじゃないか」

「……こどもじゃ、ない」

「子どもだ。七、八歳なんて、伊織とそう変わらない……」

「じゅうよんです」

ぽつりと、清二は呟《つぶや》いた。

普段なら、このことは絶対に言わない。どう見ても小さな子どもにしか見えないこんな体で、実年齢を知られたら、薄気味悪く思われるだけだから。

なぜ、正直に言ってしまったのか。自分でも分からない。ただ、何となく……今先生に嘘を吐く気になれなかったのだ。

清二の言葉を聞いた途端、新しい寝間着に着替えさせていた先生の手が止まった。そして、幼く華奢《きゃしゃ》な体を一瞥した後。

「……そうか。なら、どうしようもなく運が悪い。……僕みたいな男に拾われて」

寝間着の紐《ひも》を結びつつ、ぽつりと言った。

「へ？」と、声を漏らす清二に、先生は両の目を細める。

「僕以外の人間に拾われていたら、君は今頃安らかな心持ちで床に就けていたはずだ。それが、僕に拾われたばっかりに、眠るどころか、こうして不安に駆られて泣いている」

本当に、運が悪い。そう言った声音も、やっぱり淡々としていた。表情も、眉一つ動かない。けれど、眦《まなじり》に溜《た》まっていた涙を拭《ぬぐ》ってくれる親指の感触は、どうしようもなく——。

「あ、あの……っ」

言いかけ、口をつぐむ。赤ん坊の泣き声が聞こえてきたのだ。

「やれやれ。起きたか」

先生はいつの間にかそばに来ていたらしい夜叉丸を清二に押しつけ、立ち上がった。

「君は、彼女に寝かしつけてもらえ」

踵《きびす》を返し、歩き出す。振り返ることなく遠ざかっていく先生に声が詰まる。

先生の背中が、「何も聞きたくない」と拒絶しているように見える。けれど。

——どうしようもなく運が悪い。……僕みたいな男に拾われて。

その言葉を反芻《はんすう》させるとともに、どこまでも優しい指先の感触が残る眦に触れた瞬間、心が一気に弾《はじ》けた。

「ご……ごめんなさい！　おれが、うんがわるい、なんて、そんなことおもわせて」

「……」

「せんせいは、やさしいです。なみだがでるくらい、やさしい……あ」

溢《あふ》れる感情のまま、まくし立てていた清二は口をつぐんだ。

見えたのだ。わずかにこちらに振り返った先生の、くいっと上がった左眉が。

「別に、泣かせたいわけじゃない」

ぶっきらぼうな声でぼそりと呟くと、先生は再び前を向き、足早に行ってしまった。

遠ざかる先生の背中を、清二はぽかんと見つめていたが、先生が完全に視界から消えた後。思わず笑ってしまった。

やっぱり、雲の上の人でも何でも、先生は照れ屋さんだ。

翌日、先生は清二が嘔吐したことを心配してか、医者を呼んでくれた。

医者から清二の器官がだいぶ弱っていること、栄養失調を患っている旨を聞かされると、先生は清二の容態が安定するまで毎日往診にくるよう手配してくれた。

また、栄養失調の清二に効く献立も作らせて、伊織の離乳食と合わせてわざわざ近くの飯屋に依頼し、毎日飯を届けさせるようにもしてくれた。自分の食べる分は、相変わらず長谷川たちに作らせているというのにだ。

という内容を、清二は医者や長谷川たちから聞かされた。

あの日以来、先生は清二の前にほとんど姿を現さない。

清二が寝ている客間の前を通りかかっても、仏頂面《ぶっちょうづら》でちらりと一瞥くれるだけで、そそくさと行ってしまう。

田島たちは「気にするな」と慰めてくれたが、清二にはそれで十分だった。

仏頂面でもつり上がった左眉を見ると、礼を言われるのが恥ずかしくて逃げてるんだ、可

愛い！　と、思えたし、何より、

——先生は僕たち平民とは何もかもが違う。一緒だと思っちゃいけない。

（……うん。おれとせんせえは、これくらいがちょうど……いや、もったいないくらいだ）

だから、声をかけてもらえなくてもよかった。ただ、このまま世話を焼かれ続けるだけなのは嫌だという思いが、ふつふつと湧きあがってきていた。

優しくて照れ屋さんな先生に、少しでもたくさん恩返ししたい。役に立ちたい。

感謝の言葉さえ恥ずかしくて受け取れない先生にしてみれば、ありがた迷惑な話かもしれないが……いや。それなら、こっそり返せばいいだけのことだ。

気づかれなくたっていい。先生の役に立てれば、それで。

そう思うくらい、清二の中で先生への感謝の念と思慕の念が膨れ上がっていた。

とはいえ、ほとんど寝たきり状態である今の自分にできることなど限られていた。

先生に不慣れな家事や子守を申しつかって右往左往する編集者に対して助言したり、おしっこの不意打ちがあるから皆が嫌がるおしめの取り換えを、率先して引き受けたりする程度。

特に悔しかったのは、伊織と遊んでやれないことだ。

伊織は夜泣きがひどい。ここに来た日から毎夜、大きな泣き声が聞こえてくる。

思うに、伊織は不安なのだ。慣れ親しんだ家、家族と離れ、先生以外知り合いのいないこの家に連れて来られた上に、まともに構ってくれる人間がほとんどいないのだから。

先生もそんな伊織を不憫《ふびん》に思っているようで、連日住み込みの乳母候補を家に呼んでいるが、伊織が懐かなかったり、先生が気に入らなかったりで、なかなか決まらない。

日を追うごとに、伊織の顔から笑顔が消え、愚図《ぐず》ることが増えていく。先生も夜通し伊織をあやしてほとんど眠れないせいか、疲労の色が出始めている気がする。

それなのに、誰も二人の変化に気づかない。

それどころか、伊織は愚図って悪戯《いたずら》ばかりする可愛くない子。先生はこんな問題児を他人に押しつけるばかりの無責任男と、陰口を叩く者まで出る始末だ。

このままではよくない。二人とも可哀想だ。

乳母がやって来るまでの間くらい、伊織の不安を取り除いてやりたい。そう思った。

しかし、上体を起こすだけで精一杯の今の自分では、よちよち歩きで縦横無尽に家の中を歩き回って悪さをする活発な伊織と、目一杯遊んでやることはできない。

それならせめて、思い切り遊んでやれるようになるまでに、仲良くなっておこうと思ったのだけれど——。

「いおりくん、こっちにおいで。……はい。よくきたね。なにしてあそぼうか？」

呼んだら、よちよち歩きでやって来た伊織の頭を撫でつつ尋ねると、伊織はそばにあった玩具《おもちゃ》の山を漁《あさ》り出した。

この玩具は、清二と伊織がこの家に来た三日後に届けられた品だ。玩具はどれも高級品で、清二が見たことがないものもたくさんある。

というか、数日おきに、新しい玩具や服が送られてきている有り様で……これ、全部先生が買っているのだろうか？

判然としないが、編集者たちはそう思っているらしく「金持ちの子育ては違うな」とか「玩具を買い与えればいいってものじゃないのに」とか、色々言っている。

そんな編集者たちが、清二には不思議でしかたない。

先生は、伊織のために自分のできる限りを尽くそうと頑張っている。この山のような玩具だって、その気持ちの表れ。すぐ分かることだ。それなのに、なぜ皆分からないのだろう？

あまりにも不可解で清二が首を捻っていると、伊織が声を上げた。

「うん？　どれであそぶか、きめた……っ」

伊織が玩具の山から引っ張り出した絵本を見て、清二は固まった。

「ほんは、その……まりのほうがおもしろいよ？　だから……っ」

「アア！　アア！」

いくら他の玩具を勧めても、伊織は目移りしない。絵本をぐいぐい押しつけてくる。

押し切られて紙面を開いてみるが、駄目だ。なんて書いてあるのか全然分からない。

「えっと……これは、おじいさんだね。これは、おばあさんで……えっと」

「ぶう！　ぶう！」

挿絵《さしえ》の説明だけで何とか誤魔化《ごまか》そうとしたが、伊織は許してくれず、柿《かき》のように赤いほっぺを膨らませ、小さな両手で紙面をべしべし叩いた。

困ったな。と、清二が眉をハの字に下げつつ伊織と絵本に悪戦苦闘していると、背後から声がかかった。振り返ると、例のふりふりエプロンをつけた長谷川が立っていて、何やら冊子のようなものを差し出してきた。

「清二君、見本でよかったらこれあげるよ」

「なんですか？　これ」

「うちの出版社で作っている、手習いを教える本だ。例えば、『イ』だと……」

「あ！　いぬだ。じゃあ、このじは、『イ』ってよむんですか？」

犬の挿絵の横に大きく書かれた「イ」を指差し尋ねると、長谷川は笑って頷いた。

「そうだ。で、蠟燭《ろうそく》の絵の上に書いてあるこの字が『ロ』。花火の『ハ』に、人参《にんじん》の『ニ』……と、こんなふうに、絵に描いてあるものの頭《かしら》文字が、その文字の読み方になっている。どうだい、分かりやすいだろう？」

「はい！　でも、いいんですか？　こんなにいいもの、いただいて」

冊子を抱えて恐縮する清二に、長谷川は首を振った。

「いいんだよ。君には伊織君の子守や家事で世話になってるし、この本の感想をぜひ聞きたいんだ。この本は君と同じくらいの歳の子に使ってもらうために作ったものだから」

「え？　……あ。は、はい」

君と同じくらいの歳。その言葉に曖昧《あいまい》に頷くと、長谷川は苦笑した。

「君は子どもなのに、本当に遠慮深いな。でも、まあもし気になるなら、これからも伊織君の子守を手伝ってくれないか？　それなら、とても助かる……」

「き、清二君……」

突如、頭の上から苦しげな声が響いた。今日も仕掛の実験体になっている田島だ。今回は首吊り仕掛の実験だそうで、梁《はり》から蓑虫《みのむし》のように吊るされている。

「……とき、どきでいいから、僕の……この役目も、引き受けてくれたら、手習いどころか、算術、歴史、ついでに英語の教科書も、あげちゃう……」

「ごめんなさい、たじまさん。むりです」

こうして、清二は思わぬ形で文字を習うことになった。

学校に通わせてもらえる兄が羨《うらや》ましいということさえ、口に出すことができなかったあの頃を思うと夢みたいだ。

すごくありがたいことだ。長谷川の厚意を無駄にしないためにも、伊織と仲良くなるためにも……先生が一日でも早く、夜眠れるようになるためにも頑張らないと！

その後、清二は長谷川から一通りの読み方を教えてもらい、編集者たちへのお手伝いと伊織の子守の片手間に、教科書の見本を音読した。

夜。先生が伊織を連れて寝室に入って行った後も勉強しようと思ったが、自分一人のためだけに電灯を使うわけにはいかないので、月明かりを頼りに勉強することにした。

歩くのもやっとな体を引きずって電灯が消えた室内を巡り、窓から月明かりが漏れる廊下の一角を見つけた清二は、そこに座り込み小さな声で何度も音読した。

程なくして、今度は昼間伊織に突き出された絵本を手に取ってみる。

（……これは、ろうそくの「ロ」。これが、うさぎの「ウ」。じゃあ、これは……モ、モ、タ、ロ、ウ！　……すごい！　おれでもよめた！）

初めて字を読めたことに感動しつつ紙面をめくり、本文も読んでみる。とてもゆっくりだが、読むことができる！

（すごい。こんなによめるなんて……はせがわさん、ありがとうございます！）

嬉《うれ》しさのあまり教科書を抱き締め、長谷川への感謝の想いを胸の内で溢れさせていると、

「何をしている」

弾かれたように顔を上げる。すると、伊織をおんぶ紐で背負った先生と目が合った。

「君には患者という自覚がないのか？　こんな寒いところで、治す気がないとしか思えない」

右眉をつり上げた先生に睨まれたが、清二にはそれどころではない。

（せんせえが、いおりくんをおんぶしてる！）

ものすごく似合っていない。しかも、おんぶ紐の結び方がへんてこ。可愛い！

「？　君は、何を薄ら笑っている」

「へ？　あ、あ……ご、ごめんなさい。でもおれ、このごほんがよみたくて」

先生を可愛いと思っていたとは言えず、持っていた本を突き出してみせる。

「本？　だったら、部屋で電灯をつけて読めばいいだろう。何だって、こんな寒いところで」

清二を見てはしゃぎ出した伊織を宥めるように体を揺すりつつ尋ねてくる先生に、清二はきちんと正座して答えた。

「いいえ。おれなんかが、でんとうをつかわせてもらうわけにはいきません。だから、つきあかりでよもうかなって……っ」

言いかけ、清二は目を丸くした。先生の右眉が、みるみるつり上がっていく。

「これほどひどい侮辱を受けたのは久しぶりだ」

「……へ？」

「僕のことを、たかが電灯代さえ渋る吝嗇家《りんしょくか》。もしくは、君がこんな寒いところで独り凍《こご》えようが、風邪を引こうが構わないと思う冷血漢などと。実にひどい言い様《よう》だ」

驚愕《きょうがく》する。まさか、そう解釈されるだなんて思いもしなかった。

「ち、ちがいます！　せんせえをそんなふうにおもってませんっ。ただ……おれはなんにもないへいみんで、せんせえはくものうえのひとです。いっしょじゃない。だから……っ」

「可笑《おか》しな男だな。君は」

懸命に誤解を解こうとする清二の前に跪《ひざまず》き顔を覗きこんで、先生は怪訝《けげん》そうに目を細める。

「僕の全部を見透かしたような顔で、にこにこ微笑《わら》いかけて来るかと思えば、今みたいに、僕のことを何も分かっていないようなことを言い出す。真《まこと》に以って奇々怪々だ」

「へ？　わ、わらってたって」

思い切り首を傾げると、今度は先生の左眉がわずかに上がった。

「微笑っていた。ここ一週間、僕と目が合うたびに。自覚がないのか」

覚えがない。だが、言われてみるとそうかもしれない。先生と目が合うたび、「今日も気にかけてくれて、先生は優しいな」とか、「一々左眉を上げる先生可愛いな」と、色々考えてぽかぽか心が温かくなっていたから。なんて思っていると、不躾《ぶしつけ》に顔を指差された。

「ほら、その顔だ。全く、君という奴は……とにかく、君は知るべきだ。過ぎたる謙遜《けんそん》は、相手を侮辱するだけだと」

「？　それって、どういう……っくしゅん！」

清二が盛大なくしゃみをすると、先生は肩で息を吐いた。

「言わんこっちゃない。やれやれ。世話のかかる男だ」

「！　せ、せんせえっ？」

おもむろに横抱きに抱え上げられて、清二は素《す》っ頓狂《とんきょう》な声を上げた。

「とりあえず、君の部屋へ行こう。ここは寒い」

あまりの状況に固まるばかりの清二の背を宥めるように擦《さす》りつつ、先生が歩き出す。その掌の所作はとても優しい。いや、掌だけではなくて、抱いてくれる腕も、全身を包み込む温もりも全部、何もかも優しい。

優しくて……やっぱり、不慣れでぎこちない。

そう思ったら、「自分なんかに」だとか、「雲の上の人である先生が」だとか、そういう言葉が口にできなくなってしまった。

冷え切った清二の体を抱く先生も、何も言わない。ただいよいよ深く、包み込むように清二の体を抱き込んできて、

「……よし。熱はないな。だが、こんなに冷えて……本当に馬鹿だな、君は」

ぽつりと呟かれた言葉に、鼻の奥がつんとなる。

どうして、先生に優しくされると、こんなにも泣きたくなるのだろう。

「アーア？　アウア」

先生の肩越しに覗き込んでくる伊織が、小さな掌でぺちぺち頬を叩いてきた。もしかして、また自分は泣いてしまったのか？　そう思っていると、目の前がいきなり明るくなった。先生が部屋の電灯をつけたのだ。

「よし、泣いていないな」

清二を布団の上に下ろしつつ、そんなことを言ってくる先生に、清二はどきりとした。

「は、はい。あぶなかったけど……なんとか」

「危なかっただと？　全く。なぜ君は僕の時だけ泣く。編集の連中には、どんなに優しくされても愛想よく笑うだけのくせに……まあいい。とにかく、これからも堪えろ。僕は、泣き顔は嫌いなんだ」

「それって……いままで、おれにはなしかけてこなかったのは、おれをなかせたくなかったから？　はは。そんなにきをつかってくれてたなんて、せんせえはやっぱりやさしい……っ」

「時に、君」

少々乱暴に掛布団で清二の体をくるむと、先生は清二の持っている本を指し示した。

「その本を見る限り、君は字が読めないようだが、自分の名前の字も分からないのか？」

「え？　い、いえ。かけないけど、じはしってます」

「なるほど。では……」

先生はおんぶ紐を外し、伊織を畳の上に下ろすと、腰に下げている帳面と万年筆を手に取り、何やら書き始めた。

先生はこの帳面と万年筆をいつも肌身離さず持ち歩いている。田島曰《いわ》く、いいネタが思いついた時、即座に書き留めるためのものなのだそうだ。

「君の字は……もしかして、こういう字か？」

清次と書かれた紙面を見せ、先生が聞いてくる。

「うーん。……いえ、このじだけちがいます。こんなふうに、にほんせんがならんでた……あ。せんせえ。おれのなまえ、おぼえててくれた……」

「田島君たちが君の名前を阿呆《あほう》のように連呼するせいだ。不可抗力だ。それより、これで合っているか？」

いつもより少し早口に言って、先生が帳面を突きつけてくる。なので、先生の顔が見えなくなってしまった。先生の左眉が見られなくなって残念。と、思いつつも再度文字を見る。

「はい。これであってます。でも、これが……？」

先生がまた何やら書き始めた。もう一度、帳面を見せられる。そこには、清二の名前の横に、新しい文字が二つ書かれている。

「あ。これ、おれとおなじじがある！　これ、どういういみのことばなん……」

「僕の名前だ」

ぽかんと開いた口から、「へ？」と、間の抜けた声が出る。先生はもう一度「僕の名前だ」と言って、「是清《これきよ》」という文字を指し示した。

「同じだ。百姓だろうが、伯爵《はくしゃく》だろうが、子どもにつける字は同じ。そんなものだ。変わりなんてないんだよ、僕も君も。だから……」

「せんせえ！」

清二は思わず声を張り上げた。一人玩具で遊んでいた伊織が驚いたように振り返る。

「これ、なんてよむんですかっ？」

「……は？　君、僕の話を聞いていたのか……っ」

「せんせえのおなまえ、なんてよむんですかっ？」

目をキラキラと輝かせ、ものすごい勢いで身を乗り出し再度尋ねる清二に、先生は面食らったように目を見開いた。

「こ……是清だ」

気圧されるように先生が答える。瞬間、清二の顔はますます輝いた。

「そっか。これきよってよむんだ。おれと、おそろいのじがあるおなまえ。これきよ……あ」

「連呼するな」

帳面に書かれた先生の文字を見つめ繰り返していると、先生に帳面をひったくられた。

「ごめんなさい、つい……へへ。でも……おなまえ、おしえてくれてありがとうございます」

すごくうれしいです！　満面の笑みで思ったままを口にする。

できることなら、先生の口から先生の名前を聞きたいと思っていたから、本当に嬉しい。

「……ふん。名前程度で、君はいつも大げさ過ぎる。だが、これではっきりしたな」

先生がそっぽを向き、自分たちの名前が書かれた紙を丸めて屑籠《くずかご》に入れる。

何のことか分からず瞬きすると、先生はまたこちらに目を向けてきた。いや、視線どころか綺麗な顔まで近づけてきて、

「僕が雲の上の住人だの、君が平民の出だの、そんなこと君にとっては、僕の名前や、僕と君の名前に同じ字が入っていることに比べれば至極どうでもいい、取るに足らないことだ」

「……っ！」

「そうだろう？」

「え……あ。……は、はい！」

気がつくと、清二は頷いていた。

よくよく考えてみれば、先生の言っていることは間違っていると思う。

けれど、現に自分は先生の名前を知った途端、自分たちの出自を綺麗さっぱり忘れてしまったし、何より……こちらを見つめてくる先生の目が、何だか嬉しそうだったから、まあいいか……なんて、思ってしまったのだ。


それからも、清二は編集者たちへのお手伝いの合間に、絵本を読むための手習いの勉強や伊織の好きなものを探るための観察など、伊織に気に入られるよう励み続けた。

左腕はいまだ使えないながらも、起き上がれるくらい体調が回復してからは、伊織の子守を一手に引き受けた。

夜、先生が寝室に伊織を連れて行くまで、ずっとそばにいてやり、思い切り遊んでやる。

ここに来て以来、思う存分遊んでもらえたことがなかった伊織は、とても喜んでくれたし、泣くこともほとんどなかった。

やはり、泣いていたのは独りぼっちにされて寂しかったためらしい。

「独りにしないで」と言うように、手をきゅっと握りしめてくる伊織の小さな掌に、今までの孤独が透けて見えて、清二はいつもより強く伊織を抱き締めた。

それから毎日、一日中伊織と遊び、目一杯甘やかし続けた。

数日後。あんなに夜中聞こえてきた伊織の泣き声が聞こえなくなった。

愚図って悪戯をすることも徐々に減っていった。代わりによく笑うようにもなって……そうなると、伊織を可愛くない悪戯小僧と辟易《へきえき》していた編集者たちも、「笑うとこんなに可愛いんだね」と言って笑うことが増えた。

皆と笑い合ってはしゃぐ伊織の姿を見て、清二は頬を綻ばせた。少しでも、家族と離れ離れになった寂しい気持ちを、軽くしてやれたようでよかった。

これで、先生も夜ぐっすり眠れるといいな。と、思っていたのだが——。

「さて、今夜は枕草子《まくらのそうし》だ。辞書を出したまえ」

「あ、あの……せんせえ」

夜。隣の部屋に伊織を寝かしつけてやって来た先生に、清二はおずおずと口を開いた。

「手ならいのべんきょう、見てくれるの、すごくうれしいです。けど、あの……お昼はおしごといっぱいがんばって、つかれてるでしょう？　ねたほうが……」

「心配ない。僕は夜が強いんだ」

きっぱりと返された答えに、「そ、そうですか」と答え、力なく肩を落とす。

先生が名前を教えてくれた次の日。清二が一日で片仮名の読み方を覚えたことに、長谷川は「この教科書の効果はすごいな！」と気を良くして、今度は鉛筆をくれた。

鉛筆なんて触るのも見るのも初めてだった清二はすごく嬉しくて、早速一番に書けるようになりたかった文字「是清」を、屑籠からこっそり取り出した、「清二」と「是清」が並んで書かれた紙を手本に書きまくっていると、

――君。今日はちゃんと、電灯をつけて勉強しているか……っ。

様子を見に来た先生に見られてしまった。

――君は……まず一番に練習するべきは、自分の名前だろう。それに、その紙。僕が昨日屑籠に捨てたものか？　屑籠まで漁って、何を考えている。

心底呆《あき》れた声で言われた。でも、左眉がこれ以上ないほどにつり上がっていただけでなく、いつも雪のように白い頬がほんのり桃色に染まっていたものだから、何だかこっちもくすぐったい気持ちになって、清二は俯いて口をむにむにさせた。

妙に落ち着かない沈黙の後。おもむろに先生が口を開いた。

――……よし、分かった。

――へ？　わかったって、なにが……。

――手習いは僕が教えてやろう。君流のやり方では、先行きが不安だ。

あの会話の流れで、どうしてそんな結論になるのかさっぱり分からなかったが、先生はそれから毎夜やって来て、字を教えてくれるようになった。伊織が夜寝るようになってからも、変わらない。

先生に夜ぐっすり眠ってほしくて頑張ったのに、どうしてこんなことに――。

だが、「どうしてこんなことに」は、まだまだ続いた。

例えば、ある日のこと。いつものように伊織をおんぶ紐でおんぶしてお手伝いを頑張っていると、先生が客間に来るよう声をかけてきた。急いで行ってみると、ずらりと着物が並べられており、「どれでもいいから好きな物を選べ」と言われ、仰天した。

「寝間着姿のまま、家の中をうろつくのは風《ふう》が悪いからな」

理屈は分かるが、何も呉服屋を家に呼びつけなくても……。清二が呆気《あっけ》に取られ何も言えないでいると、早々に痺《しび》れを切らした先生は「面倒だ。彼に合う寸法の着物を全部くれ」と言い出し、とんでもない額の出費をさせてしまった。

また、その翌日。先生は風が悪いのは嫌い。だったら、このぼさぼさ頭もどうにかしたほうがいいだろう。じゃないと、今度は散髪屋を呼ぶと言い出してしまう。

そう思って、自分でこっそり髪を切っていると、運悪く先生に見つかってしまった。

自分で髪を切ったって失敗するだけだ。理髪師を呼ぶと案の定なことを言い出す先生に、清二は「だったら編集者の誰かに切ってもらう」と提案した。

編集者たちに面倒をかけるのは心苦しいが、先生にこれ以上金を使わせるよりはましだ。

しかし、先生は思い切り右眉をつり上げた。

「君は……僕が、田島君にも劣る不器用だと言うのか」

「ええっ？　ち、ちがいます！　おれはただ……せんせえっ？」

「問答無用。僕がどれだけ器用か、証明してやろうじゃないか」

清二から鋏《はさみ》を分捕《ぶんど》り、先生は高々に宣言した。その数分後。

「……あ」

前髪をざっくり切ってしまった瞬間、先生にしては珍しい間の抜けた声が漏れた。

結局、腕がいいと評判の理髪師が呼ばれ、また余計な出費をさせることになってしまった。

そうして、挙げ句の果てに——。

「何をやっている」

お昼時。またも先生に声をかけられて、清二は持っていた匙《さじ》を取りこぼしそうになった。

「伊織くんと、おひるごはんを食べてま……」

「嘘を吐くな。君はさっきから、一度も飯を口にしていないじゃないか」

「え？　そんなことは……」

「うん？　まだほしいの？　いいよ。はい、あーん」

清二の隣でお座りして、ひな鳥のように大きく口を開けている伊織の口に飯を入れてやると、伊織は満面の笑みを浮かべ、「う～」と満足そうな声を上げた。

だが、すぐにもう一度口を開け、「アア！　アア！」と次を催促してくる。

「え？　まだ？　はは。伊織くんは食いしんぼうだなあ。かわいい。ほら、あー……っ」

ちゃぶ台を指先でコンコン叩かれて、清二は瞬きした。

「君は医者からの言葉を忘れたのか？　たくさん食べて精をつけろと言われたはずだ」

「それは……でも、伊織くんにあげる分なんて、ほんのちょっとだし、いっぱい食べておいたほうが、夜ぐっすりねむれるから」

「そうですよ、先生」

「赤ん坊は育ち盛りなんですから、いっぱい食べさせてあげないと」

そばにいた長谷川たちも援護してくれたが、先生は納得しない。

「だったら、自分の飯を食えばいいじゃないか。まだ残っているぞ」

「よくあることですよ。人が食べてるもののほうが美味《おい》しそうに見えるってね。うちの子もそうですよ。『お父さんが食べてるそっちのほうが美味しそう』って。可愛いでしょう？」

「君の家庭事情などどうでもいい。というか、なぜ、一反木綿《いったんもめん》体型の彼の飯が、二重顎《あご》二段腹の伊織に搾取《さくしゅ》されることが是《ぜ》なんだ。僕には理解できない」

「あの、赤ちゃんはこれがふつうで、べつに太ってるんじゃ……うん？　はい、あー……っ！」

また伊織に口を開けて催促されたので、ついいつもの癖で飯を食わせてやろうとすると、茶碗と匙を取り上げられてしまった。

さらに、先生は匙ですくった飯をこちらに突き出してくるではないか。

「僕が食わせてやる。そら、口を開けたまえ」

「へ？　あ……でも、伊織くんはまだ……」

「まだ食べたいというのなら、伊織の分を食べさせたまえ。だが、これは駄目だ。これは君の飯であり、栄養失調を治す大事な薬だ」

そう言われてしまっては断れない。

「わ、分かりました。でも、じぶんでたべられるので……は、はい。じゃあ」

先生からの無言の圧力に負け、清二はおずおずと飯を口にした。途端、顔が火をつけられたように熱くなった。

何だか、無性に恥ずかしい。どういうことだ。

清二が羞恥《しゅうち》で悶《もだ》えていると、それを見た先生が両の目を細め、ふんと鼻を鳴らした。

何が、「ふん」なのだろう……と、思っていたら、その夜。

夕飯を伊織と食べようとしていたら、先生が普通に隣に座ってきて、

「そら、飯を食うぞ」

清二の茶碗を手に取り、飯を匙ですくって突き出してきた。

結局、その日から、ご飯は毎食先生が食べさせてくれるようになって……ああ。

先生の負担を少しでも軽くできたらと頑張っているはずなのに、どうして頑張れば頑張るほど先生の負担が増えていくのか。

おかしいなあ。と、腕のいい理髪師に切ってもらってさっぱりした頭を掻《か》いていると、一緒に夕飯の準備をしていた長谷川が苦笑した。

「清二君、とんだ災難だねえ」

「さ、さいなん……？」

「先生だよ。時々あるんだ。興味を示したものはとことん研究して、知的好奇心を満たす。いつもは物だとか虫なんだがね。人間は初めてだ。清二君が相当物珍しかったらしい」

「そう、なんですか？　おれが、せんせえにごめんどうをかけてるわけじゃ」

その問いに長谷川は一瞬驚いた顔をしたが、すぐに声を上げて笑い出した。

「ははは。どう考えたらそうなるんだい。面倒をかけてるのは先生のほうだよ。君が一人でしっかりやってるのに、変なちょっかい出して。少しは君の迷惑を考えるべきだよ」

「！　そんなことないです。せんせえはおれのために、いろいろきをつかってくれます」

首をぶんぶん振って否定したが、「清二君は優しいね」と頭を撫《な》でられるばかりだった。

他の編集者たちも長谷川と同じ考えらしく、「大変だね」と同情されたが、清二は非常にももやもやした。

（……ちがう。そうじゃない）

長谷川のおかげで、平仮名、片仮名の読み書きができるようになったが、それ以上のことを勉強したいと思っていた自分に漢字を教え、たくさんの本に触れさせてくれた。

服を買ってくれたのも、理髪師を呼んでくれたのも、清二の身なりに気を遣ってくれてのことだし、ご飯を食べさせてくれるのも、可愛い伊織にせがまれたらついつい、自分の飯を全部あげてしまう自分を慮ってのことだ。

先生は優しい。誰も気づかないことでも気づいて……確かに、色々間違えていたり、不器用だったりするけれど、一生懸命助けてくれる。

それなのに、皆は先生を困った人、気遣いのできない人と言う。

「こんなの、ぜったいおかしいです！　せんせえは、とってもやさしいのに！」

夜。いつものように本を片手にやってきた先生に、清二は思わず訴えた。

先生は驚いたように目を見開いたが、すぐ、わずかに左眉を上げると、清二からすっと視線を逸《そ》らした。

「君は……いや」

何か言いかけて、口を閉じる。しばしの逡巡の後、先生がこちらに目を向けてきた。

その顔には、先ほどの恥じらいは欠片もなく、ただただ人形のような無表情が浮いていた。

「僕に言わせれば、可笑しいのは君のほうだ」

「？　それって、どういう……」

「誰も、君の気苦労に気づかない」

先生がぽつりと呟いた。

「編集の奴らは君のことが好きだ。可愛い。良くしてやりたいと思っている。それなのに誰一人、君の気苦労に気づかない。それとなく指摘しても、取り越し苦労だと抜かす。不思議でしかたがない」

言葉に窮する。清二に言わせれば、なぜ先生は気づいてしまうのかが不思議でならない。苦労を隠すのは得意なはずだ。家族に、苦労ばかりかけて申し訳ないと思わせぬよう、どんなに辛《つら》くても「何でもない」と笑って、誤魔化し続けてきたのだから。それなのに可笑しいな。と、首を捻っていると、先生が息を吐いた。

「そんなものだから、僕なんかが手を出さざるをえなくなる」

「……せんせえ？」

「本当はね、滑稽だと思っているんだ。僕は皆の言うとおり、気遣いの欠片もない人間だ。真に、相手に優しくすることができない」

無感情な声音で呟かれた言葉に、清二は「そんな！」と声を上げた。

「せんせえはやさしいです！　ここにきてからおれ、いっぱいやさしくしてもらった……っ」

清二は口を閉じた。先生がそっと、指先で清二の唇を押さえてきたのだ。

「君はまるで、夜露の姫君だな」

硝子《ガラス》細工のように綺麗で無機質な瞳で呟く先生に、清二は「よつゆ？」と小さく瞬きした。

「伊勢物語の話の一つだよ。ある男がさる姫君に恋をしたが、身分が違い過ぎて、到底自分のものにすることができない。だから、ある夜。姫を浚《さら》って逃げた。逃げて逃げて、芥川《あくたがわ》という川辺に差しかかった時。草の葉に溜まった夜露を見た姫は、無邪気に問うてきた。『あれはなあに？　真珠かしら』と」

「！　そのおひいさま、よつゆを知らなかったんですか？」

思わず訊き返すと、先生は顎を引いた。

「大事にされるあまり、姫は外の世界を何も知らなかったんだ。だから、初めて見たそれを真珠のごとき宝玉だと思った。君が、僕のような男を優しいと思ったようにね」

「……っ」

「君はもう少し、甘えることを覚えたまえ。……大丈夫だ。君が望みさえすれば、皆君を大事にしてくれる」

先生の白く綺麗な指先が、ゆっくりと離れていく。その優美な所作を、清二は呆然と見ていたが、突然かあっと耳まで顔を真っ赤にして俯いた。

「……は、はずかしい！」

「……は？」

「せ、せんせえに、おひいさまみたいって、言われるなんて！」

もったいないです！　熱い頬を両手で押さえ、もじもじすると、先生は大きく目を見開いた。だが、すぐに眉間に皺を寄せ、盛大な溜息を吐いた。

「全く。君は注目する観点がいつも可笑し過ぎる」

「！　ご、ごめんなさい。つい……へへ。でも、せんせえはやさしいです。ぜったいそう」

「……おまけに頑固。どうしようもないな」

心底呆れ返った口調。でも、そっぽを向く時ちらりと見えた、つり上がる左眉に思わず笑ってしまった。途端、先生がすぐさまこちらに顔を向けてきた。

「何を笑っている」

「いえ！　なんでも。それと……おれ、やさしさくらい知ってます。とうちゃんもかあちゃんも、にいちゃんも、みんなやさしかったから」

清二がそう付け足すと、先生の顔がまたしかめっ面《つら》になった。

「君は、時々ひどく見え透いた嘘を吐くな。君の現状を考えれば……」

「きずは、ひとかいさんがつけたんです。とうちゃんたちは一度だって、おれをなぐったことないです。いつもきづかってくれて、じぶんのすくないごはんもわけてくれて、だから」

「本当か？」

念を押してくる先生に、清二はにっこり笑った。

「ほんとうです。そりゃ、いろいろさせてもらえたのは、にいちゃんだけだったけど……おれは生まれたとき、まびきされるはずだったのに、うんで、そだててもらえた。おれをまびけば、くらしはらくになるってみんなわかってるのに、がまんして。それだけで、十分」

「……」

「けど、おれはそれがなんだかもうしわけなくて……だから、かみさまにおねがいしたんです。ごはんを食べなくても平気な体にしてくださいって。そしたら、体がこの大きさでとまってくれて……かみさまも、おれのことおうえんしてくれたんです！　ハハ、すごいでしょう？　かみさまにまでやさしくされて！」

そうだ。皆優しかった。どうしようもなく、苦しくなるくらい優しかった。

何か辛いことがあるたび、皆でよってたかって、暗く淀んだ視線を向けてくるぐらいなら、いっそ罵《ののし》ってくれたらいいのにと思うほどに。

「だから……そんな、やさしいとうちゃんたちが、おれにひどいことするわけないんです。おれをうったのだって、あのまま家にいたら、おれがうえじにするから。おまえのためだって言って……しかたのないことだった」

「本気で、言っているのか？」

「はい。でも……」

　ここで、それまで保てていた笑顔が翳《かげ》ってしまう。

「わかってた。しかたがないことだって、わかってたはずなのに、おれ……とうちゃんがひとかいさんから、おれをうってもらった八円を、ありがたそうにうけとってるのを見て、あたまが……まっしろになっちゃって」

　気がついたら、自分の前に立つ家族の顔が見えた。誰一人こちらを見ていない。今まさに我が子が、弟が売られていこうとしているのに、一言声をかけるどころか、逃げるように目を背けたままで、しまいには家の中へ入って行ってしまった。

「あのとき、おれ。どんなかお、してたんだろ……」

　今でも分からない。ただ、自分がとてもいけないことをしてしまったことだけは分かる。

　あんな別れ方、したくなかった。あんなことになるくらいなら……。

「あしおともあしあともけしてくれる雨の日に、くろみたいに、いっそ……」

「バアア！」

　突然、お腹《なか》に何かがぶつかってきて、清二はくろがいなくなったあの雨の日から、意識を引き戻された。そして、清二の腹に抱きついて、こちらを見上げて笑う伊織と目が合う。

「伊織くん！　あ……おこしちゃったか。ごめん……っ」

「ア、ア、ア！　アウア、ア！」

清二の胸にしがみついて立ち上がった伊織が、清二の両頰をぺちぺち叩いてくる。

まるで、「元気出して」と励ましているようなその所作に、清二はぎゅっと胸が詰まって、思わず伊織を抱き締めた。

柔らかい温もりと、きゅっと摑《つか》んでくる掌の感触が、何だか無性に心地よくて、ほっと息を吐いていると、視界にあるものが映った。

それは、両手だった。震える右手を膝の上に押さえつける左手。

視線を上げてみると、先生の白い顔があった。それも、何だかひどく微妙な表情を浮かべていて……しまった。

「ごめんなさい、せんせえ。はなしのとちゅうで……ううん、へんなはなしして」

「……いや。それより、君は……」

「あ！　そういえば、よつゆのおひいさまは、そのあとどうなったんですか？」

先生の言葉を強引に遮り、無理矢理話題を変える。人買いに売られた日のことを思い出すと、心がズキズキと痛み過ぎて、上手くものが考えられなくなってしまう。

そうなったら、先生に迷惑がかかる。面倒だと思われる。嫌だ。それだけは嫌だ。

「おとこのひとに、よつゆのこと、おしえてもらえたんですか？　それと……」

「死んだ」

できるだけ明るい声を出して聞いた問いに、返されたその言葉。清二が「へ？」と声を漏らすと、先生はもう一度同じ言葉を繰り返した。

「死んだよ。鬼に喰われてね。彼女を守ることができなかった男は嘆き悲しみ、歌を詠《よ》んだ」

白玉か　何ぞと人の　問ひしとき　露と答へて　消えなましものを
先生が詠《うた》う。耳触りのいい艶めいた低音で、朗々と。

それを聞くと、なぜだろう。歌の意味などまるで分からないのに、胸がざわついた。

「それ、どういう……いみなんですか？」

「……そうだな。『あれはなあに？　真珠かしら？　あなたがそう問うた時、「愛《いと》おしい人。これは夜露だよ」と答えて、あなたとともに露となり、消えてしまえればよかったのに』

……あなたとともに露となり、消えてしまえれば。

清二の脳裏に、またくろの姿が過《よぎ》る。

暗い雨の中を駆けていったくろ。そのまま、雨に溶けたように跡形もなく……。

（……そうか。おれはずっと、くろのこと、こんなふうにおもってた……っ）

突如、右手首を強く握られ、清二はびくりと肩を震わせた。

「！　すまないっ」

先生が慌てたように清二の手首を握っていた手を離す。

「せんせえ？　どうかした……」

「何でもない」

先生が目を逸らした。その所作は、いつものそれとはどこか違う。照れて、と言うより……怯《おび》えて逃げるような。

本当にどうしたのだろう？　清二が戸惑っていると、先生がおもむろに立ち上がった。

「今日は、ここまでにしよう」

早口に言うと、伊織を連れて部屋を出て行ってしまった。一人残された清二は首を捻る。

「……へんなせんせえ」

翌朝、清二は身支度を整えながら、昨夜のことをもう一度思い返した。

昨日のあれは何だったのだろう。もしかして、自分は何か粗相をしてしまったのだろうか？　まだ先生の様子がおかしいようなら聞いてみよう。もし粗相があったのなら謝らないと。

そう思いつつ居間に行くと、ちゃぶ台の上に置かれた紙が目に留まった。

こんなもの、昨日あったっけ？　訝《いぶか》しく思って近づくと、「清二くんへ」という先生の文字が見えたものだから、清二は紙に飛びついた。

（せんせえが、おれにおてがみ！　それに、清二……くん！「くん」って、ついてる！）

先生は自分のことを、心の中で「清二くん」と呼んでいたのか。

口では一度も名前を呼ばれたことがないだけに、嬉しいやら気恥ずかしいやらで、清二は何度も「清二くん」の文字を読み返した。

しかしいい加減、手紙の内容を確認しなければ。と、我に返り、手紙を読み進めた。

そこには、昨日言うのを失念していたが、今日は伊織を連れて外に出なければならない。夕飯までには戻る。という旨が簡単に記されて……いや、あともう一つ。

『ついしん。ぼくのかんしがないからと言って、むりはしないように』

（……せんせえ、やさしい！　でも）

伊織と外に用事とは何だろう？　「また先生が原稿をほっぽって逃げた！」と慌てふためく編集者たちを見つつ、不思議に思っていると、

「先生、もしや伊織君の母親の元へ向かわれたのでは？」

編集者の一人が独りごちた。母親？　清二が目を瞬かせていると、その横にいたもう一人も「ああ」と声を漏らす。

「確かに、そう考えるのが自然だね。しかし、それなら何の話」

「そんなの、所帯を持つかどうかの話に決まっているだろう。あの先生が、子どもまで作った上に、預かって面倒見るぐらいご執心の女性だぞ？」

「……っ！」

「やっぱり、伊織君は先生の子だよな。他人の子どもの面倒を見るわけがないし、顔立ちもどことなく似ているし。でも、先生がそこまで思いを馳《は》せるご婦人はどんな方だろう」

「さあ。でも、相当の美人だろうね。先生は美意識が高いから」

「すると、これからは美人が僕たちを迎えてくれることになるかな？　それは嬉しい話だ」

皆、好き勝手言っている。その輪から、清二はそっと抜け出した。

一人廊下に出ると、なぜかズキズキと痛む胸を懸命に擦った。

（おかしいな。なんで……こんなに、いたいんだろう？）

悲しいことなど、何もないではないか。

自分は人に優しくできないからと人を遠ざける先生に、子どもができるほど想い合う女性がいたこと。母親がいなくて寂しがっていた伊織が、これからは母親と一緒に暮らせるようになるかもしれないこと。

全部喜ばしいことだ。それなのに、どうして――。

意味が分からず、もう一度胸を擦っていると、「おや」という声が聞こえてきた。顔を上げると、庭先からこちらを見る、初老の男と目が合った。毎日清二の往診に来てくれる医者だ。

「清二君、どこか痛むんですか？」

「！　あ、いえ。なんでもありません。こんにちは、おいしゃさま。どうぞ中へ」

胸を擦っていた手を慌てて背中に隠し、中に入るよう促《うなが》した。

「清二君。見違えるほどに良くなりましたね」

いつもの診察の最中、清二の体を診た医者はしみじみと漏らした。

「怪我もそうだが、体には肉がついて、血色もこんなによくなって」

清二は深く頷く。墓場から這《は》い出た、小汚い不細工骸骨《がいこつ》と忌み嫌われていた自分が、こんなにも小綺麗に磨き上げられ、体には肉がつき、頬には赤みが差して……鏡を見るたび自分でもびっくりしてしまう。

「せんせえやおいしゃさま、たじまさんたちのおかげです。ありがとうございます」

「うん。私はともかく、その気持ち、新しいご家族の元に行っても忘れてはいけませんよ？」

「はい！　ぜったいわすれ……え？」

新しい家族？　何のことだ。意味が分からず戸惑う清二に、医者は笑顔で言った。

「いやだなあ。君を引き取ってくれる里親の話です」

……さと、おや？

「実はね、彼から頼まれていたんです。いい里親を探してくれと。奉公先ならともかく、里親となるとねえ。難しいと思っていましたが、この愛らしい容姿と利発さがあれば大丈夫でしょう。それで……」

医者が機嫌よく話を続けているが、ぎしぎしと軋《きし》む胸の痛みが強過ぎて、途中から聞こえなくなってしまった。

自分は、聞いていたはずだ。ここにいられるのは、怪我が治るまで。その後は、先生が探してくれる引き取り先に行くことになると。それなのに、どうして今初めて聞かされたような衝撃を受けている？　どうして、こんなにも苦しい？

　自分の反応が理解できず狼狽していると、おもむろに肩を叩かれて全身が震えた。

「これはすごいことですよ。人買いに売られるような身で、いい家の養子になれるなんて」

「す、すごい……？」

「そうですよ。大人になれば、その家を継げるんですから」

　大人になる。その言葉に、清二の全身から血の気が引いた。


（……どう、しよう）

　医者が帰った後。清二は呆然と縁側に座り込んだ。

　あれから、清二は医者に訴えた。神様が体の成長を止めてしまったから、自分は大人になることはできない。だから、養子に行っても迷惑になるだけだと。

　医者は、清二の体が小さいのは十分な栄養を摂れなかったからで、これからしっかり栄養を摂れば、大きくなれると説明してきたが、「でも、十四でこの体なんです！」と、声を上げると目を瞠《みは》った。しかしすぐに笑って、十四でこの体型はありえない。君は自分の年齢を数え間違えているだけだと言って、相手にしてくれなかった。

　歳は間違えていない。学校に通っている兄が、ずっと数えていてくれたのだから。

自分がずっとこの体型のままだと知ったら、里親はどう思うだろう。
立派な跡取りが欲しくて養子にしたのに冗談じゃない。こんな役立たずはいらない。と、
また捨てられてしまう。清二をぜひ養子にと勧めた先生や医者にも迷惑がかかる。
それだけは駄目だ。そんな、恩を仇《あだ》で返すようなことはできない。
医者が駄目なら、先生に訴えて取りやめてもらおうと思った。けれど、よくよく考えてみ
れば、自分はここへ来てすぐに、自分の歳を先生に教えていた。
あの時、先生は驚きもしなければ、薄気味悪いと邪険にしたりもしなかった。ただ静かに
清二の言葉を信じて受け入れてくれた……と、思っていた。
でも、実際は信じてなんていなかった。
おかしな嘘を吐く奴だと受け流して、里親探しを進めていた。……いや、それとも、何で
もいいから清二を早くこの家から追い出したかったのか。
愛する夫人と可愛い伊織と、家族水入らずで過ごすために。
(そっか。おれ……じゃまだったんだ)
気づかなかった。今の今まで。
そう思ったせいなのか、いつものように届けられた自分専用の料理を食べると、いやに気
持ち悪く感じられて、無理して食べていたら吐いてしまった。
幸い、編集者たちは皆もう帰っていたので、清二は胸を撫《な》で下ろしたのだが、

「また、吐いたのか」

なんで、こんな時に限って先生が帰ってくるのか。

嘔吐物で汚した床を拭く体勢のまま固まってしまった清二の元に、伊織を床に下ろした先生が近づいてくる。

そこで、ある匂いが香ってくることに気づく。これは、女の人がつける香水の匂い。

（やっぱり……へんしゅうさんたちがいっていたのは、ほんとうなんだ）

二人は伊織の母親と楽しく過ごしていた。そしてもっと三人で過ごせたらいいのに。と、後ろ髪を引かれる思いで帰ってきてみれば、邪魔者の自分が粗相をしている。

先生は今、自分のことをどう思っているのか。考えるだけで居たたまれない。

「そこは僕が片づけておく。君はもう休みたまえ」

「……だい、じょうぶです。じぶんで、やります」

顔を伏せたまま声を振り絞ると、心底面倒臭そうな溜息が落ちてきて、全身が強張《こわば》る。

「大丈夫なわけがないだろう。吐くほど辛いくせに。そら、手拭《てぬぐ》いを貸したまえ……っ」

「いいって言ってるだろっ！　ほっといて！」

差し出される先生の手を振り払い、清二は嚙みつくように叫んだ。

自分との会話なんて、全部適当なくせに。とっととくいなくなればいい。邪魔だと思っているくせに、心配する振りなんかするな。そんなものいらない！

清二が常ならぬ怒声を発したせいで、びっくりしたらしい伊織が泣き出す。

先生も呆気に取られたように目を瞠っていたが、すぐに眉間に皺を寄せて立ち上がる。

「勝手にしろ」

踵を返し、泣いている伊織を抱き上げて行ってしまう。それでも、清二は振り返らなかった。どうせ、伊織にはすぐ、大好きな母親がやってくる。自分なんか、もういらないのだ。

投げやりに思いつつ、乱暴な手つきで汚物を片づける。

けれど、自分の部屋の前を通った時、あるものを見つけて瞠目《どうもく》した。

布団が敷いてある。その上には寝間着と、薬と水の入った湯呑《ゆのみ》が載った盆。

先生が、用意してくれたのだ。嘔吐した自分を気遣って……さっき、あんなにひどい態度を取ってしまったのに。

そこでようやく、清二は我に返った。震える手で寝間着を抱き締め、その場に蹲る。

「……ご、めんなさい」

嘘だ。先生が自分を邪魔だと思っているだとか、いい加減で適当な受け答えをしているだとか、そんなことは全部出鱈目《でたらめ》。

先生は優しい。ちょっと不器用で照れ屋だけど、こんな子どもの自分に、いつも呆れるくらい真面目《まじめ》に接してくれて、とても大事にしてくれる。

奉公先ではなく、里親を探してくれているのも、清二の将来を思ってくれてのこと。

この体のことも、ちゃんと考慮に入れてくれているのだろう。

分かっていた。それなのに腹が立ったのは、もっと先生や伊織と一緒にいたかったからだ。もっと、先生たちのお世話をしたい。お喋《しゃべ》りがしたい。伊織の笑った顔や先生のつり上がる左眉を見ていたい。先生たち以外の新しい家族も、約束された将来もいらない。

そんなことを本気で思ってしまうくらい、先生たちとの日々は楽しかった。

でも、先生はそうは思っていない。それが、どうしようもなく悲しい……なんて。

先生は何も悪いことはしていない。間違っているのは全部自分。

（せんせえに、あやまらないと。でも……ちゃんと、あやまれるかな……っ）

突然、ガリガリという物音が耳に届き、清二は弾かれたように顔を上げた。

『みゃあ、みゃあ』

閉めた雨戸が揺れ、外から猫の声が聞こえてくる。夜叉丸の鳴き声だ。

「あ……まってて！　今、あけるから……っ」

急いで雨戸を開けて、清二は息を呑んだ。

雨が降っている。針のように細い雨が、音もなく地面を濡らしている。

その光景を呆然と見つめていたが、ふと清二は唇を噛みしめた。

夜の雨をこうして見るのは、久しぶりだ。

家にいた頃は、雨が降るといつもこうして見つめていた。

今夜、消えるにはいい日だ。どうしようか……と。

でも今、次々と地面に落ちては消えていく雫《しずく》を見ていたら――。

白玉か　何ぞと人の　問ひしとき　露と答へて　消えなましものを
昨夜先生に教えてもらった歌が、先生の艶やかな声とともに蘇《よみがえ》って、目頭《めがしら》が熱くなった。

やっぱり、自分はここにいたい。両親のように、「お前のためだから」と別れを告げて来る先生を見たくない。それが叶《かな》うなら、あの雫のように消えてしまってもいい。

今、この雨夜に包まれたら、雫のように、くろのように消えることができるだろうか。

でも……。清二はここで、懐から一枚の紙を取り出した。先生が書いてくれた、二人の名前が並んだ紙だ。

（雨にぬれたら、この字。きえちゃうよね……）

それは嫌だな。そこまで考えて、清二は思わず笑ってしまった。

この家を出たくないから消えたいと思ったり、書き付けが濡れるのは嫌だと思ったり。

（おれ、いつのまに、こんな……わがままになったんだろ）

先生に甘やかされたせいかな？　吹き込んでくる冷たい雨に足元を濡らしつつ思った時だ。

どたどたと慌ただしい足音が聞こえてきたかと思うと、強い力で右腕を摑まれる。顔を上げると、そこには先生の強張った白い顔があった。

「せ、せんせえ？　どう、した……」

「……君が」

先生が清二の言葉を遮るようにして口を開いた。ひどく、不明瞭な声だ。

「君が、雨の日に消えたくなるのは、雨の日なら誰も自分を探し出せないからじゃない。誰も探しに来なくても、『雨のせいで見つけられなかったんだ』と、自分に言い訳できるからだ」

「……っ！」

「君は……本当は誰も信じちゃいないんだ。どれだけ優しくしてくれても、それは単なる義務や同情で、必要とはしてくれない。誰も、追いかけてきてはくれない。そう思ってる」

だから君は、誰にも見つけられない雨の日に消えたくなる。

ずばり指摘された言葉に、愕然《がくぜん》とした。

何も言うことができない。だがしばらくして、清二はくしゃりと顔を歪《ゆが》めた。

「……せんせえ、いじわる、だ」

「……」

「ずっと、きづかないふり、していたかったのに、どうして……っ」

せんせえもおれのこと、いらないくせに。と、言いかけ、清二ははっとした。

先生が、そっと……ぎこちなく、清二の小さな体を抱き締めてきたからだ。

「僕は、雨に濡れるのが嫌いなんだ」

「……へ？　それって、どういう……わ」

突然、先生は清二を抱きかかえ、立ち上がった。

「とりあえず場所を変えよう。これ以上体を冷やすのはよくない」

冷え切った清二の体を深く抱き込み、先生が歩き出す。ぐっと近くなった先生の体温に、清二は目を白黒させた。

連れて行かれたのは、先生の寝室だった。

初めて入ったそこは玩具で溢れ返っており、足の踏み場もないくらいだった。

その真ん中に置かれた、柵《さく》のついた大きな箱……確か、べびーべっどという名前だったか……の中には、布で作られた大きな文化人形を抱いて眠る伊織の姿が見える。

「日本男児のくせに、人形なんか……と、思うかもしれないが、許してやってくれ。死んだ母親の匂いが染みついたあれがないと眠れないんだ」

「！　伊織くんのかあさま、しんじゃったんですか……あっ」

寝ている伊織が煩そうに身じろいだので、清二は慌てて手で口を押さえた。

先生は玩具に追いやられるように隅に敷かれた布団の上に清二を下ろすと、向かい合うようにして腰を下ろした。

「元々丈夫な体ではなかったし、産後の肥立ちも悪くて、そのまま……二ヶ月前のことだ」

「それって、おれと伊織くんと夜叉丸がこのいえにきたころですよね？　じゃあ、せんせえが伊織くんと夜叉丸をひきとったのは、かあさまがしんじゃったから」

「それもあるが、他にも事情があって……この際だ。全部話しておく。まず、僕と伊織の関係についてだが、伊織は僕の兄、是成《これしげ》の子だ」

「！　せんせえのにいさま……じゃあ、伊織くんはせんせえのおいっこちゃん」

「そうだ。今日伊織を連れて行ったのも、是成のところだ。我慢できなくなった。伊織に会わせてくれと駄々を捏《こ》ねるから」

駄々。その単語に首を傾げると、先生は肩を竦めた。

「是成は周囲が引くほど子煩悩《こぼんのう》なんだ。この夥《おびただ》しい玩具の山を見れば分かるだろう？」

「じゃ、じゃあ、まいしゅうのようにおくられてくる、おもちゃやふくの山は……」

「是成からだ。手紙なんかほぼ毎日来てる。自分のことを忘れないように、読み聞かせてくれと……全く。泣く子も黙る陸軍大佐が何をやっているんだか」

先生が一瞥くれた先を見てみると、文机《ふづくえ》の上に置かれた分厚い封書の山が見えた。

これは、すごい子煩悩ぶりだ。でも——。

「こんなに伊織くんのこと大すきなのに、どうしてせんせえにあずけたんですか？　伊織くんはかあさまがしんだばっかりでよけい、さびしかったろうに」

「確かに、普通の父親であったならそうしただろうが、兄は違う。愛国心溢れる軍人だ」

何でも、是成は陸軍大佐というとても偉くて優秀な軍人で、それゆえに今回、遠い大陸の地に配属される任が下ってしまったのだと、先生は苦々しく言った。

大陸なるものを知らない清二が首を捻ると、先生はある本を手に取り紙面を開いた。

「いいか。僕たちが住んでいる日本國がこれ。そして、大陸がこれだ」

「ええっ？　おれたちがすんでるところ、こんなに小さいんですか？」

「そうだ。この小さな小さな島国が、この大陸を相手に戦争をしている」

「！　そう、なんですか？　で、でも、こんなおっきいのに……」

途方のない話に驚愕し、口をパクパクさせることしかできない清二に、先生は話を続ける。

「今、大きな戦争は起こっていないが、治安の面、環境の面、諸々《もろもろ》のことを考えると、家族を連れて行くことはできない。だが、千鶴子《ちづこ》……妻の寿命は残りわずか」

気のせいだろうか。「千鶴子」と呟いた瞬間、先生の目元が苦しげに歪んだような。

「兄夫婦は伊織の今後を話し合った。そして、是成が大陸での任務を終え、日本に帰ってくるまでの間、僕に伊織を預けるのが、伊織にとって一番ましだと結論を出した」

「ま、ましって……そんないいかた……」

「事実だ。あんな連中に任せるぐらいならと。……僕たちの一族はね。金儲《かねもう》けと褒められることしか頭にないんだ。そういう人間はえてして、自分以外の人間は、たとえ肉親であっても、ただの道具にしか見えない」

……道具。

「伴侶《はんりょ》は装飾品。子どもは政治の駒《こま》。後継者候補の兄弟は、殺してでも消し去りたい障害物。

利用して、陥《おとし》れて、価値がなくなれば捨てる。家族の絆《きずな》だの情だの、あったものじゃない」

「そんなっ！」

思わず声を上げる。飢えのあまり、雑草や木の皮を貪《むさぼ》るほどの極貧生活を送ってきた清二には、先生の話が理解できなかったのだ。

「まいにち、おいしいごはんをたべられて、きれいなきものきて、大きなおうちにすんで……それなのにどうしてまだお金がほしいんですか？　十分じゃないですか！」

「さてね。僕にも分からないよ。あんなものにそこまで固執して、何が楽しいんだか」

言い捨てた声も表情も、恐ろしいほどに平坦《へいたん》なものだった。

何の感情も見えない。いや、むしろ……何もない。

愛してもらえなくて辛い。駒としてしか見てくれないことに腹が立つ。そういう、本来当たり前のように抱くべきはずの感情が、何一つない。

それが何を意味しているのか分からない。けれど、自分は人に優しくできないからと、誰とも関わろうとしない先生を思うと、何だかひどく悲しい気持ちになって、清二は思わず先生の着物の袖《そで》を摑んだ。

「何だ、いきなり」と訊いてくる先生に、「なんとなく」と答えると、先生は「ふうん」と気のない返事をした。

「相変わらず可笑しな奴だ。……とにかく、僕の家はそういう家だ。伊織の母親の家も似たようなもので、そんな家にまだ赤ん坊の伊織を預けたら……。兄夫婦は、伊織を僕たちと同じ目に遭わせたくなかったんだろう」

「ぼくたち……それ、せんせえとにいさまのことですか？」

尋ねると、なぜだろう。ふと先生が視線を逸らした。

「……いや。僕と是成と、千鶴子だ。彼女は、僕たちの遠い親戚で幼馴染《おさななじみ》だったんだ」

そう言って、先生は文机から一枚の古びた写真を取り出した。

そこには、綺麗な着物を着た三人の子どもが写っている。

背が高く、愛嬌《あいきょう》のある笑みを浮かべた男の子を挟んで並び立つ、人形のように綺麗で無表情な男の子と女の子。

「真ん中で笑っているのが是成。両脇にいるのが僕と千鶴子だ」

一族で唯一《ゆいいつ》金と権力に興味のない者同士、身を寄せ合うようにして生きてきたのだと言う。

「その二人に頼まれたんだ。それに、僕が断ったら……こんなにニコニコ笑っている赤ん坊が、僕みたいな、表情の作り方さえ忘れた人形にされる。そう思ったら、子育てなんて到底無理だと分かっていても、断れるわけがなかった」

……ああ。そうか。心の中で清二は独りごちる。

人を遠ざける先生が、どうして赤ん坊を引き取ったのか。

それは、幼少期唯一心を通わせた兄と幼馴染の切なる想いに応えるため。そして、伊織の愛らしい笑顔を守るためだった。

（やっぱり、せんせえはやさしい。……でも）

子育ての経験など皆無な上に、親からの愛情を知らないという先生が、一人で子育てをしなければならない苦労を思うと心が痛む。

「……と、いうことだ。引き続き頼む」

「はい。もちろん……へ？　なにが？」

頷きかけ慌てて訊き返すと、先生は目を逸らしたまま盛大な溜息を吐いた。

「君は……僕がここまで話したんだぞ。どういう意味か分かるだろう」

いや、分からない。きょとんとするばかりの清二に、先生は苛立《いらだ》ったように舌打ちして、こちらに顔を向けてきた。気のせいか、頬が少し赤いような……。

「君には……引き続き、この家にいてほしい」

「……へ？」

清二がぽかんと口を開くと、先生はまた目を逸らした。

「伊織は、君にとても懐いているし、君がいると、家の中が妙に明るくなる。それに……っ」

ちらりとこちらに一瞥くれた先生の目が、大きく見開かれる。

「……い、いいんん、ですか？」

目からぼたぼたと涙を零《こぼ》しながら、清二は掠れた声で呻《うめ》く。

「ごめんどうかけて、これいじょう、大きくなれないおれが、せんせえのそばにいても…っ」

「意地の悪い男だな、君は」

清二の小さな体を包み込むように抱き締めて、先生が詰《なじ》る。

「僕にここまで言わせて、まだ言わせたいのか？　……必要だ。僕にも、君が必要だ。君がいてくれたら、伊織のことでも何でも、何とかなりそうな気がする。だから……っ」

耳元で囁《ささや》かれた言葉に我慢できなくなって、清二は先生に力の限りしがみついた。

「せんせえ。おれ……せんせえのそばに、いたいです。せんせえじゃなきゃ、やだ……うう」

「……そうか。だったらもう、雨の日に消えようとするな」

僕は、雨に濡れるのは嫌いなんだ。もう一度囁かれたその言葉。

その意味をようやく理解して……雨の中、傘も差さずに自分を探す先生の姿を想像した瞬間、言いようのない感情が込み上げてきて、清二は先生の腕の中で泣きじゃくった。

哀しいことなんて何もないのに、嬉しいばかりなのに、涙が止まらない。まるで、今まで我慢してきた涙が全部、溢れだしていくようだ。

先生は何も言わなかった。ただ清二を抱き締めて、頭を掻く撫で続けてくれた。

清二が泣き疲れて眠るまで、ずっと――。

だからなのか。この日初めて、雨の夜なのに清二はぐっすりと眠ることができた。

数日後。清二にとって、待ち侘《わ》びていた日がやって来た。

「おや。清二君、その左腕」

「はい！　お医者さまにギプスをとってもらったんです」

ギプスを取ってもらった左腕を大きく動かしてみせると、長谷川たちは拍手してくれた。

「おめでとう。今まで、右腕だけでよく頑張ったね」

「はい！　ありがとうございます。あ！　そうだ。せんせえにも見せて……」

「ま、待ってくれ、清二君！」

先生の仕事部屋に向かおうとする清二を、田島が慌てて止める。

「ようやく……ようやく！　先生がやる気を出して、僕のとこの原稿を書いてくださっておられる最中なんだ！　だから、どうかどうか邪魔しないで……」

「え？　そうなんですか？　じゃあ、もう少しまって……あ」

改めて自分の左手を見て、清二は目を丸くした。垢でひどく汚れている。

「あの、すみません。ちょっと、手をあらってきてもいいですか？」

どうせなら、綺麗にして先生に見せたい。

「ああ。これだと痒《かゆ》そうだね。いいよ、行っておいで。伊織君は僕たちが見ているから」

そう申し出てくれた長谷川に礼を言って、井戸へと走った。

（すごい、すごい！）

濡れた手拭いを両手で絞り、清二は興奮した。

やはり左手が使えると違う。これなら、今までよりもっとたくさん先生のために働ける。

左腕を手拭いで丹念に擦りつつ心を弾ませていると、「おい」と、興奮したハリネズミのように刺々《とげとげ》しい声がかかった。振り返ると、右眉をつり上げた先生が立っていた。

「せんせえ！　おしごと、もうおわったんですか……ふぐっ」

「君は……ギプスが取れたのなら、なぜ僕に見せに来ない。田島君たちには見せておいて」

清二の鼻を軽く摘《つま》み、そんなことを言うものだから、清二は笑ってしまった。

（なんでも一番じゃなきゃいやなんだ。かわいい）

「……何を笑っている」

「え？　あ……いえ。ごめんなさい。ふでがのってるってきいたから、そのあいだに、手をあらっておこうとおもって……っ！」

「だったら、湯を沸かしてやりたまえ。こんなに冷やして、赤くなってる」

清二の左手を両手で包み込み息を吹きかけてくるので、清二は耳まで赤くなった。

こういう、先生のさりげない気遣いが、いまだに慣れない。

元華族である先生の感覚だと、手を赤くなるほど冷やすのは大事《おおごと》なのだと、傷一つない美しい先生の白い手を見れば分かるのだけれど、それでも……これ以上ないほどに大事にされているような気がして、胸がいっぱいになってしまう。

「あ……せんせえも、てがつめたいです。さむくないですか？　……はああ」

先生のそばにいることが許された今は、余計に……本当に、夢みたいだ。怖いくらいに。

「……この手、もう大丈夫なのか？」

「へ？　はい、せんせえのおかげです。これからもっともっと、家事も子守もがんばります！」

先生の手に息を吹きかけていた清二はにっこり笑い、左手を包み込んでくれている先生の手をきゅっと握り返した。先生の左眉が、くいっとつり上がる。

「……そうか。だったら、早速一つ。明日、伊織を連れて街に出る。君も来たまえ」

「！　まち……ですか？　あ……」

震え出した右手で着物の袖を摑み、顔を俯ける。

人買いに連れられて、初めて街に行った時のことが脳裏を過る。

自分の姿を目にした人間は皆、ひどく汚《けが》らわしいものを見るように顔を顰《しか》めた。

ごみが歩いている。近づくなと吐き捨てられ、桶《おけ》の水を浴びせられたこともある。

そんな自分と街を歩いたりなんかしたら、先生や伊織も白い目で見られるのでは？　と、あれこれ考えていると、先生が右手と同じく震えている左手をぽんぽん叩いた。

「街へ行く前に、もう一つ頼まれてくれるか？」

来なさい。清二の手を引いて、先生が歩き出す。

手を引かれるままについて行くと、客間に和紙で包《くる》まれた包みと、白い箱が置かれていた。開けてみろと言われて開いてみると、恭《うやうや》しく畳まれた襯衣《シャツ》と半洋袴《はんズボン》などが入っていた。

「着てみたまえ」

「ええっ？　こ、これを？　でも……おれ……」

「なんだ。着方が分からないのか。……来たまえ」

先生が手招きしてきたが、清二はあまりのことに固まって動くことができない。先生は眉間に皺を寄せると、清二の手を取り引き寄せた。

「そら。釦《ボタン》はこうして留めるんだ。やってみたまえ。……そうだ」

洋服の着方を教えつつ、先生がてきぱき洋服を着せていく。最後に箱の中から取り出した革靴を履かせて、小さく頷く。

「よし。靴もぴったりだな。そら、見てみたまえ」

促された方向に目をやると、脱衣所の鏡が壁に立てかけられていた。

そこに、柴染色《ふしぞめいろ》の背広と半洋袴。紅色《べにいろ》の蝶ネクタイに身を包んだ少年が映し出されていたものだから、清二はますます目を見開いた。

「どうだい」

「どうって、こんな高いおようふく……おれには、もったいなさすぎる……」

「おいっ。誰かいるか」

狼狽する清二の言葉を遮り、先生が大きな声を出す。するとすぐ、隣の部屋から伊織を連れた長谷川と田島が入ってきたのだが、清二の姿を見るなり声を上げた。

「先生、この坊ちゃんはどこの……あれ？　清二君っ？　いやあ見違えたよ。ねえ、田島君」

「そ、そうだけど……あの、先生……原稿のほうは、どうなされた……」

「見ちがえたって、ほんとうですか？　長谷川さん」

顔を青ざめさせて声を震わせる田島を遮り、清二は長谷川に聞き返す。

「ああ。どこの華族の坊ちゃんかと思ったよ。でも、すごく似合ってる。ねえ？　伊織君」

「アア！　アウア！　アア！」

伊織も「似合っているよ」と言うように、満面の笑みでパチパチ手を叩いてくれるので、清二は顔を真っ赤にした。そんな清二の頭を、先生はポンポン叩いた。

「これで、僕たちと街を歩いても安心だろう？　明日は、よろしく頼む」

「先生。あの、本当に……原稿……」

こうして、清二は先生たちのお供で街に出ることになった。


翌日。清二は街に行く前からがちがちに緊張していた。

先生は何も気負うことなどないと言ってくれたが、先生が街に行くために呼んだ馬車や、石で造られた洋風建築が立ち並ぶ街並み、その中を行き交う人々。そして、擦《す》れ違う人全てが振り返るほどの見目麗《みめうるわ》しい先生……と、全てのものが自分には上等過ぎて、自分などがこんな街を歩いていいのか？　とか、もし何か粗相をして、先生に迷惑をかけてしまったら？　という不安がなかなか消えず、気が気でなかったのだ。

けれどそれは、先生に連れられて入った見世物小屋の照明がついた瞬間吹き飛んだ。

「……わあ！」

照明に照らし出された円形の舞台に、見たこともない光景が浮かび上がる。

舞台の端を、障害物を飛び越え颯爽と駆け巡る白馬たち。自分の体よりずっと小さな樽《たる》の上で逆立ちしてみせる象。牙《きば》を剝き出し猛々《たけだけ》しく吠える虎《とら》が三頭もいる檻《おり》の中に入っていく異国の道化師。何段にも積み上がっていく人の塔。

清二はそれらの光景にただただ目を瞠り、魅入られ、他の観客たちとともに歓声を上げた。

「……すごかったあ」

サーカス団の見世物小屋から出た後。開口一番呆《ほう》けたように呟いて、清二はすぐ隣にいた先生に体を向けた。

「せんせえ！　馬が！　馬がたかいさくを、こんなふうにとびこえてました！　それに、こーんな大きなぞうが、こんなふうにさかだちして！」

抱っこしていた伊織を馬や象に見立てて興奮気味に振り回す清二に、先生は真顔のまま両の目を細めた。

「そんなに、面白かったのか？」

「はい！　だって、あんなおっきなぞうが……」

「待て。長くなりそうだから、移動がてら聞く」

ぴょんぴょん跳ねる清二を制し、先生は近くで客待ちしている俥夫《しゃふ》に声をかけた。

「三人だが大丈夫か」

「はい。じゃあ、先にそちらの坊ちゃんからお乗りください」

俥夫に促され、力車《りきしゃ》に乗り込む。先生が「銀座《ぎんざ》まで」と声をかけると、力車が動き出す。

それが面白いのか、伊織は「きゃっきゃっ」と歓声を上げてはしゃぎ出した。

「せんせえ、これからどこへいくんですか？」

「そろそろ昼になるから、洋食屋にでも行こうと思ってな」

「！　ようしょくっ？　それって、あの、おれも……」

「今、洋食が食べたい気分なんだ。付き合いたまえ」

さらりとそう返されて、ぎょっとした。

洋食なんて高価なものを、自分にはもったいないという思いもあるが、洋食における作法を何も知らない自分が洋食屋なんて行ったら、粗相をしてしまうのは目に見えている。

どうしよう。オロオロ狼狽していると、先生がポンポン頭を叩いてきた。

「心配するな。いきなりビフテキを食えだなんて意地悪は言わない。オムレツライスあたりは匙だけで食えるから、君でも大丈夫だろう」

「おむれつ？　それって、どういうりょうり……あ！」

聞きかけて、清二は目を瞠った。

「すみません！　ちょっと、とまってください」

慌てて叫ぶと、力車は急停車した。清二は立ち上がり、あたりを見回す。

間違いない。この場所は、初めて先生と出会った……。

「おい。一体どうした……ああ」

周囲を一瞥し、先生は合点がいったように声を漏らした。

「すまないが、ここで降りる。代金を頼む」

「あ……せんせえ、いいんです。このまま行ってもらって」

「なに。僕がここを歩きたくなったんだ」

俥夫に代金を手渡し、先生はさっさと力車を降りた。

ガス灯が並ぶ石畳を三人で歩く。しばらくして、夜叉丸と初めて出会った路地裏に差しかかり、清二は歩を止めた。

もう一度あたりを見回す。極々普通の街並みがあるばかりだ。二ヶ月前、ここで清二が死にかけたことも、先生が颯爽と現れて助けてくれたことも……全部なかったみたいに。

「そんなものだよ」

清二の心を見透かしたように、横にいた先生が呟く。

「人間一人どうなろうが、世の中は変わらず動いていく。誰も気にしやしない」

「……はい。しってます。おれのむらでも、そうだった」

誰がどうなろうと毎日は淡々と続いていく。自分を売った家族も、今までどおり今日を懸命に生きているのだろう。子や弟がいなくなってさえそうなのだ。それなのに、先生は——。

清二は気づかれないようにそっと、先生のコートの袖を摘んだ。よく分からないけれど、何だか無性に先生が恋しくなったのだ。

（せんせ……っ！）

心の中で先生に呼びかけて、清二は息を詰めた。先生のコートを摘んでいた掌が、大きな白い手に包み込まれたからだ。

「君は……どうせなら、手を摑めばいいだろう。全く。妙なところで遠慮深い」

「……みょ、みょう？　そう、かな……あ」

「あそこの店に入りたくなった。行くぞ」

清二の手を引き、先生が歩き出す。清二は何か釈然としないものを覚えつつも、先生の後に続いた。

先生が入ったのは、小さな瀬戸物屋《せとものや》だった。

店内には様々な陶器が所狭しと並べられている。中には、色鮮やかな細工が施されたランプなども置かれていて、清二は「きれい」と感嘆の声を漏らした。

「欲しいのか？」

「へ？　あ……いえ！　違います。それより、せんせえがほしいものはなんですか？」

慌てて首を振りつつ訊き返すと、先生はなぜか眉間に皺を寄せた。

「うむ。そうだな……茶碗がほしい。どれか選べ」

「えっ？　お、おれがえらぶんですか？　はい！　じゃ、えっと……」

先生が使うお茶碗、いいものを選ばないと！　店内を見回り一つ一つ真剣に吟味《ぎんみ》する。

そして、ある茶碗の前を通った時、清二の足がぴたりと止まった。

鮮やかな杜若色《かきつばたいろ》を基調としたその茶碗には、花粉部分が温かな黄色で淡く色づいた、大きな白い椿が三つ描かれている。

冴え冴《さざ》えと美しいのに、温かみも感じる。まるで先生みたいだ。

「せんせえのおちゃわん、これがいいです！」

清二が選んだ茶碗を指し示すと、先生はその茶碗を手に取り、「ふうん」と呟いた。

「これが僕のか。じゃあ……君のは、これだな」

そう言って、清二が選んだ茶碗とは色違いの、柔らかな翡翠色《ひすいいろ》の茶碗を手に取るものだから、清二は仰天した。

「自分のを選べと言えば、君は好み関係なく一番安いものを選ぶだろう？」

「それは……でも、せんせえとおそろい……それに、どうしておれのおちゃわん、なんて」

「名前に揃いの字があるんだ。茶碗も揃いでいいだろう？　それに……君の茶碗を買うのは、君が僕の家の者になったからに決まっている」

さらりと、先生は言い切った。

「君はずっとあの家で暮らすんだから、君専用の食器が必要だ」

そんな言葉とともに、翡翠色の茶碗を握らされる。瞬間、目頭が熱くなった。

想像できたのだ。先生とお揃いのこの茶碗で、先生と伊織と自分の三人で毎日ちゃぶ台を囲む光景が……今までは、先生と暮らせるなんて非現実過ぎて、まるで自分の未来が見えなかったというのに、こんなにも簡単に――。

（そっか……おれ、せんせえとくらすんだ。くらして、いいんだ）

「泣くなよ？　僕は、君の泣き顔は嫌いなんだ」

茶碗を抱き締めて今にも泣き出しそうな清二に、先生はぶっきらぼうに呟いた。

それから、家に帰るまでずっと、清二は買ってもらった茶碗を抱き締めていた。嬉しくて嬉しくて、どうしても手放せなかったのだ。

先生は「誰も盗りやしないのに」と呆れ顔だったが、左眉が思い切りつり上がっていたから、ますます嬉しくなった。

(家にかえったら、すぐおゆとおしなきゃ！)

帰りの馬車の中でも、浮き立った気持ちでそんなことを考えていたが、馬車が家の近くまで来たところで、先生の顔が曇った。

先生の視線の先に目を向けると、玄関に人影が見えた。どこかの編集者だろうか？

「君。先に行って、僕は今日帰らないと伝えてくれないか」

今日はもう疲れた。窓の外を見てはしゃいでいる伊織を抱き直し、先生が息を吐く。

一日中伊織を抱っこして歩き回ったのだ。当然だろう。

清二は頷くと、家から少し離れたところで停車した馬車を降り、一足先に家へと向かった。

「あの、すみません。せんせえはおるす……っ！」

言いかけ、清二は全身を強張らせた。

「おやおやあ。どこのお偉いさんの坊ちゃんかと思ったら」

清二を見るなり、相手の男……人買いはにたりと口角をつり上げた。

「可愛がられてると聞いてはいたが、まさかここまで……売れ残りの分際でいいご身分だな」

「な、なんで、ここに……あっ！」

突然、持っていた茶碗をもぎ取られたものだから、清二は慌てて人買いに駆け寄った。

「かえしてくださいっ。それは、せんせえがかってくれた、おれの……ぃっ！」

大きな手で顎を鷲摑《わしづか》まれ、清二は小さく悲鳴を上げた。

「お前、こんなに可愛い顔してたのか。くそ、こんなことなら石鹼《せっけん》代渋るんじゃなかったな。……この顔で、あの先生様に取り入ったのか？　それとも」

「！　ゃっ。どこさわって……いたいっ」

今度は股間を強く摑まれて、全身が硬直した。あまりのことに声も出ない。怖い。

「ココも使ったのか？　そうでもしなきゃ、こんな高価な服買ってもらえるわけがねえ。だが……まあいい。どんな手を使ったにしろ、金持ちに取り入れたんだから御《おん》の字……」

「彼を離せ」

不意に聞こえてきた冷ややかな声。「せんせえ！」と声を上げようとしたが、今度は口を鷲摑みにされて、声が出せない。

「おや、先生。お留守じゃなかったんですか？　駄目ですよ、居留守なんか使っちゃ」

「彼を離せと言っている。人を呼ぶぞ」

人買いの言葉には取り合わず、先生が命令すると、人買いはげらげら笑い出した。

「先生、うちの商品を気に入っていただけたようで何よりです。こんなに可愛がってもらって、俺としても嬉しい限り。でも……代金をまだいただいていないんですよねえ」

「代金だと？　傷ついた彼を見捨てた分際で何を……」

「はあ？　誰がそんなこと言ったんです？」

先生の言葉を遮り、人買いがますます下卑《げび》た笑みを深める。

「俺はただ、商品を道端に置いておいただけです。それを、あんたが勝手に持っていったんだ。代金も払わずに……これって、立派な犯罪ですよね？」

清二は愕然とする。この男は、一体……何を言っているんだ。

「本来なら、警察に通報しているところだが、そうなると先生困るでしょう？　窃盗だけでもアレなのに、稚児趣味の変態だなんて、読者が知ったらどう思うか。なので、代金を払ってくれれば、なかったことにします。とりあえず五百円。すぐ用意していただけますか？」

（……めちゃくちゃだ）

タダでもいいから引き取ってくれという扱いをして、怪我をしたらあっさり見捨てたくせに、先生に五百円払えだと？　ふざけているにもほどがある。

払う必要なんかない。でも、そんなことをしたら、この男はあることないこと言いふらして、先生が――。

（ごめんなさい、せんせえ。おれをたすけたばっかりに、こんな……っ）

申し訳なくてしかたない。とはいえ、心の中で詫《わ》びているだけでは何の解決にもならない。どうすればいい。ない知恵で一生懸命考えていると、露骨な溜息が聞こえてきた。

「勝手にしろ」

「……何ですって？」

「通報するなり何なり好きにしろと言っている。まあ、ケチな詐欺師《さぎし》の話を真面目に聞く人間なんか、誰一人いないだろうがね」

「ブウ！　ブウ！」

先生の腕の中で、不快げに唇を震わせる伊織の頭を撫でつつ冷ややかに吐き捨てる先生に、人買いは訝しげに顔を顰める。

「何だとっ？　それはどういう……」

「君が彼を見捨てて逃げた後、弁護士を介して法的な手続きを踏んでおいたんだ。山野清二の所有権は僕にあるとね。勿論、証文もちゃんとある」

「！　な、なんで、そんなこと」

「君ごときの低能な企《たくら》みくらい、簡単に見当がつく。立場上、君のような下劣でしょうもない小悪党の相手は、腐るほどしてきたのでね」

人買いの表情が一気に強張る。先生は一歩前に踏み出し、相手をねめつける。

「分かったら、彼を離してとっとと消えろ。目障りだ」

静かではあるが、氷のように冷たい先生の気迫に、人買いは気圧されるように後ずさった。

「あ……ははは。嫌だな、そんな怖い顔して。ちょっとした冗談じゃないですか」

「……」

「そ、それじゃ、俺はこれで……」

誤魔化すように笑いつつ、清二から手を離す。しかし——。

「売れ残りが、このまま幸せになれるだなんて思うなよ？」

これみよがしに茶碗を持っていた手を開く。

清二が声を漏らすと同時に、茶碗は地面に落ち、パリンッと音を立てて砕けてしまった。

茶碗の残骸に慌てて飛びつく。そんな清二にほくそ笑んで、人買いは帰っていった。

「大丈夫か」

人買いが帰るのを見届けて、先生が近づいてきた。

「怪我はないか？　悪かったな。怖い思いをさせて……」

先生は途中で口を閉じ、はらはらと涙を零して震える清二の体を抱き寄せた。

「大丈夫だ。あの男はもういない。大丈夫……」

「……わん」

「うん？」

「おちゃわん……せんせえと、おそろいのおちゃわんが……ううう」

地面に散らばる破片を見つめ声を震わせると、先生は大きく目を見開いた。

「君は……どうかしている。あの男に、ひどい仕打ちを受けてきたんだろう？　さっきも、あんな目に遭わされて……それなのに、僕と揃いの茶碗を割られたことで泣くなんて」

「へん、ですか？」

「変だ」

即答だった。けれど、なぜか先生の左眉はこれでもかというほどつり上がっていて――。

「せんせえ。なんで、てれてるんですか？」

「！　照れてない」

先生の左眉がますますつり上がる。

なぜ、ここで先生が恥ずかしがるのか分からない。だが、照れた先生の顔を見ていたら、何だか心がぽかぽかしてきて、強張っていた顔の筋肉も緩んでしまった。

「君は、何を笑っているんだ。……まあいい。ついでにそのまま泣きやめ。茶碗は、また新しいのを買いに行こう」

「それは……あの、このおちゃわん、やきつぎやさんにみてもらってもいいですか？　きっと、なおしてもらえるはず……」

「まだそれで飯を食う気か」

「もちろんです！」

先生に買ってもらった大事なものだし、先生とお揃いだし……先生たちと一緒に暮らす未来が見えたこの茶碗を捨てることなんてできない。

――売れ残りが、このまま幸せになれるだなんて思うなよ？

あんなことを言われた直後だから、余計に。

「ふん。……物好きだな、君は」

先生は少し赤くなった顔をそっぽに向け、くしゃくしゃと頭を撫でてくれた。

そんな先生を見て、人買いが言ったことは忘れようと思った。先生が「大丈夫だ」と言っているのだ。なら、大丈夫。何の心配もない。そう、思っていたのに……。


「……え？　へんなおとこの人？」

その話を近所の八百屋から聞かされたのは、茶碗を割られて一週間後のことだった。

「そうなんだよ。見たこともないよそ者が、このへんをうろついているらしい」

「それ、あたらしいへんしゅうさんじゃないかな。この四日で二人かわったし」

こんな理不尽な人とはやってられない！　と叫んで逃げて行った編集者の背中を思い返しつつ言うと、八百屋の店主は首を振った。

「どうも違うらしい。ほら、編集って皆洋装で、いい身なりをしているだろう？　けど、その男ってのは和装で、何とも危ない感じがする奴らしいんだ。しかも毎日違う、これまた人相の悪い男を引きつれてるそうで、皆警戒してる。坊やも気をつけなよ？　はい、お釣り」

「ありがとう……あれ？　やおやさん、おつり、五銭すくないです」

「ええ？　そんなはずは……ああ、本当だ。よく気づいたね、坊や。偉い偉い。よし！　お詫びにこのジャガイモ、おまけしてあげよう！」

「わあ！　ありがとうございます」

受け取ったジャガイモを買い物籠に入れ、ほくほく顔で八百屋を後にする。

先生に使用人として雇ってもらってからというもの、清二は家事と子守に加えて、手習いや算術の勉強にますます励んでいる。

もっと色んなことができるようになって、もっと先生の役に立ちたいからだ。

まだ自習の勝手が分からなくて、先生に教えてもらうことが多いのだけれど、それでもさっきのように褒めてもらえると、自分の成長を実感できてすごく嬉しい。

（かえったら、せんせえにおれいを言わないと！　でも……）

先ほどの不審者の話が気にかかる。

（おさんぽずきの伊織くんにはわるいけど、おさんぽはしばらくしないほうがいいな）

伊織に何かあったら大変だ。でも、そうなると代わりの遊びを考えなければ。

何がいいだろう。あれこれ考えつつ、昼でも薄暗い路地裏のそばを通りかかる。

「……っ！」

目の前が真っ暗になったかと思うと、右腕を掴まれ、ものすごい力で引っ張られる。あまりに突然のことに踏ん張りが利かず、清二は路地裏に引きずり込まれてしまった。

「いいか？　暴れるんじゃ……ちっ。暴れるなって言ってるだろうが！」

「……がっ！」

「おいっ！」

頭を強く叩かれると同時に、別の男の声がした。

「困ります。今日は見るだけって約束だったでしょう」

「顔を殴ったわけじゃないからいいだろうが。それに、体のほうも検分させてもらう。顔がいくらよくても、体が駄目じゃ話に……おいっ。なんだ、これは」

清二の着物を肌蹴《はだけ》させ、露《あら》わになった古傷だらけの肌を叩き、男は悪態を吐いた。

「こんな傷物だなんて聞いてねえぞ。こんなのであの値段はぼったくりもいいとこだ。他の奴らもこの体見てあの値をつけたのか？　信じられ……いっ！」

顔を押さえつけていた掌に思い切り噛みついてやると、相手は悲鳴を上げた。その隙を突き、男の体に体当たりして、清二は一目散に逃げ出した。

今夜の夕飯の材料が入った買い物籠も、先生から預かった大事な財布も、完全に頭から抜け落ちていた。それどころか、脱がされかかった着物もそのままに無我夢中で走る。

（こわい……こわい！　せんせえ、たすけてっ）

どれくらい走っただろう。ようやく、見慣れた日本家屋が見えてきた。

そのまま何も考えず玄関に向かう。とにかく先生に逢いたい。それしか頭になかった。

だが、玄関の戸に手をかけると、

『……先生、本気で清二君を雇用するつもりなのかな』

中から聞こえてきた声に手が止まる。これは、長谷川の声か？

『本気だろうね。見てみろよ、清二君を見る先生の顔。まあでも、あんなに屈託なく懐かれて甲斐甲斐《かいがい》しく世話を焼かれちゃね。可愛く思うなってほうが無理だ』

『気持ちは分かる。でもね……僕はこれで本当によかったのかって思うんだよ。養子になれば、学校に行かせてもらえて、将来に色んな可能性が開けたろうに、ここで働くとなるとそれは叶わない。それに……清二君がここにいるだけで色々面倒が起こるんじゃないかって』

ここに、いるだけで……？

『まあね。僕もそれは感じてる。清二君は僕らが知る限り、先生が初めて気に入ってそばに置いた人間だ。清二君を使ってよからぬことを画策する輩《やから》が出てくるかもしれない。清二君はしっかりしてるけど、まだ子どもで、学もないだけになおさら』

『もし何か起こった時、一番傷つくのは清二君だ。先生はそれを考慮しているのかな？　僕はどうも、何も考えていないように思えて……ここだけの話、僕は今からでも里親を探すべきだと思う。あの先生の使用人は、清二君には荷が重過ぎる……』

清二は慌てて乱れた身なりを整えた。

あんな会話をしている二人に、今のこの姿を見られるわけにはいかない。

（おれは、ちゃんとやれる！　りっぱな、せんせいのしようにんになるんだ！）

恐怖で潤んだ目を懸命に擦り、心の中で叫んでいると、

「すみません」

突然、背後から声をかけられたものだから、口から心臓が飛び出しそうになった。

「清二君、お手紙だよ」

「は、はい！　ありがとうございま……っ」

ひっくり返った声を上げげつつ郵便配達員から電報を受け取ったが、差出人の名前を見た瞬間、清二は即座に踵を返し、先生の仕事部屋へと駆け込んだ。

「せんせえっ、春日《かすが》さんからでんぽうです！」

先生がすぐさま文机から向き直り、電報を開く。春日は、是成が緊急に知らせたい要件の時に使う偽名だからだ。

文面に目を走らせた先生の顔が、みるみる青ざめていく。何か悪い報《しら》せか。

「……とうとう、か」

先生がぽつりと、重苦しく呟く。それだけで、清二は何のことかすぐ分かった。

ついに、是成が日本を離れる時がきたのだ。

でも……それにしては、表情が沈痛過ぎる。

もしかして、是成の配属先が予想以上に危ないところだったのだろうか？

「……明日、伊織を連れて兄の見送りに行くから、出かける準備を頼む。それと……夕飯はいらない。君たち二人で食べろ」

そう告げた先生の横顔は、ひどく苦しげだ。

きっと、色んな不安が頭の中を過ったに違いない。

危険な戦地に向かう兄が無事に帰って来られるのかという不安。いざという時、兄を頼れなくなることへの不安。改めて自分は伊織を育てることができるのかという不安。

清二には数え切れないくらいたくさんの不安に埋め尽くされて、息をするのも苦しそう。

そう思った刹那《せつな》、清二の乱れていた胸中が瞬時にして凪《な》いだ。

「分かりました。あと……伊織くん、今夜はおれがみます」

ご飯を食べないと毒ですよ。という言葉を飲み込み、端的にそれだけ告げる。

今、伊織の顔を見るのは辛いのではないかと思ったから。

「それは……いや、分かった」

少しの躊躇いの後、先生は頷いて、すごく小さな声で「ありがとう」と呟いた。

その言葉に、胸が言いようもなく熱くなるのを感じながら、清二は行儀よく会釈して早速明日の支度に取りかかった。

先生が辛い思いをしている。明日しっかり兄を見送ることができるかと気鬱《きうつ》になっている。

だったら、今自分がすべきことは、先生と伊織が、是成とちゃんとしたお別れができるよう尽力することだ。

大事な人と納得のいかない別れ方をしてしまうとどれだけ辛いか、身を以《もっ》て知っているだけに、なおさらそう思った。

だから、先ほど変な男に襲われたことも、明日一人で留守番するなんて怖くてしかたないという気持ちも、全部置き去りにして、清二はいつものように家事をこなし、伊織が明日機嫌よく是成と会えるよう、細心の注意を払った。

翌日。たっぷり睡眠を取って、朝からにこにこご機嫌な伊織に、是成が贈ってくれたものの中で一番上等な洋服を着せて、癖のある髪の毛を櫛《くし》で梳《す》いてやった。

そんな伊織を見て、いつもより遅れて寝室から出てきた先生は目を丸くした。

「君は……いや。……よく、やってくれた」

ありがとう。少し躊躇いがちに言って、先生は頭をぽんぽん叩いてくれた。

その表情は、相変わらず気鬱の色が見えたが、凛《りん》とした覚悟も見えた。戦場に赴く兄を、伊織とともに見送る覚悟が。

(せんせえ、どうかがんばって)

「それじゃ、いってらっしゃいませ……っ」

心の中で声援を送りつつ笑顔で挨拶していると、いきなり手を握られてドキッとした。

「君は……いや」

また何か言いかけて、先生は口を閉じた。そのまま何も言わない。ただ、よりいっそう強く手を握ってくるばかりだ。

「行ってくる」

しばしの沈黙の後、先生はそう言って手を離し、行ってしまった。

先生たちが乗った馬車が見えなくなるまで見送り、玄関の戸を閉めた瞬間。清二はその場に崩れ落ちた。

よかった。ちゃんと、二人を送り出すことができた。でも……。

さっきまで先生が握ってくれていた手。今、ひどく寒く感じられる。それから、誰も居ない室内を見遣り、清二は身震いした。

先生も伊織もいない。各出版社にも先生不在の報せを入れてあるから、誰も訪ねてこないだろう。自分だけ……独りぼっち。そう思ったら、余計不安になる。

だがすぐに首を振って、「大丈夫」と口に出して不安な気持ちを振り払う。

(であるかなければ、昨日みたいなことにはならないよ。であるかなければ……あ)

自分に言い聞かせ、部屋に戻ろうとしたが、清二はあることに気がついた。

そう言えば、今日の新聞をまだ取りに行っていない。

少し迷ったが、郵便受けに行くぐらい別に大丈夫だろう。

再度外に出て、郵便受けに向かって二、三歩歩みを進めたが、郵便受けのところに立つ人物を認め、息を呑んだ。

「おはよう。いい朝だな」

ニタニタと下卑た笑みを満面に浮かべ、人買いが声をかけてきた。

性懲《しょうこ》りもなく何の用だ……と、言いかけ、はっとする。人買いがおもむろに、昨日清二が置いてきた買い物籠をかざしてきたのだ。

「忘れ物だぞ？　駄目じゃあないか。こんな大事なもの忘れて帰るなんて」

「あ、あ……どうして、それ……」

「あー礼ならいらねえよ。これは詫びだ。悪かったな。俺の取引相手があんなことして。顔を検分しただけじゃ、値をつけられねえと言って聞かなくてさ」

検分？　値？　一体何のことだ。意味が分からず混乱していると、人買いがゆっくりと近づいてきた。

「お前には関係ないと思って前回黙っていたが……お前の両親に、違約金を払ってもらおうと思ってる」

「い、いやくきん……？」

「お前は俺に買われた身であるにもかかわらず、俺のところから逃げ出した。これは、立派な規約違反だ。よって、お前の親には違約金、三百円を払ってもらう」

「そ、そんな！」と、清二は仰天し、人買いに駆け寄った。

「おれ、にげたんじゃありません！　ただ、うっかりじどうしゃにひかれただけで……いっ！」

「煩い。俺が逃げたって言ってるんだから、お前は逃げたんだよ。……何だよ？　その面。いいじゃねえか。お前を売り飛ばした血も涙もない連中が、家財根こそぎ奪われて、身一つで路頭に迷うことになるんだ。いい気味だろう？」

全身から血の気が引く。

確かに、自分を売った家族を恨んだことはある。だが、仕返ししたいだとか、不幸になればいいだとか、そこまで思ったことはない。

「嫌なのか？　優しいなあ、お前は。だったら、お前が払え。……うん？　心配するな。ちゃんとお前が三百円稼げる方法を用意してやったから」

「おれ、が？　三びゃくえんも……？　そんな、どうやって」

「簡単だ。遊郭にその体を売りゃあいいんだよ。俺はその紹介料として、三百円受け取る」

……この男、今何と言った？　遊郭に身売りしろ？　冗談じゃない！

きっぱり断ろうとしたが、続けて言われた言葉に清二は愕然とした。

「それにしても驚いたよ。お前なんか、よくいって百円くらいかと思っていたが、皆どんどん値をつり上げていって……はは。さすがはあの先生様を誑《たぶらか》し込んだだけのことはある」

昨日、八百屋から聞いた不審者の話を思い出す。もしかして、その不審者とは、人買いと、自分を値踏みするために来た遊郭の人間だったのか。

だったら、ここ最近自分たちはずっと見られていたということになる。伊織を連れて近所を散歩していた時もずっと……。自分はそれに、気づきもしなかった。

昨日のようなことが、もし伊織を連れている時に起きていたら。そこまで考えて、清二は唇を噛みしめた。

伊織を危険に晒《さら》していることに気がつけなかった分際で、何が……俺は先生の使用人として立派にやっていけるだ！　自分の浅はかさに吐き気がする。

「何だよ、べそ掻くほど嫌なのか？　だったらまた、愛しの先生様に助けてもらえよ。俺はそれでも構わないが……今回の件、先生はまるっきりの部外者だ。その先生がしゃしゃり出てくるとなると、先生は色々と面倒なことになって……はは」

つくづく、いるだけで迷惑な奴だよな、お前。

嘲《あざけ》るように囁かれた言葉に、心臓を刃物でえぐられるような衝撃を覚える。

ただいるだけで迷惑な存在。それはずっと、物心ついた頃から感じていることだった。

本当は生まれてくるべきではなかった、負担になるだけの次男坊の自分。でも、いつか……必要とされる人間になりたかった。

先生に必要だと言ってもらえて嬉しかった。先生の期待に全力で応えたかった。

でも、駄目なのか。やっぱり、昔のまま自分は変われない……。

「……っ！」

いきなり手首を摑まれ、後方に引っ張られる。体勢を崩して倒れ込んだ先にあったのは、漆黒のコート。

慌てて顔を上げると、先生が不機嫌顔でこちらを覗き込んでいた。

「せん、せ……、どうして、もどって……」

「どうにも嫌な感じがしてね。戻ってみたらやっぱりだ。全く、君は馬鹿だ。こういうことは、きちんと言わないと駄目……」

「おやおや、先生。お早いお帰りで」

面倒なのが帰ってきたと言わんばかりの顔で、人買いが先生の声を遮る。

「でもね。今回の話は、先生には何の関係もない話なんで、口を挟むのはやめていただき…」

「寄るな、ごみ」

顔さえ向けず、ひっそりと吐き捨てられたその言葉。二人が「え？」と目を見開いていると、先生が優しく清二の頭に手を置いて、さらにこう言った。

「君。いくら物好きでも、ごみなんかと話したりするな。時間をどぶに捨てるようなものだ」

いつも言っている「夜更かしは体に毒だ」と、全く同じ口調。しかし、紡《つむ》がれる言葉はあまりにもかけ離れ過ぎていて、清二は何も言うことができない。

人買いも呆気に取られた顔をしていたが、しばらくして乾いた声で嗤《わら》い出した。

「はは。ついに本性が出た。聞いたか？　こいつ、人のことをごみだと言いやがった。売れ残りのお前に情けをかけて、人格者ぶっておいて、結局下々の者を人とも思ってな……」

「売れ残り」

「……は？」

「人のことをごみだと言うのは間違っていると糾弾したそばから、彼を売れ残りなどと言い捨てる。その腐り果てた根性がごみだと言っているんだ」

人買いが息を詰める。先生は人買いに向き直ると、まさしくごみを見るような侮蔑《ぶべつ》の目で、冷然と相手を見下し、続ける。

「ついでに言えば、彼のような有能な人材を売れ残りにしてしまう、ありえないほどの商才のなさ。見下していた彼が、うだつの上がらない自分より幸せそうなのが我慢ならなくて嫌がらせを繰り返す、救いようのないしょうもなさ。ああ、臭くて鼻がねじ曲がりそうだ」

「……っ！」

「そういえば、君。ずいぶんと暇そうだな。仕事のほうは……ああ、ついに廃業か。よかったな。薄汚い無宿者なんて、君なら誰よりも似合う……っ」

「ああっ！」

清二は悲鳴を上げた。人買いが思わずといったように、先生を突き飛ばしたのだ。

「……るさい。煩いんだよ、この野郎！」

地面に突っ伏した先生の胸倉を摑み、人買いが吠える。

「売れっ子作家だか何だか知らないが、てめえに俺の何が分かるっ。何もかも持ってて、全部思いどおりになるてめえなんかに……っ」

人買いが拳《こぶし》を振り上げる。その光景を見た瞬間、清二は地面を蹴った。

「だめだっ！」

渾身《こんしん》の力で人買いに体当たりする。不意を突かれた人買いの体が地面へと投げ出される。そこへすかさず乗り上げて、

「よくも……よくもせんせえを！」

握りしめた拳を、思い切り人買いの顔面に叩き込む。

見た目は子どもでも腕力は年相応……いや、物心ついた時から力仕事ばかりしてきた分、大人以上に強い清二の鉄拳は、人買いの頬にめり込んだ。

人買いが悲鳴を上げたが、清二はもう一度拳を振り上げる。

これくらいでは駄目だ。この男が二度と、先生に危害を加えられないようにしなければ！

何度も拳を叩きつける。硬いものを殴った痛みとともに、ごきりと気色の悪い感触を覚えたが、構うものか。

(まもらないと……こいつから、せんせえをまもらないと！)

「ひぃいいい！　た、たすけ……は、はなが……がはっ！」

「ゆるさないぞっ。おれの、だいじなせんせえを……ゆるさない！　ぜったいに……っ！」

「やめろっ」

背後から誰かに羽交《はが》い絞《じ》めにされた。だが、清二は止まらない。

もう二度と、傷つけられる先生など見たくない。だから……だから、自分は！

と、再び拳を振り上げたが、

「もういい。これ以上は、君の手が可哀想だ」

清二の傷ついた右手を労《いた》わるように握る白い手と、耳元で囁かれた言葉に、清二の動きは
ぴたりと止まった。

「この手は、僕のものだろう？　そんな男にくれてやるな」

ますます強く抱き締められる。柔らかな温もりに包まれて、全身を覆っていた緊張が解け
かける。しかし。

「ははは……こいつ、俺の鼻を、折りやがった。ははは」

ひどく歪《いびつ》なその声が耳に届いた瞬間、清二は目を瞠った。

「言って、やる。警察にも、世間にも……そしたら、お前らどうなるかな」

あははは。けたたましく嗤いながら、血だらけの顔を押さえて走り去る。清二は顔面蒼白
になった。

とっさに追いかけようとしたが、すぐ先生に抱き竦められてしまう。

「行くな。放っておけ」

「！　でも、あのままいかせたら、あいつは……っ」

「いい。これ以上あの男を構う時間はない。このまま……やれやれ。やっと帰ったか」

人買いの姿が見えなくなると同時に、懐から懐中時計を取り出し、先生は息を吐いた。

「三分前。ぎりぎりだな。一発殴らせて現行犯逮捕が一番早いと思ったが」

よしとするか。と、懐中時計の蓋《ふた》を閉める先生に、清二は限界まで目を見開いた。

「もしかして、あいつにじぶんをなぐらせるために、わざとあんな」

「まあね。十分であの男を牢《ろう》にぶち込む方法なんて、それしか思いつかなかった」

「ろう？　ど、どうして、わざわざろうやに……」

「野放しにしておけば、あの男はまた、昨日のように君を傷つける」

さらりと言い切る先生に、清二は息を呑んだ。なぜ、先生が昨日のことを知っているのか。

すると、表情で察したらしい先生が「買い物籠だ」と端的に言った。

「今朝、君がいつも必ず置いている場所に、買い物籠がないことに気づいた。不思議に思って、財布置き場を確認してみたらそちらにもない」

責任感が人一倍強い清二が、財布さえ投げ出して逃げ出すほどのことだ。昨日の買い物先で余程怖い目に遭ったに違いない。

「とはいえ、是成のことを慮《おもんぱか》って必死に隠そうとしている君を追及するのも、何だか違う気がして、是成の件をきちんと片づけてから聞こうと思っていたんだ。だが、別れ際の君の顔がどうにも引っかかって戻ってきてみれば、この有り様だ」

淡々と告げる先生に、清二はがつんと頭を殴られたような衝撃を受けた。

ただただ、先生の役に立てるよう行動したつもりだ。それなのに、この結果はどうだ。

先生にいらぬ気遣いをさせただけでなく、人買いにわざと喧嘩を売り、自分を殴らせようとさせるなんて！

（おれ……おれは、せんせえに……なんてこと…っ）

罪悪感と自己嫌悪で、全身が滑稽なほどに震えた。

「お客さん、時間です。そろそろ出ないと、列車に遅れます」

聞き覚えのない声がした。おそろく、先生が待たせている馬車の俥夫だろう。

「分かった。すぐ行く。……警察には、以前の件をすでに届けているから、あの男が警察に駆け込んでも大丈夫だとは思うが……君も一緒に来い。一人にしておくのは心許《こころもと》ない」

先生が清二の手を摑もうとした。

人買いを殴って汚れた血塗《ちまみ》れの手に、先生の白くて綺麗な手が近づく。それを見た瞬間。

「だ……だめだっ！」

清二は慌ててその手を背中に隠した。

「さわらないで……こんな手に、せんせえ……さわらないでっ」

「……君」

「ああ……ごめん、なさい、ちがうんです。ただ……おねがいです。どうか、そのままいってください。おれはここで、おるすばん、してますから」

「！　何を言っている。今の君を一人にするなんて」

「おねがいです！」

額《ひたい》を地面にこすりつけ、清二は叫んだ。

「おねがいです。どうか、これいじょう……せんせえに、めんどうかけさせないで。もう、これいじょうは……どうかどうか」

小さな体を強張らせ、必死に懇願する。

先生は何も言わない。ただ呆然と清二を見つめるばかりだ。

「君、は……」

「ああ！　いたあ！」

振り絞るようにして出された先生の声が、突如響いた、底抜けに明るい大声にかき消される。この声は……田島？

「先生、まだお家にいらしたんですね！　いやあ、ダメ元で来てみてよかった。原稿……」

「……ちっ。間がいいんだか、悪いんだか」

上機嫌に近づいてきた田島に、先生は露骨に舌打ちした。

「は？　何のことです？　……あれ？　清二君、そんなところで蹲ってどうした」

「田島君。頼みがある。僕が帰ってくるまで、彼のそばにいてやってくれ」

「ええっ？　帰ってくるまでって……それはいつ……」

「いいか。片時も離れるなよ」

苛立たしげに言うと、先生は踵を返し行ってしまった。遠ざかる背中も、何だかひどく不機嫌そうで、清二は唇を嚙み締めた。

「ったく。相変わらず一方的だなあ。僕にも都合というものが……ええっ？　清二君っ？　その手、どうしたんだい。ちちち血が出て……っ」

清二の異変にようやく気がついた田島が、今更のごとく騒ぎ出した。


その後、田島は甲斐甲斐しく世話を焼いてくれた。怪我の手当てをしてくれたり、気を紛らわせるように、とりとめない話もしてくれたり。それでも決して、この怪我のことも、先生と何があったのかも訊いてこないし、「他にも仕事があるのに」と愚痴《ぐち》ったりもしない。

とても気を遣ってくれている。初めて会った時からそうだが、本当にいい人だ。先生がこんな状態の自分を預けようと思えたのも頷ける。それなのに。

「……おや。誰か来たみたいだね。あの声は、三戸《さんのへ》出版の奴かな？　……ああ、いい。僕が出るから、君はここで休んでいなさい」

常ならぬ清二に気を遣い、田島が応対に出てくれたが……。

『……というわけでね。今日は、先生も清二君もいないよ』

『それは……いつのことだい？　実はね、ここに来る途中、顔中血だらけの変な男が騒いでたんだ。この怪我は清二君にやられた。あいつは野蛮で破廉恥《はれんち》な淫売《いんばい》だ。ついでに、先生は童子趣味の変態だって。その後、すぐ警察に取り押さえられていたから何とも言えないが、これが本当だったら』

『お、おい！　滅多なことを言うもんじゃないよ。清二君が傷つくだろう！』

『？　清二君はここにいないのに、何ムキになってる。……おい。もしかして、何か思い当たることがあるのか？』

『！　そんなわけないだろっ。失敬な奴だな』

玄関先から聞こえてくる会話に、身を切り刻まれる思いがした。

――つくづく、いるだけで迷惑な奴だよな、お前。

（……そうだね。そのとおりだ）

自分は何一つ、先生の役に立てていない。それどころか、次から次に面倒事を起こして、先生の手を煩わせてばかりの、害悪そのもの……と、思っていた矢先、掌にふさふさした感触を覚えた。

見ると、尻尾《しっぽ》の先で清二の掌をくすぐる夜叉丸がいたものだから、清二は小さく瞬いた。

「今日は、あそんでくれるの？」

いつもは、いくら手を差し伸ばしても無視して逃げるのに。

「おまえ、ほんとうにやさしいね」

どうしようもなく悲しくなると寄ってきて、そっと寄り添ってくれる。

感謝の意を込めて小さな頭を撫でていたが、ふとあることに気づく。

艶やかな毛が濡れている。顔を上げてみると、案の定。いつの間にか雨が降り出していて、紅葉《もみじ》や菊、秋桜《コスモス》などで色づいた庭を濡らしていた。

全てを覆い尽くさんばかりに降りしきる雨。その光景に、心が震えた。

白玉か　何ぞと人の　問ひしとき　露と答へて　消えなましものを
いつか、先生が教えてくれた歌が脳裏を過る。

こんなに降っているなら、足音も足跡も姿も、皆みんな……掻き消してくれる。

これなら、先生に迷惑しかかけないこの身を、消すことができる。先生も、自分を見つけることはできない……。

「みゃあ」

夜叉丸が、少し大きな声で鳴いた。

食い入るように雨を見つめていた目を、何の気なしに向けてみると、いつの間にか離れていた夜叉丸が、部屋の隅に置かれた何かのそばに蹲っていた。

色鮮やかな紅色の蛇の目傘。先生のものだ。そういえば、今日雨が降るかもしれないと聞いたから、使えるよう手入れをしておいたんだっけ。

(わたすの、わすれてた……っ)

と、そこまで考えて、清二ははっとした。

先生は、帰りがいつになるか分からないと言っていた。もしかしたら、馬車を拾うことができず、駅から歩いて帰ることになるかもしれないとも。でも、先生は傘を持っていない。濡れてしまう。先生と伊織が、この、霜月《しもつき》の氷雨《ひさめ》に打ち据えられてしまう!

そう思った瞬間、体が勝手に動いた。

「だ、だから、僕は何も知らな……っ! 清二君っ? ど、どうした……っ」

「すみません! せんせえにかさをとどけてきます!」

先生の傘を抱え、清二は外に飛び出した。

傘を差していなかったから、体はあっという間にずぶ濡れになった。濡れた着物の裾が足に絡《から》まり、何とも走りづらい。それでも、街に連れて行ってもらった時、先生に教えてもらった道順を頼りにひた走る。

(どうか、まにあって。せんせえ、伊織くん……ぬれないでっ)

駅に辿《たど》り着いても、先生たちと鉢合わせることはなかった。どうやら、まだ帰ってきていないらしい。

安堵しつつ、改札口近くに移動する。すれ違ってしまったら元も子もない。帰ってきた先生を見逃さないようにしないと。

しばらくして、手足が異様にかじかんでいることに気がついた。体も芯から冷え切って、震えが止まらない。吐く息が白くなるほど寒いのだ。当然だろう。

だが、清二はその場を動かない。いや、寒さを感じれば感じるほど、ここにいなければと思った。

先生と伊織に、こんな寒い思いをさせてはいけない。風邪を引いてしまったら大変。

……なんて、先生が雨に濡れると思うだけでこうなのだ。先生が誰かに殴られるなんて、あってはならない。ましてや、自分のためにだなんて。

そうなるくらいなら、消えてしまったほうが遥《はる》かにマシだ。と、そこまで考えて、清二は小さく嗤った。

（まさか、おれがこんなこと、かんがえるようになるなんて……びっくりだ）

昔の自分なら、こんなことは絶対考えなかったろう。

好きな人とは、何が何でも一緒にいたい。そばにいることで辛い思いや苦労をさせているとしても……とさえ思っていた自分なら。

清二は、家族が「好き」だった。

極貧生活の辛さから、清二を疎《うと》ましく思ってしまうことがあっても、そのたびに、そんなことを考えてしまった己を恥じ、今のできる限りで優しくしてくれる。

それがどれだけ尊いことか、よく分かっていた。他の家では、親が子に罵詈雑言《ばりぞうごん》を浴びせて暴力をふるい、恐ろしい人買いに容赦なく売り飛ばすことが当たり前だったから。

ずっと、変わらないでほしかった。どうかどうか、ひもじさに負けて自分を嫌いにならないでくれと、藁《わら》をも摑む想いで、そばに居続けるための努力を死に物狂いで続けた。

この体型も、食費を浮かせるために神様に願ったと思っていたが、今にして思えば、家族とずっと一緒にいるために望んだのかもしれない。

こんなに非力で幼い自分を捨てたりしないよね？　と。

だから……このままここにいても、お前を飢え死にさせてしまう。お前のために、人買いにお前を託す。と、両親から涙ながらに告げられた時、言ったのだ。

——そう。でも、いいよ。おれ……しんでもいいから、みんなといっしょにいる。

お前のためと言うのなら、何が何でも……殺してでも離さないでほしい。それくらい、自分のことを想ってほしい。必要としてほしい。

本気で、そう思った。そして、それがどれだけ、おぞましく唾棄《だき》すべき願望であるか。理解できても、捨てられなかった。

あんなにも優しかった家族が、恐怖で顔を引きつらせ、自分から逃げていっても、なお。

それなのに、先生のこととなるとそうは思えない。

ずっと、そばにいたい。だが、それよりも強く、大事にしたいと思ってしまう。

怖いほど綺麗で、誰よりも頭が良くて、才能も地位も何もかも持っている先生にそう思うのは、ひどく滑稽だと分かっているけれど、思わずにはいられない。

完璧《かんぺき》に見えて、どこか子どもっぽくて、照れ屋で可愛い先生。

先生のためなら何でもしてあげたい。自分がそばにいて、先生が傷ついてしまうと言うのなら、喜んで……消えてなくなろう。

自分のせいで殴られそうになる先生を見て、強く思った。だから――。

(せんせえ。今、どこにいるだろう)

どうか、この冷たい雨が届かない暖かい場所にいてほしい。

いまだにやまぬ雨を見上げ、蛇の目傘を抱き締めた。

その時、改札口からたくさんの人が雪崩《なだれ》出てきた。その中で一人、やけに慌てた様子で出てきた人物がいた。

先生だ。伊織を背負っているにも関わらず、乱暴に人混みをかき分け、走って……走るっ?

あの先生が?

信じられない光景に驚いたが、さらに驚愕する事態が起こった。

何を思ったのか、先生は傘も持っていないのに、そのまま氷雨の中に飛び出したのだ。

「せんせえっ!」

思わず叫ぶと、先生の足が止まった。清二は急いで駆け寄り、先生の手を引いて近くの軒下に駆け込んだ。

「せんせえ！　なにしてるんですかっ」

開口一番清二は怒鳴った。

「こんな雨の中、かさもささないで、かぜをひいたらどうするんです！　伊織くんもいるのに……っ」

「何だ、この格好は」

清二の手を振り払い、先生が清二の頰に手を添えてきた。

「こんなに冷たくなって……いつから、ここにいた。一体、いつから」

なぜか震える指先で、ぎこちなく頰を撫でられる。その拙い動きと掌の温もりにぎゅっと胸が詰まったが、清二は慌ててその手から逃げた。これ以上、この温もりに触れていたら、決心が揺らいでしまう。

「ご、ごめんなさい。かさをわたすのわすれてて、とどけにきたんです。それで、えっと……じゃ、じゃあ、おれさきにかえってます！　おへや、あたためておかなきゃいけないから」

「……っ！」

「そ、それじゃ、あとで……っ」

早口にまくしたてながら傘を押しつけ、すぐさま踵を返す。だが、数歩も行かないうちに、手を摑まれてしまった。

「……どうして、だろうな。どうして、僕は……こんなことをしている」

「？　せん、せえ……っ」

清二は息を呑んだ。先生の顔が今まで見たことがないほど歪んでいる。

なぜ、先生がそんな顔をするのか。分からなくて、清二が戸惑っていると、

「行かせてしまえばいいのに。あの時の千鶴子と、同じ顔をしている君なんか」

続けて言われた言葉に、目を瞠る。

「ちづこ？　それって、たしか……」

言いかけ、清二は口を閉じた。先生の顔がますます苦しげに歪んだからだ。

どれくらい、そうしていただろう。先生が目を閉じて深い深い息を吐いた。

まるで、何か重大なことを決心するように。

「……行くぞ。このままじゃ、風邪を引く」

先生が清二の手を握ったまま歩き出す。清二はそれに大人《おとな》しくついていった。

歩き出した先生のひどく毅然《きぜん》とした横顔があまりにも綺麗で、目が離せなかったのだ。


その後、先生は近くの呉服屋に立ち寄り、清二に新しい着物と外套《がいとう》を買ってくれた。

店で服を着替え、先生と同じコートに身を包んで外に出ると、先生はまた清二の手を握ってきた。まるで、そうでもしていないと清二が消えてしまうと言わんばかりに。

「話がある。長くなるから、歩いて帰るぞ」

片手で器用に蛇の目傘を開くと、先生は颯爽と歩き出した。

「千鶴子という名を、覚えているな？」

街を出て、人気《ひとけ》のない道に出たところでようやく、先生はぽつりと呟いた。

「はい。伊織くんの、母さまのお名前……」

「僕の、初めての女だ」

「……へ？」

聞き間違えをしたのかと思った。なにせ、千鶴子は伊織の母親であると同時に、先生の兄である是成の……。先生に背負われた伊織を見つつ狼狽する清二を無視して、先生は淡々と先を続ける。

「最初は、何とも思っちゃいなかったよ。何をしても無反応で、何一つ自分で決められない。ただそこに黙って座っているばかりの、人形のような彼女と一緒にいたってつまらなかったからね。だがある日、僕が置き忘れていた小説を読んで、彼女……初めて、微笑ったんだ」

——これ、清様がお書きになられたの？　……すてき！

何も映すことがなかった硝子玉のような瞳が色づき、光り輝く様は美しく、ただただ美しく……気がつけば、先生の心は千鶴子で埋め尽くされてしまったのだと言う。

「僕の書いた物語だけに反応して、人形から人間になる彼女が愛おしくてしかたなかった。僕は彼女のためだけに小説を書き、彼女の全てを独り占めして、呆れるほど貪った」

清二はぎこちなく喉を鳴らした。

雨音とともに聞こえてくる声音も見上げる表情も、いつものように無機質で淡々としている。それでも、語られる言葉と当時を思い出す瞳の、何と情熱的なことか。

「この愛は、永遠だと思ったよ。でもね、周りはそれを許さなかった」

先生の両親と同じく、野心家で拝金主義である千鶴子の父親は、権力や金に興味がなく、文学のみに明け暮れる先生を目の敵《かたき》にしていた。

「お前が政財界に入るほど出世するなら、少しは見直してやらんこともないと言われたが、冗談じゃない。僕は、小説家になるんだ。千鶴子がもっと楽しめる話が書ける小説家に。だが、そんな矢先、千鶴子から縁談話が持ち上がっていることを知らされた」

「そ、それが、せんせえの兄さまとのえんだん……」

「こら。話の途中で、無粋なことをするんじゃあないよ」

「あ！　はい。ご、ごめんなさいっ」

手で口を押さえると、先生は肩を竦めた。

「まあ、実際そのとおりだったわけだが、当時の僕は知らなかったんだ。千鶴子が頑として、相手を教えてくれなかったからね。ただ、どんなに嫌だと言っても聞いてもらえないと泣くばかりさ。だから、僕は言ったんだ。なら、二人で駆け落ちしようと」

「！　か、かけおち……？」

驚きの声を漏らすと、先生は事もなげに「そうだよ」と頷いた。

「ちょうどその頃、文壇デビューが決まったのでね。いい機会だ。煩わしいものは全部捨てて、二人で遠くへ行こう。伊勢物語の芥川の二人のように。と、彼女に告げた」

この時、清二の脳裏に浮かんだのは、麗しくもあどけない十二単《じゅうにひとえ》の姫を背負って、夜露の光る草原を行く貴公子の姿だった。

行く当てもなく彷徨《さまよ》う彼らは、悲しくも夢のように美しい。

「だが、彼女は約束の場所に来なかった」

……そう、夢のように。

「それどころか、千鶴子は……是成と婚約してしまった」

呆然とするしかない先生の元を訪ねてきた千鶴子の乳母は、涙ながらに説明した。

千鶴子が家を捨てることを、両親は決して許さない。どんな手を使ってでも連れ戻すだろうし、娘を唆《そそのか》した先生を全力で潰しにかかるだろう。

「自分がついて行けば、僕の作家としての将来はない。だから、千鶴子は身を引いたと」

その言葉に、清二はぎゅっと胸が締めつけられた。

千鶴子の気持ちが、清二には切ないほどに理解できた。

何不自由なく育てられたお嬢様の自分が、何も持たぬ平民になって何の役に立てると言うのか。それどころか、自分が一緒にいることで、先生はいらぬ苦労を背負い込むことになる。だったら、想いを断ち切って別れたほうがいい。

(ちづこさまは、ほんとうに……せんせえのことがすきだったんだなあ)

先生に立派な小説家になってほしいという彼女の切なる願いに、想いを馳せる。

そんな清二の耳に届いたのは——。

「……『ふざけるな』」

どこまでも冷ややかな、その言葉。

「『親？　僕の将来？　破滅しかない？　何を言ってるんだ』」

「……せ、せんせえ？」

「『だったら、死ねばいいじゃないか』」

淡々と言い切ったその言葉が耳に届いた時、雨の音が遠のいた。

「『僕は構わなかった。千鶴子との愛を貫けるなら、未来が……二人の身がどうなろうが、どうでもよかった。それなのに……千鶴子の想いは、その程度のものだったのか。がっかりだ』」

その言い草は、命を懸けてまで愛する恋人に向けたものには、とても聞こえなかった。むしろ、唾棄すべき裏切り者に向けるそれのように冷徹で容赦がない。

ここで、理解する。先生が考えている「愛」とは、全てを擲《なげう》つことなのだ。相手のためなら、地位も名誉も未来さえも捨てることができる。それが、真に愛すること。それができないなら、愛していないと同じ。嘘っぱちだ。

あまりの極論に、背筋がぞくりとした。

だが、それは決して嫌悪感からくるものではなく、むしろ……。

――おれ……しんでもいいから、みんなといっしょにいる。

かつての自分が脳裏を過り、胸がざわつく。

「……そう吐き捨てた僕を、乳母は罵ったよ。乳母だけじゃない。事情を知る全ての人間が僕を責めた。『お前は人を愛する資格がない』とまで言われた。……でも、ね」

ここで、先生の声の調子が変わった。

「僕には、分からないんだよ。何が悪いのか、心が理解できない。昔も、今も。ただ……一つだけ分かったのは、僕が千鶴子に抱いたこの想いは、千鶴子にとって全くの無価値なものだったってことだけだ」

「せんせ……もう、いいです」

「是成は、僕らの仲にいまだに気づかないくらい鈍いんだ。それでも、千鶴子をこの上なく幸せにした。僕のものでいた時以上の笑顔を、作れるくらい……」

「せんせえっ。だいじょうぶです、もう……わかりましたから！」

血を吐くように悲痛な声を聞いていられなくて、清二は先生の腕にしがみついた。

それでも、先生はやめようとしない。

「だから……僕は、分かっていたんだ。僕のような、人の道理から逸脱した人間は、人と深く関わったって、ろくなことにならない。君のことも、不幸にするだけ……」

「ごめんなさいっ」

先生に力の限り抱きついて、清二は呻いた。

「ちがいます。おもってない、ふこうだなんて。おれは、しあわせです。せんせえといられて、どうしようもなく……だから、せんせえをだいじにしたくって、おれ……」

「それでも……僕は、僕の元を去ろうとする君の手を、握らずにはいられない」

「……え」

続けて呟かれた言葉に、清二ははっとした。

「君を、離したくない。今生《こんじょう》の限りかもしれない、是成との別れをした直後でも、雨が降り出した途端、君のことで頭がいっぱいになって……もう、どうしようもない……っ」

「……すき、なの？」

繋《つな》いでいる先生の手を握り締め、清二は思わず訊き返した。

「おれの、こと……なぐられてもいいくらい……どうなっても、いいくらい」

「……さっきから、そう言ってる」

「……っ！」

心臓が、止まった気がした。

「君は？　君は……僕をどう思ってる」

先生がこちらを見つめ尋ねてくる。薄闇に浮かぶ、その瞳の狂おしさと言ったら……ああ。

目の前にいるこの人は、一体何だ？

この人は、自分とは住む世界が違う人だ。元華族で、誰もが頭を下げる売れっ子作家で、自分よりずっと大人で……それなのに、どうして平民で子どもの自分に、ここまで自分を曝《さら》け出して、想いをぶつけてくる？

ありえないことだ。色んなことが間違っている。

けれど……今、ここにいるのは自分たちだ。五感で感じることができるのは、先生だけ。他は雨に掻き消されて、先生以外何もない。

そんな世界で、他人が取り決めた常識や倫理を気にして何になる。

「すき、です」

気がつけば、口が勝手に動いていた。

「せんせえが、すきです。せんせえをだいじにできるなら、どうなったっていいくらい」

ありのままの気持ちを吐き出して、先生の細く長い指に自分の指を絡める。

先生の目が大きく見開かれ、薄闇にも分かるくらい白い頬に朱が差した。

「君、は……」

「ああ！」

突如響いた叫び声に、先生の掠れた声が掻き消される。

顔を上げてみると、前方から怒濤《どとう》の勢いでこちらに突っ走ってくる合羽《かっぱ》姿の男と、それを後ろから追いかけてくる傘を差した男が見えた。あれは、田島と長谷川か？　と、思った時には、田島に体当たり気味に抱きつかれていた。

「清二君！　はあ、はあ……無事だったんだね！　よかった、よかった」

「田島さん？　もしかして、ずっと探してくれてた……」

「そうだよ！　長谷川君にも応援を頼んで……駄目じゃないか！　こんな雨の中、傘も差さずに。本当に心配した……」

「田島君」

清二に抱きついて歓喜の声を上げる田島に、先生の冷ややかな声が落ちる。

「僕は言ったはずだ。彼から決して離れるなと。それなのに、これはどういう了見だ」

「！　そ、それはですね、あの……」

「ま、まあまあ、先生」

後ろから追いかけてきた長谷川が、慌てたように先生を宥める。

「許してやってください。この数時間、彼は死に物狂いで清二君を探したんですから」

「せんせえ、田島さんをおこらないでください。わるいのは、いきさきをきちんと言わなかったおれです。田島さんはわるくありません」

清二も一緒になって頭を下げる。先生は納得がいかないようで顔を顰めたままだ。

「確かに一理あるが、君をちゃんと見ていなかったのは事実……」

「あ……ああ！　そういえば、いいコートだね、清二君。よく似合ってる。ねえ？　田島君」

長谷川がわざとらしく声を上げ、田島を肘《ひじ》で小突いた。

「へ？　……あ、ああ！　ホントだ。よく見ると、先生とお揃いだね。おまけに相合《あいあ》い傘《がさ》までして。はは、まるで恋人のよう」

「……恋人？」

左眉を思い切りつり上げ、地を這うような声で先生が訊き返す。それを、先生が激怒したのだと解釈したらしい田島と長谷川は顔面蒼白になった。

「い、いえ、その！　恋人と言うのは言葉の綾《あや》と言いますか何といいますか」

「……ふん。まあいい。実際そのとおりだしな」

「そ、そうですよね、やっぱり！　そうだったと思った……へ？」

先生の言葉に頷きかけ、田島はきょとんとした。清二と長谷川も先生が何を言ったのかとっさに理解できずぽかんとした。

しかし、先生がおもむろに腰をかがめ、顔を近づけてきたかと思うと——。

「……っ！」

額に柔らかくて湿った感触を覚え、清二は大きく目を見開いた。

これは……この感触は、先生の唇っ？

呆然とする頭で何とかそこまで考えたところで、再び先生の顔が近づいてきた。

「ずっと、今のまま……想い続けてくれ。二人で、露となって消えるまで」

清二だけに聞こえる声でお道化《どけ》たように囁いて、ふわりと小さく微笑《ほほえ》む。

「あれはなあに？」と尋ねて、「愛おしい人。あれは夜露だよ」と教えてもらって喜ぶ姫のような、屈託のない微笑み。

その、初めて向けられた笑顔を見た瞬間、清二は雷に打たれるような錯覚に陥った。

呼吸も忘れるほどの衝撃に眩暈《めまい》がした。けれど、その感覚が体に染み込んでいくほどに、あれほど心の中で燻《くすぶ》っていた迷いや不安が嘘のように消えていった。

残ったのは……一つの、揺るぎない決意。

先生が、露のように二人で消えようと言ってくれた。心の臓が破裂してしまいそうにドキドキして、嬉しい。だが……まだだ。

一緒に消えるのは、先生をたくさん大事にして、誰よりも幸せにした後。

露と答えるだけで、終わってたまるか。

（つよくなります。せんせえをだいじにできるおとこに……なってみせます！）

「……あ、ああ……せ、先生。いいい今のは、せせせせっぷ、ん……」

「やめろ！　田島君。僕らは、何も見なかった。見なかったんだ！　いいね？」

青い顔で取り乱す田島たちも気にせず、清二は先生に微笑み返した。

凜として力強い、男の顔で——。

相合い傘で子育て中

――……十三回。

柔らかな陽光に溢れた部屋に、そんな言葉が転がる。

――清様《きよ》が、小説の中で……私を殺した数。

背表紙に「著　秋月清鶴《あきづきせいかく》」と書かれた本がずらりと並ぶ本棚に向けていた視線を、声がしたほうに向けると、ベッドに横たわる白い女が淡い笑みを浮かべた。

――合っていますでしょう？　自信があります。私は「秋月清鶴」の一番の愛読者ですから。

よく、そんなことが言えるものだ。と、いつもなら、不快に思ったことだろう。

だが、今は……怖いくらいに心が凪《な》いでいる。

憎悪は微塵《みじん》も感じない。この女が、愛しい我が子と夫を残して死ななければならないと、知っているからか？　それとも……。

――……次回の新作を入れると、十四回だ。

膝の上で無邪気に笑っている赤ん坊を見つつ呟《つぶや》くと、女が哀しげに微笑《ほほえ》んだ。

――……そう。読みたかった……。

――千鶴子《ちづこ》、君は……。

――ねえ、清様。私、待っていましたのよ？　清様が、この小説のように、私を殺しに来てくださるのを、清様の殺意を感じながら、ずっと。

――……。

——けれど、あなたは来てくださらなかった。私が、成様《しげ》を愛してしまった途端、殺意さえも消えてしまった。

女の目から、涙が零《こぼ》れ落ちる。

——だから……清様がそんな方だから、伊織《いおり》を任せられるのは、清様以外考えられない。

——……千鶴子。僕には、君が何を言っているのか分からないよ。

——……ええ。分かっております。どれだけ、惨《むご》いことをお頼みしているか。

顔を逸らし俯《うつむ》いたせいで、女の首筋が露《あら》わになる。晒《さら》された肌は、是清《これきよ》のものだったあの頃よりもずっと白くて、骨を連想させた。

——伊織を託したら、清様はきっと傷つく。もしかしたら、私の時よりももっと。それでも、伊織と成様のことを想うと、託せるのは清様以外考えられないのです。清様は、誰よりも優しいお方。必ず伊織を立派に育て、成様に返してくれる。ですから、どうか……。

女が懸命《けんめい》に説明するが、やはり意味が分からない。いや、このことだけではなくて、この女の全てが数年前から理解できない。

是清を愛しているからと、是成《これしげ》と結婚したこと。幼い頃から優しく接してくれていた是成に、今まで見向きもしていなかったくせに、嫌々結婚した途端、愛するようになったこと。

是清の中で二人の結婚がいまだ燻《くすぶ》っていることも、是清が育児経験どころか赤ん坊に触れたことさえないことも知っているくせに、最愛の我が子を預かってほしいと頼んでくること。

是成を選んだくせに、「清様は誰よりも優しい」などとほざくこと。

全く理屈に合っていないそれらを、女は「愛するがゆえ」と言う。

自分にはまるで分からないが、他の人間にはよく分かるらしい。そして、理解できない是清を責める。お前は薄情で最低だと糾弾《きゅうだん》する。千鶴子が自分を捨て、是成と結婚した時と同じように……いや、千鶴子のことだけではなく、いつだってそうだ。

せっかく産んでやったのに、なぜ立派な駒《こま》になろうとしない？　兄よりも上の成績を取るなんて、なぜ兄の立場を慮《おもんばか》れない？

全部お前が悪い。自分のことしか考えないお前は最低の屑《くず》だ。延々そう言われてきた。

そんな自分が、赤ん坊を育てる？　どう考えても無理だ。

そう思うのに、どうしても……否《いな》と言えなかった。

千鶴子たちにはひどく傷つけられたが、一時でも幸せをもらった事実は変わらないし、あの親戚たちに引き取られた後、この赤ん坊が受けるだろう扱いを思うと……。

物同然に扱われ、薄汚い悪意と下心に埋もれて……この屈託《くったく》のない笑顔などすぐに消えて、人形のようになってしまう。かつての自分たちのように。それは、あまりにも悲しい。

なんて……単なる感傷で引き受けてしまったことを、是清はすぐに後悔した。

親子の情など知らぬ自分が、赤ん坊を育てられるとは到底思っていなかったので、住み込みで見てくれる乳母《うば》を探したが、どいつもこいつも気に入らなくて全然決まらない。

執筆中は編集の連中が見てくれたが、彼らに十分な子守などできるわけがなく、伊織はどんどん荒《すさ》んでいく。

たくさんの本を読んで色々試してみたが、全然泣き止《や》まないし、言うことも聞かない。それどころか、物を壊したり、人を叩いたり、挙げ句の果てに自分から頭を床に打ち付けたりといった自傷行為まで繰り返すようになった。

ここまで来ると、自分のやり方がまずいから伊織はこんなに怒っているのだと、頭では分かっていても、伊織が恐ろしい怪物に見えた。

せっかく仕上げた原稿を破かれた時などは、思わず叩きそうになった。

しかし、事情を知らない周囲は、是清を白い目で見た。自分で引き取ったくせに、乳母も雇わず、世話は子守のど素人《しろうと》である編集に丸投げ。無責任極まりないと。

そんなものだから、こんな連中に弱みなど見せるものかと余計意固地《いこじ》になって強がったが、実際は泣きじゃくる伊織を抱え、一人途方《とほう》に暮れていた。

そんな中で、たった一人……。

——はは。てれやさん。

柔らかく微笑み小さな手を差し伸べて、是清と伊織を救ってくれた彼。

彼と手を繋《つな》ぐと、春の木洩《こも》れ日に包まれる気がした。尽くされ、甘やかされる心地よさを教えられた。

こんなにも自分を慈《いつく》しみ、心に触れてくれる人間は、彼以外にいない。

だからあの雨の日、言ったのだ。「二人で露《つゆ》と消えるまで、一緒にいよう」と。

彼は心底嬉しそうな笑顔で頷いて、繋いだ手をきゅっと握り返してくれた。

嬉し過ぎて、この想いは永久に変わらないのだと、何の根拠もないのに強く思った。

それなのに——。

＊＊＊

頬に何か柔らかな感触を覚え、山野《やまの》清二は瞬《まばた》きした。すると、真っ暗だった視界の代わりにこちらを覗《のぞ》き込む、逆さまの先生の顔が映って……逆さま？

（あれ？　なんで、逆さまなんだっけ……？）

いまだぼんやりとした頭で思い返してみる。

確か今日は、伊織を初めて作法の講師の元へ預《あず》けに行ったのだ。

伊織の世話を任されて三年。できる限り愛情を注《そそ》ぎ、箸《はし》の持ち方や服の着方など色々教えてきたが、伊織が大きくなるにつれ、清二には教えられないことも増えてきた。

その一つが上流階級のマナーだ。いずれ陸軍大佐である父、是成の元に戻る伊織には必要なことだが、平民出の清二にはどうにも勝手が分からない。

先生に相談すると、先生は作法の分野で著名な講師を探し、家に呼んでくれた。

しかし、是成が日々贈りつけてくる玩具《おもちゃ》で溢《あふ》れ返るこの家で、伊織が面白くもない稽古を真面目に受けるわけがなく、すぐ逃げ出して玩具で遊んでしまう。

だから、その講師の家に行って稽古を受けることになった。

伊織を講師の家に送り届けてきた後、清二は伊織が散らかした部屋を片づけようとしたのだが、そこへ先生がやってきて、正座するなりこう言った。

——膝枕《ひざまくら》をしてやる。頭をここに置きたまえ。

突然の申し出に面食らい「どうして」と尋ねると、先生は「君のせいだ」と不機嫌そうに右眉を上げた。

——伊織から解放される機会なんて滅多《めった》にないんだ。少しは息抜きでもしたまえ……と、言っても、君は言うことを聞かないだろう？　だから、僕が一肌脱ごうと言っている……夜《や》叉丸《しゃまる》。駄目だ。この膝は今、彼専用だ。

先生の膝上を食い入るように見つめ、じりじりと間合いを詰めてくる夜叉丸をけん制しつつ、そんなことを言ってくる。

それを見て夜叉丸は諦《あきら》めたのか、こちらを向いて促すように「みゃあ」と鳴いてくる。

なので、清二は「じゃあ、失礼します」と断り、先生の膝上に頭を乗せた。

予想していたことだが、頬に先生の膝の感触を覚えただけで体が緊張した。猛烈な羞恥《しゅうち》も襲ってきて、清二は耳まで真っ赤になった。

それなのに、先生は綺麗な顔をぐいっと近づけてきて「僕の膝はどんな具合だ」「眠れそうか」と、しきりに聞いてくる。

こんなの、絶対眠れない。そう思って……ああ！

そうだ！　自分は今、先生に膝枕をされているんだった！　その状況を把握《はあく》した瞬間、またも羞恥が襲ってきて、清二は慌《あわ》てて飛び起きた。

「すみません！　俺、先生の膝で、その」

「何を言う。君に膝枕をすると言い出したのは僕だ。謝《あやま》る必要はない。そら、伊織を迎えに行くまでまだ時間がある。もう少し休みたまえ」

居丈高《いたけだか》に言って自分の膝を打つ先生に、清二はぎょっとした。

「いえ、大丈夫です。もう十分、休ませてもらったので……っ」

口を閉じる。清二が着ている甚平《じんべい》の裾《すそ》を無言で摘《つま》み、離さない先生を見てしまったせいだ。

こんな子どもみたいな強請《ねだ》り方をして、可愛い！

「じゃ、じゃあ、もう一回失礼します」

心の中で叫びつつ、再び先生の膝に頭を乗せた。先生がふんと鼻を鳴らす。

「どうしたんですか？」

「今から二時間前。君は今みたいに全身を緊張させて、僕の膝に頭を乗せた。それでも、君を三十五分後には眠らせて、一時間二十五分も熟睡させた。非常に優秀な膝だと思わないか？」

「へ？　ああ……確かに。言われてみればそう……ええっ？　二時間っ？　すみません！　そんなに長い間。足、痛くないですか」

再び飛び起き尋ねる。先生は澄《す》まし顔で首を振った。

「別に。そんなことはない」

「じゃあ、今すぐ立てます？」

「……今、そういう気分じゃない」

ぷいっとそっぽを向く。強がりに苦笑して、先生が足を伸ばすのを手助けしようと手を差し出したが、すげなく振り払われてしまった。

「いい。後で、自分で何とかする。それより、次の伊織の稽古の時も、膝枕するからな」

高らかと宣言された言葉に、清二は一瞬息を詰めた。

「そんな……駄目ですよ。先生にはお仕事がありますし、先生の足が可哀想……」

「こうでもしないと寝ない君が悪い。知っているんだぞ？　最近まともに寝ていないこと」

ずばり指摘され、今度は口から心臓が飛び出しそうになった。

なぜ知っているのだろう。上手く誤魔化《ごまか》していたはずなのに。

背中に嫌な汗が伝う。表情も強張りかけたが、清二は無理矢理笑みを作って頭を掻《か》いた。

「はは、ごめんなさい。最近読んでる本が面白くて、つい……分かりました。ちゃんと寝ます。だから、こういうことはもう……っ」

びくりと肩が震えた。先生の右眉が、思い切りつり上がったからだ。

「君は……そんなに僕の膝枕が嫌なのか？」

「ええっ？　いや、決してそういう意味じゃ……はは」

「何が可笑《おか》しい」

「だって、先生が……いえ、何でもないです。ただ……先生の膝枕、好きですよ？」

可愛いと言ったら怒ると知っていたから、それだけ返すと、先生は左眉をつり上げてそっぽを向いた。やっぱり可愛いな。そう思いつつ、掛け時計を見る。四時半。そろそろ出たほうがいいだろう。

「では、先生。俺は伊織君を迎えに行ってきます。留守番よろしく……？」

平伏し、出かける挨拶《あいさつ》をしていると、手招きされた。

何だろう。何の気なしに近づく。すると、額に口づけられたものだから仰天した。

「早く、帰ってくるんだぞ？　夜叉丸と二人きりは退屈だ」

どこか甘い響きのする声で、ひっそりと囁《ささや》かれる。とっさに何も言えず固まっていたが、そばにいた夜叉丸が心外だとばかりに「みゃあ」と鳴いて、ようやく我に返った。

「あ……はいっ。じゃあ、その……行ってきます！」

ひっくり返った声で答え、脱兎《だっと》のごとくその場から逃げた。

走って走って、全速力で講師の家までたどり着くと、清二はようやく立ち止まり、火をつけられたように熱い顔を掌《てのひら》で拭《ぬぐ》った。

（ああ、もう！　先生、ほんっとに変わらないんだから！）

三年という月日が流れても、自分の姿がこんなになっても……と、乱れた息を整えつつ、近くにあった硝子《ガラス》窓に目をやる。

そこには、長身で均整のとれた立派な体軀の男が映っていた。

痩せっぽちの子どもの面影《おもかげ》は、欠片《かけら》も見つけられない。

この三年で、清二の体は急激に成長した。先生の腰くらいまでしかなかった背丈は、たった三年で先生のそれを追い越し、骨格もがっしりとした大人のそれに変わって——。

「先生を大事にできる強い男になりたい！」と、強く願ったから、神様が叶《かな》えてくれたのかも？　と、清二は密《ひそ》かに思っている。

ありがたいことだが、それでも……ちょっとやり過ぎでは？　と、思っていたりもする。

心が、体の変化についていけない。

体が大きくなったせいか、急に小さくなってしまった目に見える世界。

力が強くなったせいか、とても脆《もろ》く、儚《はかな》く感じてしまう、この手に触れるもの。

毎朝鏡で見る顔が、愛らしさの欠片もない、ごつい男のせいか。先生から今までのように、頭を撫《な》でてもらったり何だりされると、嬉《うれ》しいより先に、「大の男が何をされているのだ！」と猛烈に恥ずかしくなって……と、今までとは全然勝手が違うため、一々戸惑《とまど》ってしまう。

本人でさえこうなのだ。一番そばにいる先生も当惑するはずだが、何というか……びっくりするくらい無反応、今までどおりだ。

頭を撫で、頬をぺちぺち叩いて、親愛の情を示す接吻《せっぷん》も平気でしてくる。「君、ずいぶんとむさ苦しくなったな」などと言われたりするのも嫌だが、それにしたって……いや。分かっている。先生にとって大事なのは中身だけで、姿かたちはどうでもいいこと。だから、三年前とはまるで違う容姿になっても、変わらぬ態度で接し、可愛がってくれる。とてもありがたいことだ。でも……と、思わず唇を噛《か》み締めていると、

「あ！　きよちゃんだあ！」

ころころと転がる鈴のように可愛い声と、トテトテという足音が聞こえてきたかと思うと、足に何かが飛びついてきた。くりっとしたどんぐり眼とぷっくりとした赤いほっぺが愛らしい洋装姿の男の子が、満面の笑みを浮かべ、こちらを見上げている。

「伊織君、お稽古《けいこ》ご苦労様。いい子にお稽古した……」

「伊織さん！」

清二の声をかき消す鋭い女性の声が響いた。奥から、品のいい着物を着た、初老の女性が優雅に歩み出てくる。伊織に作法の稽古をつけてくれた講師だ。

「伊織さん、廊下は走っては駄目と、さっき教えたばかり……」

きゅぅうう。

「？　この音、もしかして伊織君の……っ」

「きよちゃん！　きょうのおゆうはん、なあに？　いおい、おむれちゅがたべたいです！」

きゅうきゅうお腹を鳴らし、伊織が甚平の裾《すそ》を引っ張ってくる。

その様を見て、女性は思わずと言ったように笑い出した。

「可愛い坊やですわ。でも、教える生徒としては強敵です」

「あ……すみません。次回もどうぞよろしくお願いします。伊織君もほら、ご挨拶」

「はい！　せんせえしゃま、おねがいちます！」

清二に促《うなが》され、伊織が勢いよく頭を下げると、相手は笑みを深くした。

「ええ勿論。こちらこそ、よろしくお願いいたします。それと……もし、よろしければ、あなたも稽古を受けてみません？」

「……え？」

思いがけない言葉に清二が瞬きすると、相手はなぜかそっと目を逸らした。

「いえ……見る限り、あなた、なかなか筋がよろしいようですから、その」

「ああ……ありがとうございます。でも、俺はただの使用人なので」

「そう、ですの？　でも」

「じゃあ、次回もお願いします。伊織君、行こうか」

丁重《ていねい》に頭を下げ、その場を辞す。伊織の腹がいつまでも鳴りやまないので、早く何か食べさせてやりたかったのだ。

「きよちゃん……むぐ。どうちて、せんせえしゃま……むぐ。おかおがあかくなったんですか……っ」

講師の家を出てすぐに渡してやったキャラメルを頬張《ほおば》りながら尋ねてくる伊織の赤い頬を、清二は軽く摘んだ。

「伊織君、食べている時に喋ったらいけないよ？　というか先生が？　そうかな。普通だと思うけど。それより、お稽古よく頑張ったね。ご褒美に今夜はオムレツを作ってあげる」

「！　ほんとですかっ？　わあい！　おむれちゅ、おむれ……あ」

清二の手を握ったまま、嬉しそうにぴょんぴょん飛び跳ねていた伊織が動きを止めた。

「伊織君？　どうかした……っ」

いきなり、前方が暗く陰った。見ると、こちらを睨《にら》みつける詰襟《つめえり》姿の学生が三人立っていた。

「貴様《きさま》か？　下賤《げせん》の分際で、我ら帝大生を愚弄《ぐろう》する不届者は」

「へ？　いや、誤解です。俺は別に……」

「シャラップ！」

学生の一人が叫んだ。清二たちがきょとんとした顔をすると、三人はニヤニヤ笑い出した。

『おい、こいつ。英語は喋《しゃべ》れないようだぜ』

『当たり前さ。寺子屋《てらこや》にさえ行ったことがない輩《やから》に、喋れるわけがない』

『はは。少しばかり勉強ができると言っても、所詮《しょせん》この程度さ』

これ見よがしに英語で会話して勝ち誇る相手に、清二は肩を落とした。

容姿が大人びてからというもの、帝大生によく絡《から》まれるようになった。

売れっ子作家にして、帝大を首席で卒業した過去を持つ先生は、学生たちの憧《あこが》れの的《まと》だ。

清二が先生の元に来てからも、数え切れないほどの学生が先生に近づこうとした。

けれど、先生はそのことごとくを突っぱねた。自分の才や肩書の恩恵に与《あずか》ろうと媚《こび》を売ってくる輩は、虫唾《むしず》が走るほど嫌いだと言い捨てて。

先生は誰も寄せつけない。一瞥《いちべつ》くれようとさえしない。

それだというのに、なぜか百姓出の清二だけところ構わず構い倒し、過保護に甘やかす。

名門の家の出である連中には、それが我慢ならないらしい。

――お前のような下郎が、あのお方の恋人のように振る舞うなど言語道断。身の程を知れ！

最初のうちは、何を言われても無視を決め込んだ。先生の使用人である自分が騒ぎを起こしたら、先生に迷惑がかかる。それなのに、

――何だ。あの先生様、こんな見かけ倒しのでくの坊を、いつも自慢げに連れ歩いている

のか。ハハ、とんだ道化だな。

その言葉を聞いた瞬間、頭に血が上《のぼ》った。

自分のことなら、いくら馬鹿にしてもいいが、先生への悪口だけは許せない。

気がつけば、先生に授けてもらった知識を駆使《くし》して相手を言い負かし、尻餅《しりもち》を突かせていた。それ以来、今まで以上に絡まれるようになってしまって——。

「ねえ、きよちゃん。あのひとたちは、なにごとをはなちてるんですか？」

内心溜息《ためいき》を吐《つ》いていると、伊織が不思議そうに小首を傾《かし》げながら尋ねてきた。

「ああ。あれは英語だよ」

「え？　あれが？」

思い切り首を傾げる伊織に笑って、清二は伊織から三人へと向き直った。

『すみません。三人とも、発音が間違っていますよ』

「……は？」

『そんなに単語、単語を区切って発音していたら、向こうでは絶対通じません。まだ、リンキングを習っていないのなら、しかたないですが』

三人とは比べ物にならないほど流暢《りゅうちょう》な英語で指摘する。

最初、相手は鳩が豆鉄砲を食らったような表情を浮かべていたが、しばらくして訝《いぶか》しげに表情を曇らせると、お互い顔を見合わせた。

「お、おい。あいつ今、なんて言ったんだ？」

「さあ？　あんな単語聞いたことが……あ！　でたらめ言ってるだけじゃ」

どうやら、上手く聞き取れなかったようだ。

よく分かる。自分も先生の英語を初めて聞いた時はそうだった。

とはいえ、これで隙《すき》ができた。清二は伊織をひょいっと抱え上げ、走り出した。

三人が慌てて追いかけてくる。卑怯者《ひきょうもの》だ何だと罵《のの》しられたが、構わず走り続ける。すると、見た目どおり運動は苦手なのか。連中の息はすぐ上がり始めた。

「きよちゃん、どうちてにげるんですか？」

「実は、語学は苦手なんだ。英語以外だと、独逸語《ドイツご》しか喋れないんだもの」

仏蘭西《フランス》語や露西亜《ロシア》語で来られたら困る。そういうと、伊織は目を輝かせた。

「しょれ、ちってます！　しゃんじゅうろっけい、にげるにちかじゅ！」

「はは。伊織君、よく知ってるね。偉いえら……」

「……はん！　馬鹿じゃ、ないのかっ？」

不意に聞こえてきたその言葉。思わず立ち止まって振り返る。

走り過ぎて地面にへたり込む帝大生たちが見える。その姿は非常に間抜けていたが、

「ただの使用人のくせに、英語が話せて、何になるんだ？　いくら頭が良くても、帝大生をコケにしても、使用人は所詮使用人。何にもなれない」

「僕らが将来、官僚や提督《ていとく》になって皆から頭を下げられるようになっても、お前は相変わらず大根買って、草むしりしてるんだ！」

「何もない。お前には何もない」

口々に言って、彼らは声を上げて嗤《わら》った。心底馬鹿にするように。

清二は色のない目で彼らを見つめていたが、伊織の呼びかけで我に返った。

「だいじょうぶですか？　どこか、いたい？」

「……うん。ありがとう。俺は、大丈夫だよ。けど……いつもどおり、先生には内緒にしていてくれないかな？」

「……はい。わかいまちた。いおい、いいません」

「ありがとう。伊織君はいい子だね。じゃあ、行こうか？」

伊織をぎゅっと抱きしめて、清二は歩き出した。伊織の柔らかな温もりを噛み締めて。


養子になることを断り、先生の使用人になることを選んだら、無限に広がる将来の可能性を潰すことになる。

最初から分かっていたことだし、構わないと思った。先生のそばにいられるなら、一人で伊織を育てていかなくてはならない先生の役に立てるなら、それでいい。

そんな決意の元、先生の使用人になって三年。

体は立派に成長し、頭も先生の指南《しなん》によりある程度利口になった。

おかげで今まで以上に、世界は広く、自分は小さな世界で生きているのだと思い知った。

自分の知らない外の世界はどうなっているのか。時々思いを馳《は》せることがある。

立派過ぎる先生の傍《かたわ》らにいる、何も持たない自分は、どれだけ滑稽《こっけい》に映るのかと、気が滅《め》入《い》ることもあれば、伊織に教えてあげられないことも徐々に増えてきていて、焦《あせ》りを覚えることもある。それでも——。

「それじゃ、手を合わせて。いただきます！」

「いたじゃきます！」

これだけは、自信を持って言える。自分は、この上なく幸せであると。

「今日はオムレツか。……うん。前より上手《うま》くなってるじゃないか」

「え！　本当ですか？」

「はい！　ふわふわちてておいちい……ああっ」

「？　どうしたの、伊織君」

「……に、にんじん」

先生と伊織。それから夜叉丸。皆と「家族」としてともにいられる。

それが世間から見たら、どれだけおかしな組み合わせで歪《ゆが》んでいようと構いはしない。

先生と自分が、不器用ながら一生懸命に作り上げた家族。幸せの形。

何にも代えがたい歓《よろこ》びだと、この三年大事に使い続けている、継《つ》ぎ目のついた先生と揃《そろ》いのお茶碗を見るたび思うのだ。

「それは……でもね、いつもより小さく切ってみたんだよ？　それで、大好きなオムレツと一緒に食べると美味《おい》しいから」

「ううん。あの……にんじん、きよちゃんに、あげ……」

「伊織。自分で食え。そんなことじゃ、大きくなれないぞ」

先生が容赦《ようしゃ》なく、ぴしゃりと告げる。すると、伊織はぷっくりした頬《ほお》を膨《ふく》らませた。

「ぶう！　せんせえだって、にんじん、たべないくせに！　ずゆいです！」

「ふん。僕は君と違って、もう大きくならなくていいからな。……知らないのか？　子どものうちに人参《にんじん》を食べておかないと、背が全く伸びなくなると」

「ええっ！　ほ、ほんとですかっ？」

「ああ。その証拠に、僕の分の人参も食べ続けた彼は、こんなにも大きくなった」

「は？　……そ、そうだよ？　先生はいつも、俺を大きくするために人参をくれたんだ！」

実際、先生はただ人参が嫌いで清二の器《うつわ》に放っていただけだし、清二も「子どもみたいなことして、先生可愛い！」と悶《もだ》えていたら、うっかりそのまま食べてしまっていたというだけの話なのだが、これも伊織の好き嫌いを克服《こくふく》させるためだと話を合わせる。

「ううう……しょう、だったんですか。いおい、てっきり、せんせえはやしゃいがきやいだかや、きよちゃんにあげてゆんだとおもってまちた」

ごめんなしゃい。素直に頭を下げる伊織にちょっと心が痛んだが、先生は全く悪びれた様子はなく「分かればいいんだ」と偉そうに頷く。

「今、人参をしっかり食べておかないと、君の背丈は永久にそのままだ。いいのか？　早く大きくなって、大佐の父上を助けるんじゃなかったのか？」

「……ううう。じゃあ、たべます。ううう……っ！　あ、おいちい！」

「え？　ハハ。なんだ、ただの食わず嫌いだったのか」

自分が笑うと、伊織が照れたように笑う。先生も控《ひか》えめではあるが、表情を和《やわ》らげて淡い笑みを浮かべてくれる。それだけで、十分幸せなはずだ。

「……あ！　きよちゃん、みてくだしゃい。あめがふってます！」

それなのに、夜の雨を見ると、こんなにも――。

「……そうか。なら、今夜は皆で寝よう」

夜、雨が降ったら皆で一緒に寝る。三年前、先生が作った我が家の決まり事。

この決まり事のおかげで、清二は雨の夜が好きになった。傍らで眠る、好きな人たちの気配を感じながら聞く雨音はとても温かくて、優しい音をしていることも知った。

でも、今は……正直苦行でしかなかった。と、言うのも……。

「よし。さあ、着替えさせてくれたまえ」

一人でちゃんとお着替えをしている伊織の横で、ふんぞり返って命令してくる先生。

「は……はい。では、失礼します……！」

（はぁああ。……よし。落ち着け、落ち着け！）

胸の内で何度も念じながら、先生の帯《おび》に手をかける。

先生は子守や家事だけでなく、自分の身の回りの世話まで清二に任せるようになった。着替えも、髪を梳《と》くのも、爪の手入れも、果ては風呂場で体を流すことまで、全部。

なんで、そんなことをするのかといえば、先生が抱《いだ》くとある持論によるものだ。

「せんせえ、あかちゃんみたいです」

「赤ちゃん？　伊織、それは彼への最高の褒《ほ》め言葉だ」

「……ほめことばあ？」

「そうだ。自分なしでは生きていけないほど、全部を主《あるじ》から預けられる。従者として最高の栄誉じゃないか」

揺るぎない口調で先生は言い切ったが、伊織は思い切り首を捻《ひね》った。

「うーん？　いおい、よくわかやないです。でも、きよちゃんがよろこぶなら、いおいもあかちゃんになります！」

「駄目だ。彼は僕だけの人だ。君も君だけの人を探して接吻して、その人の赤ん坊になれ」

子どもに向かって大真面目に言って、無防備に身を任《まか》せてくる先生に、清二はじくりと胸が痛んだ。

「いおいだけのひと？　それ、どこにあゆんですか？」

「さあ。どこにいるんだか。ちなみに、僕は道端で拾った」

「わかいまちた！　あちた、きよちゃんといっちょにしゃがちてみます！」

先生の理屈が、正しいかどうかは分からない。けれど、少なくとも清二にとっては、とても喜ばしいことだった。

先生がこんなにも自分のことを信じてくれているのかと思うと……というか、甘えてくる先生が可愛いから何でもいいや！　と、嬉々《きき》として世話を焼いてきた。

それなのに、今は……先生の可愛い仕草《しぐさ》より、先生の艶《つや》やかな髪や着物の裾から覗く、青白い項《うなじ》や太腿《ふともも》が気になってしかたない。

このきめ細かな肌に掌を這わせたら、どれほど気持ちいいだろう。今、帯を結んでいるこの細い腰を抱き寄せたら、どんな感じなのか。そう思うと、体が熱くなって……ああ。

先生の体に欲情を覚えるようになったのは、いつのことだろう。

いつの間にか自分より小さくなった先生の手を握り、あまりの華奢《きゃしゃ》な感触にドキリとした時か。誤《あやま》って切ってしまった指に唇を寄せてきた先生の唇から覗いた赤い舌に、ぞくりと寒気を覚えた時か。

数えたらきりがないが、多分それら一つ一つがじわじわと、自分を変えていったのだろう。

いつもしてもらう挨拶の接吻にさえムラッと来るようになると、さすがに怖くなって、夜な夜な般若心経《はんにゃしんぎょう》を書き殴ったり座禅を組んだりして、必死に劣情を抑え込もうとした。

しかし、それはいつしか許容量を超えて、とうとう……夢の中で、先生を抱いてしまった。なんてことをしてしまったのだろう。夢の中でとはいえ、先生にあんなことをして、最低の裏切りだ！

今までと変わらず、自分に全幅《ぜんぷく》の信頼を寄せ、自分の全てを任せてくる先生を見たら、なおさらそう思えて、自己嫌悪と絶望感に押し潰《つぶ》されそうになった。

何も持たない自分だが、先生からの想いを受け止めることだけはできる。それが、唯一の誇《ほこ》りであり、全てだったのに、自分はそれを汚してしまった。

これから、どうしたらいい？

多分一番いいのは、先生に話すことなのだろう。けれど、素直に話してその後は？

……きっと、先生は許してくれない。先生のために身を引いた千鶴子への言動もそうだが、先生が千鶴子と別れた当時書いていた探偵小説の内容を見ると、そうとしか思えない。

純粋で潔癖《けっぺき》過ぎるがゆえに、相手の些細《ささい》な心変わりも許せず暴走する、先生とおぼしき人物と、そんな相手に恐怖し拒絶する千鶴子とおぼしき人物を、何度も設定を変えて登場させ、執拗《しつよう》に殺し合わせていた描写を思うと――。

先生は、どうするだろう。千鶴子の時のように、綺麗さっぱり見限って捨ててしまうのか。それとも、小説の中の犯人たちのように殺そうとするか。

捨てるぐらいなら、殺してほしい。そう願うくらい、先生を想っている。

それでも、いまだにこの裏切りを言い出せないのは……。

「おい」

大声を上げて叫びそうになった。布団の中で、伊織を挟《はさ》んで眠る先生の気配を感じ取らぬよう、必死に頭の中で般若心経を唱えていたら、突如先生の顔が視界いっぱいに映り込んできたのだ、無理もない。

「今夜も、眠れないんだな。今までは、皆で眠れば必ず眠れていたのに」

「せん、せ……っ」

「言ってくれ。君は、何を悩んでいるんだ」

労《いたわ》るように清二の頬を撫でて、先生が単刀直入に尋ねてきた。

「僕は君の泣き顔が嫌いだが、今にも泣きそうな顔も嫌いだ。一人でため込んで苦しいなら、僕に吐き出せばいい」

どこまでも真摯《しんし》で、真《ま》っ直《す》ぐな視線と声音。嘘などまるで見えない。いや、それだけではなくて、これまでの記憶が、嘘偽《いつわ》りない本音だと訴えてくる。

二人で生きていけるよう、伊織を育てられるよう、二人で助け合ってきた三年間。それを思えば、裏切ることなど到底できない。それなのに。

「力になれることなら力になる。なれなくても、一緒に悩むことはできる。だから……っ」

気がついたら、先生をきつく、抱き締めていた。

久しぶりに抱き締めた先生の体は、想像よりずっと細くて、自分の腕にすっぽり収まってしまった。あまりにもぴったりな抱き心地のよさに、全身の血液がうねる。

「好き、です」

雨音に掻き消えてしまいそうなほど小さな声が、部屋に転がる。

「先生が、好きです。どうしようもなく」

(これ……俺の声か？　何、してる？　俺は、今……何をしているんだ)

自分のしていることが理解できず、清二は狼狽《ろうばい》した。先生にいきなりこんな……しかも、すぐそばに伊織が寝ているというのに、正気の沙汰《さた》じゃない！

先生も、予想外過ぎる事態に面食《めんく》らったのか、身を硬くしたまま何も言わない。

しばらくして「離せ」という呟《つぶや》きが腕の中で響いた。

心臓が嫌な音を立てて軋《きし》んだ。それと同時に、先生を抱く手に力が籠もる。考えてのことではない。無意識の行動だった。すると、今度は宥《なだ》めるように二の腕を軽く叩かれた。

「大丈夫だ。逃げたりしない。ただ、君の顔が見たいんだ」

先生が静かに言う。顔が見たい？　どうして？　意味が分からなかったが、先生の声がひどく優しかったから、清二は先生から体を離した。

見遣《みや》った先生の顔は、いつもどおりの無表情だった。しかし、清二と目が合った途端《とたん》、柔らかく両の目を細め、清二の両頬を掌で包み込んできた。

そのままゆっくりと、自分のほうへ引き寄せて……清二の額《ひたい》に、口づけた。

——これはね、家族に親愛を示す異国の挨拶だよ。

額への接吻はどういう意味があるのか。以前尋ねた時、先生はそう言った。

——これから毎日するからな。忘れっぽい君が、忘れてしまわないように。

あの時は、その言葉が嬉しくてしかたなかった。なのに。

「……僕もだ。僕も、君だけが好きだ」

そっと、包み込むように清二を抱き締め、先生が耳元で囁いてきた。

その所作は、額への接吻同様……優しさと温もりに溢れてはいるが、性的な含みは欠片も感じられないもので、清二はやるせなくなった。

やっぱり、先生と自分の想いの形は哀しいほどに変わってしまった。

それでも、自分はこの人が無邪気に握ってくる手を振り解《ほど》くことなんかできない。嫌われたくないし、たとえ先生に気持ちを偽っていたとしても、離れたくない、どうしても。

だから、これからもそばにいる。突如抱いてしまった、この悪《あ》しき感情なんか、すぐに噛み殺してみせるから！

さあさあと誘うような雨音から逃げるように、先生を抱き締め、先生の温かな鼓動《こどう》だけを聞きながら、清二は胸の内で叫んだ。

＊＊＊

世界は、実に不条理にできている。

山野清二という少年を知れば知るほどに、秋月是清は思った。

清二は是清が知る中で一番善良で、穏やかな人間だった。

どんなにつんけんした言葉も、綿菓子でくるんでぽんっと放ってくるような受け答え。仏頂面《ぶっちょうづら》しか浮かべられない自分にも自然に向けてくれる、春の日差しのような、どこまでも柔らかく温かな笑顔。

どんな境遇であろうと誰も恨まず、感謝の気持ちを忘れず、慈愛の心に満ちている。

なぜ、こんな人間が家族に売り飛ばされるのか。なぜ、車に轢《ひ》かれても助けるどころか、このまま死んだほうがいいと見殺されるのか。なぜ、こんなに傷つかなければならないのか。

あまりにも理不尽《りふじん》で不条理だ。夜、雨が降るたびに暗く翳《かげ》る清二の横顔を見るたびに思った。けれど、清二がこちらに気がつくと必ず、ころころと嬉しそうに微笑《わら》って、

——せんせえときくあまおと、すきです。

そう言って、控えめに着物の袖《そで》を摘んでこられると、ささくれだった感情はすぐに凪《な》いで、清二がそう思うのならいいかと、清二の小さな頭を撫《な》でつつ思ったものだ。

それだというのに、今のこの状況は何だ。

「秋月君、君は山野君のことを何だと思っているのかね！」

真っ白な口髭《くちひげ》を震わせ、老人ががなり声を上げる。

彼は学生時代の恩師だ。まあ、恩師と言っても、彼の授業を受講していた程度の間柄で、帝大を卒業して以来会っていなかったが、今日何の断りもなくいきなりやって来た。

てっきり、いくら注意しても清二への嫌がらせをやめない学生たちのことについての謝罪かと思って、家に上げてみたのだが……。

「彼は独学で英語と独逸語を習得してしまえる天才なんだぞ。それなのに、子守なんかさせて！　学校に通わせて、才能をさらに伸ばしてやろうとは思わないのか」

何でも、清二が学生たちに絡まれているところへ偶々《たまたま》通りかかったので話してみると、清二が実に優秀な若者であることに感銘を受けるとともに、清二を学校にも行かせず下働きさせている是清に怒りを覚え、こうして押しかけてきたのだというのだが……全く。

色々突っ込みたいところはあるが、そもそも、道端で高々二、三回話した程度の間柄で、三年も清二と連れ添ってきた自分に説教してくるなんて、滑稽極まりない。

「何だ、その顔は。まさか、知らないのか？　まあ人間に興味がない君には無理もないことだが。知らないなら教えてやる。彼は本当に天才だ。読み書きだけでなく、発音も完璧《かんぺき》で」

「結構。興味がありません」

言われなくても教えた自分が一番よく知っている。そういう意味の言葉だったが、相手は別の意味で解釈したらしく、ますます眦《まなじり》をつり上げた。どうでもいいので訂正しなかったが。

「貴様という奴は！　もういい。山野君はわしが引き取る。そこまで彼に興味がないのなら構わんだろう」

「……その言葉、そっくりそのままお返ししますよ。教授、あなたが関心を寄せているのは、彼の脳みそだけだ。それ以外のもの、彼の都合も心も、どうでもいいんだ」

「！　何だとっ、そんなことは」

「『子守なんか』」

「何っ？」

「彼はその『子守なんか』に、この三年間心血を注いできたんですよ。伊織を自分のできる限りで立派に育ててやるんだとね。文字を覚えたのも、伊織に本を読んでやるためです。あなたは、彼のそんな心情を何一つ理解していない」

「そ、それは……っ」

「そもそも、あなたは彼に絡んでいた学生たちを注意したんですか？　相手の才能を僻《ひが》み、大勢で詰《なじ》るなど、日本男児として恥ずべきことだ。それなのに……今抱えている教え子さえ持て余している分際で、彼を引き取るなどと、血迷ったことをほざかないでいただきたい」

不愉快です。冷然と、容赦なく言い捨てる。

相手は怒りのためか、こめかみに血管を浮かび上がらせ、顔を真っ赤に染めた。しかし、痛いところを突かれているため、言い返すこともできないらしく何も言ってこない。

「恩師に対して、その態度。君のような男に拾われて、彼は不幸だっ」

ようやくそれだけ吐き捨てると、教授は乱暴な所作で立ち上がり踵《きびす》を返す。是清は立ち上がるどころか、相手に視線を向けもしなかった。

玄関の戸が閉まる音を聞き届けた後、自然と溜息が漏《も》れた。

（……これで、六人目か）

最近、清二のことで訪ねてくる人間が増えた。

うちの店、会社で働かせたい。婿《むこ》養子にして、店を継がせたい。

学校に通わせて云々《うんぬん》については、多くの人間から言われていて……全く、三年前は清二がボロボロに傷ついて倒れていようが、このまま死ねばいいと切り捨て、誰も顧みなかったくせに、今更寄越せと言ってくるなんて、ふざけているにも程が……いや。

きっと、世界が気づいてしまったのだ。もう二度と人と深く関わるものかと、頑《かたく》なに心を閉ざしていた自分にさえ、「一生涯添い遂げたい」とまで思わしめた、清二の魅力に。

だから皆、是清にあれこれ難癖《なんくせ》をつけて、清二を寄越せとほざいてくる。

——君のような男に拾われて、彼は不幸だっ。

確かに、最初は自分もそう思っていた。

自分が世間一般とかけ離れた感覚の持ち主であることも、そのズレが意図せず相手を傷つけてしまうことも全部、千鶴子の件で嫌というほど思い知っている。

初めて会った時の清二に対してもそうだった。

親に売られた上に人買いにも見捨てられ、身も心もぼろぼろだった清二に、「お前には興味がない」だの「怪我《けが》が治ったらすぐ出ていけ」だの、ひど過ぎると田島《たじま》たちは呆《あき》れていたが、是清にしてみれば悪気など欠片もなかった。

自分が清二を助けたのは、千鶴子とともに名づけて可愛がった思い出の猫、夜叉丸を命がけで救ってくれたからで、清二自身には何の興味もないし、引き取る気もない。

それなのに、下手《へた》に馴れ合ってはお互いのためにならない。そう思って取った態度だった。

しかし、それは完全な裏目に出た。清二は嘔吐《おうと》するほど思い悩み、泣いてしまった。その後も、何度も泣かせたし、優しくしてやれたこともほとんどない。

それでも、清二は是清は優しい。そばにいたいと言ってくれた。

是清を大事にできるならどうなっても構わないとまで言い、「では、二人で露と消えるまで大事にしてくれ」と言えば、嬉しそうに微笑んで繋いだ手を握り返してくれた。

だから……清二は、自分のそばにいるべきなのだ。誰にも渡さない。

清二だってそれを望んでいて……と、そこまで考えて、是清は昨夜の清二を思い返した。

——好き、です……先生が、好きです。どうしようもなくっ。

清二が最近、何かで思い悩んでいることは知っていた。

必死に平静を装っているが、態度が何となくよそよそしい上に、今まで浮かべたことがないような表情を浮かべるようになって……まあ、それは単純に、清二の見た目が急激に変わったせいでそう思うだけなのかもしれないが、時々全く知らない男に見えることがあるから戸惑ってしまう。

最近に至っては、夜な夜な写経に励んだり、座禅を組んだりし始めていて……相当悩みが深いということか。それとも、心が清廉潔白過ぎて出家でもしたくなったのか。

どちらにしろ、非常に心配だ。

なので昨夜、思い切って尋ねると、清二はいきなりものすごい勢いで抱きついてきた。思わず身じろぎすると、さらに強く抱き竦《すく》められる。その腕からは「絶対に離さない」という強い意思が、ひしひしと伝わってきた。

全身を包むその、痛みを覚えるほどの感触に、是清は感嘆の吐息を漏らした。

この息苦しさと必死さ、覚えがある。これは、「そばに置いてくれ。先生じゃなきゃ嫌だ」としがみついてきて泣きじゃくったあの時と同じ。

変わっていないのだ。月日が流れ、容姿が変わろうと、清二はあの頃のまま、自分をこんなにも求めてくれている！

そんな清二をとても愛《いと》おしく思うとともに、何だかひどく安堵《あんど》した。

どうやら、自分は自覚していた以上に不安を覚えていたらしい。容姿と同じく、清二の中で何かが変わってしまったのではないかと。

最近、無性に清二に接吻したかったのも、そうすれば、昔とまるで変わらない清二の反応が見られて安心できるからという不安の表れだったのかもしれない。

（ほら見ろ。彼は今も、僕にぞっこんじゃないか）

ざまあみろ。誰に向けての言葉か自分でも分からないが、胸の内で晴れやかに吐き捨てて、是清は清二を抱き締め返した。そして、気がつけば朝になっていて……どうやら、安堵のあまりそのまま寝てしまったらしい。結局、清二の悩みを聞くことができなかったが、清二の心が昔と変わらず自分を好いてくれていると分かった。それだけでもよしとしよう。悩みについてはまた今夜聞けばいい。とはいえ——。

（彼は本当に、大きくなったなあ）

ついこの間まで、すっぽりこの腕に収まるほど細くて小さかったのに、今では完全に逆転してしまった。

体つきも、ずいぶんがっしりしていた。自分がいくら暴れてもびくともしない感じだった。

（何があっても僕を離さないという、あの感じ……逞《たくま》しくて、とても安心する……うん？

逞しい？　安心？）

　清二相手に、自分は何を考えている？　思わず考えてしまった自分の思考に首を捻っていると、玄関先から声がした。この声は、田島と長谷川《はせがわ》か？

　全く。清二が留守の時に限って次から次へと面倒な。舌打ちしつつ、いつの間にか寄ってきていた夜叉丸の顎《あご》を撫でていると、今度は開け放たれた縁側から声がした。

「あ！　先生、いらっしゃるんじゃないですか。ひどいなあ、居留守を使うなんて」

「別に。君たちのために立つのが面倒だっただけだ。で？　何の用だ」

「！　な、何の用って……今日は大事な〆切日《しめきり》ですよ、先生！」

「〆切？　……ああ。確か、そんなこと言っていたな。うっかりしていた」

「う、っかり？　ということは、まさか……あ！」

　田島が思わずと言ったように声を上げる。その視線の先に目をやると、居間のちゃぶ台の上に置かれた原稿の束が二つ見えた。清二が出かける前に用意しておいてくれたらしい。

「あれは僕らの原稿……そうですよね？　先生。そうだと言ってください！」

「煩《うるさ》いな。気になるなら確認してみたまえ」

「はい！　では、お邪魔します。……あれ？　そういえば、清二君は？」

「伊織と出かけた。買い物がてら、道端に転がる伊織だけの人を探すそうだ」

「……はあ？　そ、そうですか。では、失礼します」

二人は思い切り首を捻りながらも頷《うなず》いて、縁側から部屋に入ってきた。そして、ちゃぶ台の上に置かれた原稿を確認するなり、ほくほく顔になった。

「はい。今回も確かに。ああ、いいですねえ。〆切日にお伺いしたらちゃんと原稿をいただける歓《よろこ》び！」

幸せだ！　と、原稿を抱き締める田島に、是清は白い目を向けた。

「大げさな奴だな。原稿はいつも、〆切日には用意しているじゃないか」

「はい。ここ三年はそうですけど、先ほどのやり取りで清二君がいなかった頃の悪夢……いえ、昔を思い出したと言いますか。いやあ、あの頃は胃が痛くてしかたなかった……」

「それはどういう意味だ」

「ええっ？　あ、いや、それはその……」

「つ、つまり！　僕たち編集が腑甲斐《ふがい》なかったせいで、先生の原稿が進まず〆切を何度も破らせてしまい、大変なご迷惑をおかけしたな。清二君のように僕らが優秀だったらよかったのに！　と、田島君は自省しているんです。そうだよね？　田島君」

「ええ？　あ……そ、そうです！　本当にねえ、先生はやればこんなにもできる方なのに、申し訳ないことしきりです」

長谷川の言葉に赤べこのように首を上下させる田島に、是清は鼻を鳴らした。

「そう思うなら、君も少しは努力したらどうだ」

「え？　……はあ。一応努力はしているんですが、清二君の向上心も向学心もすさまじ過ぎて、僕なんかとても太刀打《たちう》ちできないっていうか、はは」

「早々に諦《あきら》めてどうする。情けない」

内心では「全くだ」と頷きつつ、いつの間にか是清の膝上に陣取って、丸くなっている夜叉丸の頭を掻いてやる。

使用人として正式に雇ってからというもの、清二は今まで以上に家事に打ち込んだ。

毎日欠かさず家中を掃除し、是清と伊織の舌に合う料理の研究を重ね、新鮮な野菜を食べさせたいからと庭に畑を作り……勿論《もちろん》、伊織の子守にも手を抜かない。愛情たっぷりに可愛がるとともに、親元に帰った時に困らぬよう、厳しく躾《しつ》けている。

己《おのれ》を磨くことも怠らない。殊《こと》に、勉学。

ここへ来た時、清二は片仮名の読み書きさえできない状態だったが、伊織に絵本を読んでやるために手習いを始めると、あっという間に読み書きを覚えてしまった。

絵本が読めるようになってからも、貪欲に知識を求め続ける。最初は勉学の喜びに目覚めたからだと思っていたが、よくよく話を聞いてみると、

――へへ。実は、先生の小説が読みたくなったんです。ただ読めるだけじゃなくて、ちゃんと理解したい。だから、いっぱいいっぱい勉強したいなって！

頬を染めつつ、はにかんでそう言った。

それ以降、誰にも言ってはいないが、是清は清二のためだけに小説を書いている。かつて、千鶴子の笑顔を見たいがために無心で書き続けたあの頃のように……いや、それ以上の情熱を持って。

清二は夜遅くまで勉学に励むのは勿論のこと、家事や子守の合間、少しでも時間を見つけては本を読み、是清が「真に日本語を理解するには、他の語学を知る必要があると思って、帝大では英文学を専攻した」と言ったら、外国語を教えてくれと言ってますます励む。

その努力と熱意が、ただただ自分の小説を理解するためのものだと思うと、胸が激しく高鳴るとともに、清二に全力で応えなければという闘志が湧いてきた。

だから、依頼を手当たり次第に受け、思いつくままに書き殴って作品を量産していた今までのやり方を捨て、依頼を厳選し、一作一作に全身全霊をかけて執筆するようにした。

いい加減な作品を、清二に読ませるわけにはいかない。一文一文細心の注意を払い、少しでも清二の心を揺さぶれるよう、知識と思考の限りを尽くす。

〆切を守るようになったのも、清二に早く読んでもらうためだ。製本されたもので読みたいと清二が言うから。しかし！

（……くそ。なぜ、彼より先に、こいつらに読ませなきゃならないんだ）

本当は、一番に清二に読んでもらいたいのに！　原稿の確認をする二人を見つめ、苦々しく思っていると、田島が「そういえば」とおもむろに顔を上げてきた。

「清二君、また帝大生に絡まれたそうですね。八百屋のおかみさんが話してましたよ。異国の言葉なんか話していたりして、すごく格好よかったって」

「……またか。彼らもしつこいな」

勝てやしないのに。ばっさり言い捨てると、原稿に目を落としたまま長谷川が苦笑した。

「まあ、本来なら相手にもしないんでしょうが、愛する姫の心がかかっていると思うと、挑まずにはいられないいんじゃないかな」

愛する姫？　何のことだ。眉を寄せる是清をよそに、田島も「分かるなあ」と同意する。

「僕も覚えがあるよ。好きな子が別の男に好意を寄せているだけでも辛《つら》いのに、その男がその子の好意に全然気がついてないとか、もう余計憎たらしくて」

「うーん。清二君、普段は驚くほど人の心の機微に聡《さと》いのにね。あれだけたくさんの熱視線に気づかないなんて、あの鈍さはもはや罪だよ」

「おい、一体何の話だ」

是清が話を遮り尋ねると、二人はきょとんとした顔をした。

「何って……そりゃ、清二君が帝大生に絡まれる理由について話しているんですけど」

「彼が帝大生に睨《にら》まれているのは、彼の優秀過ぎる頭脳のせいじゃないのか？」

訊《き》き返すと、二人はおかしそうに笑い出した。

「嫌だなあ、先生。そんなわけないでしょ？　確かにそれも理由の一つですけど、一番は清二君の色男ぶりですよ。清二君のあの顔を見れば分かるでしょう？」

……顔？　思い切り眉を寄せると、田島たちはぎょっと目を剝《む》いた。

「先生！　まさか、清二君を二枚目だと思っていなかったんですか？　どれだけ、基準が高い……ああ。そう、か。先生の基準で考えると……普通、でしょうね……」

是清の秀麗な顔を見遣り、田島が引きつった顔で笑う。その言い草に是清はむっとした。

別に、そんなことは思っていない。ただ、自分は元来人の面容に頓着しない性分なのだ。見た目をどれだけ美しく立派に着飾っていようと、中身は醜悪な化け物という人間を、嫌と言うほど見てきたから……なんて、こんなこと田島たちに言っても詮無《せんな》いことだから言わない。ただ、

「でも、周囲の反応くらいは分かるでしょ？　清二君とあんなに外出してるんだから、清二君が婦女子からの視線を独占してることくらい……そうか、先生が一緒じゃ分からないか」

常人離れした眉目《みめよ》好い是清の顔を見て、げんなり顔で言う田島に、是清の右眉がつり上がる。なんだ！　先ほどから、お前には分からない分からないと連呼して！

清二のことで、そう言われるのは非常に面白くない。しかも、田島なんかに！　と、結構理不尽な怒りを滾《たぎ》らせていると、

「先生。清二君が普段皆からどう見られているか、お知りになりたいですか？」

長谷川がひっそりと話しかけてきた。

「だったら、こういうのはどうでしょう？　伊織君のお稽古の日に二人でお出かけして、途中先生は用があるからと一端離れる。で、こっそり陰から様子を窺《うかが》うと」

「……それはいいが、何の用で離れろと……っ」

「それだったらお任せください！」

長谷川が目を輝かせ、前のめりに迫ってきた。

「実は、今回先生の挿絵《さしえ》を担当する新見《にいみ》先生が、先生の作品の愛読者でして、ぜひぜひ先生にお会いしたいと言っておられるんです。なので、当社に足を運んでいただきたいなと」

「はあ？　どうして、僕が……っ」

「先生、今度の話は自信作だから、いつも以上にいい装丁にしてくれって言っていたじゃないですか。それに、清二君が皆にどう見られているか、知りたいんでしょう？」

「そ、それは……」

「新見先生とお会いしておくのも、決して悪い話じゃありません。今一番人気の絵描きですからね。お近づきになっておいたほうが……大丈夫。とても気さくな方ですよ？　ちょっと、自意識過剰なところはありますが、先生とは経歴も似てるし、気が合うはず……」

『ただいま帰りました』

玄関から凜《りん》とした若者の声がした。清二たちが帰ってきたらしい。と、思った時には、トテトテという軽い足音とともに部屋に飛び込んできた伊織に抱きつかれた。

「せんせえ、みてくだしゃい！　さっき、しゃかなやしゃんのおねえしゃんに、おはにゃのたねをもらったんです。いおいときよちゃんとせんせえの！　いまかや、みんなでおにわに」

「伊織君」

花の種が三つ載った掌をかざし、飛び跳ねる伊織を、追いかけてきた清二が窘《たしな》める。

「駄目だよ。まずはご挨拶。ほら、帰ってきたらなんて言うの？」

「あ！　はい！　ただいまかえいまちた！　これで、いいですか？」

伊織が行儀よく正座して挨拶すると、清二はにっこり笑って伊織の癖っ毛頭をくしゃくしゃ撫でた。その姿は、是清のよく知る清二の姿だ。それが清二の全てだと、今まで思っていたが、田島たちに言わせればそうではないのだという。

自分が知らない清二。どんな姿をしているのだろう。

「はい、よくできました。でも、先生は今大事なお仕事の話をしてるから、後にしようね。……お邪魔してすみませんでした。今、お茶を淹《い》れますので……」

「待て」

気がつけば、是清は清二を呼び止めていた。

数日後、是清は長谷川が勤める出版社の客室のソファに腰掛け、窓の外に広がる石造りの街並みを見つめていた。

結局、長谷川の案に乗り、こうしてのこのこ出版社までやって来てしまった……が、今はそのことを激しく後悔している。

「先生は誰ともお会いにならないと伺っていましたが、この僕の誘いだけは乗っていただけると確信していましたよ。僕の作品を見て、会いたくてたまらなかったんじゃないですか？分かりますよ、僕も先生の作品を読んでそう思いましたから」

向かいの席に座り、訳の分からない台詞《せりふ》を気障《きざ》ったらしくまくし立てる洋装の男を一瞥し、盛大な溜息が出た。

長谷川から紹介されたこの新見という絵描きは、こちらがいくら仕事の話をしようがことごとく遮って、こんな話を延々続けている。

「ほら、僕も先生と同じく華族の出で、生まれながらに家柄、美貌《びぼう》、才能と、あらゆるものに恵まれていたから、作品から滲《にじ》み出る『恵まれ過ぎた孤独』がすごくよく分かるっていうか。辛いですよね。あまりに愛され尽くされ過ぎると、慣れてしまって全然満足できない。『この程度か』と落胆して、ぽいっと捨ててしまうこの感じがね、とても共感できて……」

小説というものは他者に見せた瞬間、その人間のものになる。価値も解釈も読み手次第。その時にはもう、作者は何も弁明できない。分かっている。

自分が意図したものとは全く違う解釈をされていようが、指摘はしない。小説を読んでそう思ったのなら、それは一つの真実だ。

しかし、本の感想にかこつけた自分語りをされたり、一方的に仲間意識を持たれて馴れ馴れしくされるのはごめんだ。おまけに、仕事の話をする気もない。なんという時間の無駄だ。

「先生、先ほどから黙ったままですね。視線まで逸らして……はは。そんなに恥ずかしがって。なんて愛らしい方」

「……長谷川君、ちょっと」

是清は同席していた長谷川の名を呼び、席を立った。

部屋を出るなり帰ることを告げると、長谷川は仰天したように声を上げた。

「ええっ？　帰るって……打合せが始まって、まだ十分も経《た》っていませんよ？　それに、あんなに絶賛されているのに、どうして」

「何が絶賛だ。あんな自己陶酔まみれの自分語り、これ以上聞いたら頭が腐る。というか、なんだ、あれは。話と全然違うじゃないか」

「そ、そうですか？　他の先生方に比べたら普通の部類かと」

「君の基準は可笑しすぎる。あれは立派な奇人だ！　とにかく、僕はもう帰る。後は君が上手くやれ。それでつむじを曲げて降りるというのなら結構。他を当たってくれ」

「そ、そんな……先生、待って！　せめて、あと十分だけでも……っ」

長谷川の悲痛な声が追いかけてきたが、無視してその場を辞した。

外に出ると、是清は石畳の地面で下駄を打ち鳴らし、舌打ちした。

長谷川の言うとおり、今回の話は特に自信作だったから、少しでもいい装丁にして清二に渡せればと思って出版社まで来たのに、とんだ無駄骨だった。

こんなことなら、誘いには乗らず、清二に膝枕してのんびり過ごせばよかった。

さて、約束の時間までまだだいぶあるが、これからどうするか。

待ち合わせ場所は出版社の前だが、留《とど》まるわけにはいかない。出てきた新見と鉢合わせては厄介だ。とりあえず、散歩がてら清二を探してみよう。上手くいけば、自分が知らない清二とやらを垣間《かいま》見《み》られるかもしれない。

伊織にキャラメルを買ってやりたいと言っていたから、そのあたりを目指して歩き始める。

しかし、いくらも行かないうちに通りかかった薬屋の前で、是清の歩は止まった。

そうだ。清二に傷薬を買っていってやろう。清二は毎日水仕事や土いじりをしていて手が荒れているから。

それからも……そういえば、これは清二の好物だ。清二はあの本を読みたそうにしていたと色々買っていって……気がつくと、清二のものでいっぱいになってしまった。

自分はどれだけ、清二のことしか頭にないのか。いやいや、これは決して自分のせいではない。放っておいたら、自分のものを何一つ買わない清二が悪いのだ！

何か欲しいものはないかと尋ねても、今あるもので十分だと笑うばかり。是清に金を使わせることを遠慮してそんなことを言うのかと思って、使用人として労働しているのだからと賃金を渡してみたが、送り主が自分であることを伏せて、家族に仕送りしてしまう始末だ。

よりにもよって自分を捨てた相手に、お人好しにも程がある。

だが、何とも清二らしいと好ましく思ってしまったりもして……と、とりとめもなく思いつつ、店を出ようとした時、ドアノブにかけた是清の手が止まった。

店の前を、二人の男女が通り過ぎて行く。

一人は和服姿の麗《うるわ》しい淑女。その横を、寄り添うようにして歩いて行くのが……。

（……きよ、じ？）

今朝是清が戯《たわむ》れに着せてやった、よそ行きの着物と袴《はかま》。そして、あの顔。間違いない、どこからどう見ても清二だ。

なぜ女を連れて歩いている？　それに、女を見つめるあの顔は何だ。

愁《うれ》いを帯びた、切なげな表情。……知らない。あんな狂おしげな表情、自分は……。

——……子どもだった。

突如、脳裏にある光景が過《よぎ》る。それは、あんなにも愛し合った自分からそっと目を逸らし、新しい夫を見つめる、かつての恋人。

——清様。私たち、どうしようもなく子どもでしたわね。

密やかに頭の中の女が囁いた途端、是清の足が勝手に駆け出した。清二たちが行く方向とは正反対のほうへ、何か得体の知らない化け物に追われるように。

なぜ、ここで千鶴子のことを思い出したのか。分からないが、思い出したその横顔は、今の清二のそれと不気味なほど同じに見えた。それが、意味も分からず怖かった。

逃げ込むようにしてたどり着いたのは、長谷川が勤める出版社の前だった。清二と待ち合わせていた場所だ。しかし、清二の姿はない。

懐中時計を取り出し、時間を確認する。瞬間、ぎしりと心臓が軋んだ。

約束の時間が、一分過ぎている。それは是清にとって、太陽が西から昇るほどにありえないことだった。清二はこれまで、是清との約束を違《たが》えたことなどただの一度もなかったから。

無情にも進んでいく時計の針を呆然《ぼうぜん》と見つめ、清二は今何をしているのか考える。

まだあの女と一緒にいるのだろうか。離れがたいと別れを惜しんでいるのか。それとも、是清のことをすっかり忘れてしまっているのか。

まさか、最近思い悩んでいたのはあの女のことで、変によそよそしいのも、膝枕を断ってきたのも全部あの女が原因？

淡々と進んでいく時計の針を見つめていると、そんな考えばかりが頭に浮かんだ。それにますます心臓が軋んで、小さく呻《うめ》いていると、おもむろに肩を叩かれた。清二だと思って、すぐさま振り返ったが、

「やあ、どうも。秋月先生」

すかした笑みを浮かべた新見が立っていた。なんだ、こいつかと、右眉を思い切りつり上げてそっぽを向くと、なぜだか新見は楽しそうに笑った。

「すみません。本当は少し前から気づいていたんですけど、僕を待つあなたがどうしようもなく可愛くて、つい見とれていたんです。恥ずかしさのあまり逃げたと思ったら、恋しさのあまり帰ってきて……本当に可愛い方だ」

「……はあ？　一体何のこと……っ」

突然手首を摑《つか》まれ、強い力で引っ張られる。あまりに予想外のことに抵抗もできず、是清は路地裏に引きずりこまれてしまった。

「……んっ？」

唇に何かがぶつかってきて、是清は驚愕《きょうがく》した。この感触は……っ！

「かはっ！」

持っていた買い物袋を思い切り相手の顔面に叩きつける。清二への大事な土産《みやげ》があたりに散乱してしまったが、今はそれどころではない。

すぐさま逃げようとしたが、またも腕を摑まれてしまった。

「ああ……すみません。いきなり、がっつくような真似をしてしまって……おや？」

「離せっ。こんなことをして……ぃっ！」

強引に顎を摑まれ、上向かされる。獲物を見据える獣のような目と至近距離でかち合い、思わず息を呑《の》んだ。

「怖がっていらっしゃるんですか？　この程度のことで……はは。いや、まさかここまで初《う》心《ぶ》な方とは思わなかった。もしかして、キッスもさっきのが初めて？　……ああ！」

あなたは最高だ！　と、感極まったとばかりに抱き締められる。

全身に悪寒が走る。新見の感触が、吐き気がするほど気持ち悪い。力ずくでねじ伏せてくる腕力も怖くて……とにかく、何もかも全部が嫌で、近づいてくる荒々しい吐息に顔を背けた、その時。

「ぐはっ」

蛙《かえる》が潰れるような悲鳴が上がり、体全体を覆っていた締め付けが消えた。

どさりと地面に何かが落ちる音。目を開いてみると、血で赤くなった鼻と口を押さえて悶《もん》絶《ぜつ》している新見が見えた。

呆気《あっけ》に取られていると、すぐ横を何かが通った。横目で見る。ぞくりとした。

男がいた。見開いた眼光を血走らせた狂犬のような形相で、全身を震わせる悪鬼が。

「ひ、ぃい……な、何だ、君は。け、警察を呼ぶ、ぞ……」

「……消えろ」

新見の訴えを無視して、悪鬼……清二が呟く。今にも爆発しそうな感情を押さえつける震えた声。しかし、新見には聞こえなかったらしく、なおも清二に抗議する。

「ぼ、くが誰だか、分かっているのか！　あの新見俊麿《としまろ》だぞ！　こんなことをして、世間や、お父様が黙ってな……ぎゃっ！」

新見の右肩を、清二が容赦なく踏みつける。

「消えろって、言ってるんだよ。俺が、我慢できているうちに。……じゃないと殺すぞ。ひっそりと呟かれたその言葉は、生々しく是清の耳に届いた。

本気で言っている。脅しでも冗談でもなく、本気で……と、問答無用で思わせるような声音と気迫。

これにはさすがの新見にも伝わったらしく、顔面蒼白《そうはく》になると、情けない悲鳴を上げ、脱《だっ》兎《と》のごとく逃げ出した。

その背中を、清二は食い入るように見つめ続ける。まだ、新見への殺意が抑えられないらしく、血のついた拳《こぶし》を震わせて……今にも駆け出して行ってしまいそうだ。

「……きよ、じ」

名前を呼び、袖を掴むと、清二の全身が雷に打たれたように震えた。

清二がゆっくりと振り返る。そこにはもう常軌を逸した怒りの色はなく、憑《つ》き物《もの》が落ちたように呆《ほう》けている。

「怪我は、ないですか？」

「あ……ああ。君の、おかげで……ぁっ」

「すみませんっ」

きつく抱き締められる。先ほど、新見にされたのと同じように。

しかし、この全身を包む感触が清二のものだと思うと——。

「俺が遅れたばっかりに、こんな……もっと早く来ていれば……先生っ？」

糸が切れた繰り人形のように、その場に崩れ落ちる是清に清二は目を瞠った。

「どうしたんですかっ？　やっぱり、どこか怪我を……」

「……こし」

「……え？」

「腰が、抜けた……っ！」

顔を上げ、是清は息を呑んだ。至近距離で、こちらを一心に見つめる清二の顔を見た瞬間、全身の血液が沸騰するような感覚がして……。

＊＊＊

連日の曇り空が嘘のように晴れた、とある昼下がり。

伊織を作法の講師の元に送り届けた後、とあるカフェを訪れた清二は珈琲《コーヒー》を啜《すす》りつつ、わずかに眉を顰《ひそ》めた。家を出る前に見た、先生の顔を思い出したのだ。

寂しそうな顔をしていた。目を合わせたら、すぐ逃げるように逸らしてしまったけれど。

街に行ったあの日以来、先生との仲はぎくしゃくしている。

男に襲われた直後だというのに、自分が思い切り……それこそ、先生が腰を抜かすほどの勢いで抱き締めてしまったせいだ。

先生は「ほっとしすぎて腰が抜けただけだ」と言い張っているが、清二が近づいただけで身を強張《こわば》らせ、目が合ってもすぐに逸らされては、強がりを言っているとしか思えない。

清二に気を遣わせぬよう、必死に今までどおりに振る舞おうとする先生を見ると心が軋む。

男に乱暴されかけただけでも辛いことなのに、余計に傷つけるようなことをしたから？

それもあるが、一番の理由は「君はあの男とは全然違う。そうだろう？」という先生の問いに、「はい」と答えられないことだ。

（……先生。俺は、あの男と同じです）

新見が先生に抱いた浅ましい劣情を、自分も大いに抱えている。先生の絹のような肌を暴いて貪《むさぼ》りたいと、日々夢想してしまう。

そんな自分の本性を、先生は無意識に感じ取っているのだ。だからあんなに怖がる。

新見への怒りを露《あら》わにし、新見に自分の話の挿絵を描かせるというのなら、もうお前らとは仕事をしないという手紙を書き殴る先生を見るのは辛かった。

先生にとって男からの劣情は、それだけ唾棄《だき》すべきものなのだと思い知らされて……。

「清二さん」

 ふと、女の呼び声がした。向かいに座った和装姿の女が、少し不安げな顔でこちらを見ている。

「この店の珈琲、お口に合いませんでした？」

「……いえ。とても美味《おい》しいですよ」

笑顔で答えたが、清二は内心暗い気持ちになった。

（あの日、この人が話しかけてこなかったら……馬鹿！　何を考えてるんだ。この人は俺のためにわざわざ会いに来てくれたっていうのにっ）

今の状況が辛いとはいえ、一瞬でも下劣なことを考えてしまった己を恥じていると、背後でドアが開く音がした。

振り返ると、ドア口で店内を見回す、上等な背広を着た青年の姿が見えた。

「兄ちゃん」と、軽く声をかけると、青年はこちらに顔を向け、足早に近づいてきた。

「悪いな、待たせて。商談が長引いてしまって」

「いいよ。今来たところだし、義姉《ねえ》さんが相手をしてくれていたから」

正面に向き直り女に笑いかけ、清二はあの日のことを思い返した。

――あの、もしかして山野清一《きよいち》さんですか？　私、山野清一の妻で、奈津《なつ》と言います！

馴染《なじ》みの店主と話しているところに突然、そう話しかけられた時は非常に面食らった。

確かに自分は山野清二だし、清一は自分の兄の名だが、ただの百姓である兄にこんなに高価な着物を着た品のいい、しかもお供まで連れた女性が嫁に来るわけがない。

そう言うと、奈津は持っていた清一たちの写真を見せてきて、清二の実家は、清二が匿名で仕送りしていた金を元手に始めた行商で成功を納め、今では数百坪の豪邸に住む金持ちになったのだと説明するものだから仰天した。

奈津はさらに、清一たちは自分たちにこのように金を送ってくれる人間は清二しかいないとして、清二のことをずっと探していたと言い、数日前にようやく、先生の元で使用人として働いているらしいという情報を掴み、こうして確かめに来たのだと説明した。

――今、清一さんとの待ち合わせ場所に向かっているところなんですが、どうぞ一緒に来てください。清一さん、とても喜びます。

そう言われては、断れるわけがなかった。先生のことを気にしつつも奈津について行き、清二は三年ぶりに兄の清一と再会した。

清一は見違えるほど成長した清二に驚きつつも、涙を流して再会を喜んでくれた。

しかし、お互いにこれから用事があるということで、話もそこそこに、また会う約束をして別れた。そして、急いで待ち合わせ場所に向かったら、先生があんなことに――。

「……清二？　どうかしたか？」

「……え？　いや、何でも。ただ……庭の花に水やってきたっけなって。はは」

おどけた調子で答えると、清一は「職業病か？」と笑い、奈津の隣に腰を下ろした。

その所作は洗練された紳士そのもの、体も爪《つめ》の先まで綺麗に磨き上げられていて、泥まみれで畑仕事をしていたあの頃の面影《おもかげ》は欠片も見えない。

貧乏百姓だった過去と決別したかった、清一の意思を強く感じる。

清一はずっと、役人や名主《なぬし》からひどい扱いを受け、木の皮や雑草を這《は》いつくばって貪る極貧生活を嫌悪していたから。しかし……だからなのか。

「……すまないな、清二」

清一はすぐに笑顔を翳らせ、沈痛な表情で顔を俯《うつむ》けた。

「お前に送ってもらった仕送りのおかげで、俺たちはこんなに裕福な暮らしができるようになったっていうのに、お前は、今もこんな……使用人なんかに身をやつしたまま。本当に、申し訳ないと思っている」

心底憐《あわ》れむ瞳を向けてくる清一に、清二は肩を竦めた。

兄は今、すごく幸せなのだ。ずっと憧れ続けていた金持ちになることができて、こんなに綺麗な女性を嫁に迎えることもできた。

だからこそ余計に弟が憐れに見え、罪悪感に駆られる。……分かるのだ。かつての自分もそうだった。

先生と伊織、夜叉丸に囲まれた暮らしがあまりに幸せだったから、日々貧困に喘《あえ》いでいるだろう家族のことを思うと、自分だけが幸せで悪いという後ろめたさが膨れ上がり、重くのしかかる。

だから、家族に金を送った。今の幸せを心置きなく享受するために。

兄も、そうなのだ。いや、きっと自分以上に苦しんでいるに違いない。

なにせ、清一は優しい兄として接してくれる陰で、口減らしに自分が選ばれないよう、弟の自分を……と、思っていた時だ。

「それで……話というのは、他でもない。清二。お前、帰ってこないか」

「……え」

「使用人を辞めて戻ってこい。そうすれば、もう不自由なんてさせないし、あんなに行きたがっていた学校にも行かせてやれる。親父もお袋も、それを強く望んで……」

「ま、待ってくれ！」

清二は声を荒げた。先生の使用人を辞める？　そんなこと……！

「兄ちゃん、いいんだ。俺は今のままで十分幸せだ。憐れむ必要なんかない。だから……っ」

「清二、もういい。もう、お前が我慢する必要なんてないっ」

清二の言葉を遮り、清一が肩を摑んできた。

「お前が秋月さんに受けた恩は相当のものだ。その恩を一生をかけて返したいというお前の気持ちも分かる。だがな、それでお前は幸せなのか？　行きたかった学校にも行けないし、将来だって何にもなれない。下手すると、結婚だってできないかもしれない」

「それ、は……」

それでも構わない。これまでなら胸を張って即答できたが、今は言葉に詰まってしまう。

先生のあの態度を思い返すと……だが、それでも！

「け、けど……先生は、言ってくれたんだ。ずっとそばにいて、大事にしてほしいって」

心の支えである、あの雨の日の約束を振り絞るように呟き、首を振る。

辛くても何でも、自分は先生のそばにいたい。離れたくないのだ。だから……！

しかし、清一は他愛ないことのように笑った。

「清二。秋月さんがそう言ったのは、お前がずっと子どものままでいると思ったからだよ」

「……あ」

ずっと……何だって？

「お前、秋月さんに言っていたんだろう？　いつまで経っても子どもの姿のまま、大きくなれないって。だから、そんなお前を憐れんで……そうじゃなきゃ、大の大人が幼気《いたいけ》な子どもに、そんなことを言うわけがない。少し考えれば分かるだろう？」

がつんと、頭を殴られたような衝撃が走った。

先生のあの言葉は、自分がずっと子どもだと思ったから？　では、大人になってしまった今は、違うというのか？

（……せん、せえ）

心の中で呆然と呟くことしかできない清二の耳に雨の音が耳鳴りのように木霊《こだま》した。

＊＊＊

陽の当たる居間に一人座した是清は、自分の膝を見つめていた。

本来なら、今この膝に清二の頭が乗っていたはずなのだ。

楽しみにしていた膝枕。それなのに、清二はいない。

いや、今この瞬間だけではなくて、街に行ったあの日以来、清二はずっとそばにいない。

清二は必要最低限のこと以外では、是清のそばに近寄らなくなった。

風呂や着替えなど、今まで当たり前のようにしてくれていたこともしてくれない。それどころか、挨拶の接吻さえさせてくれなくなった。

——そんなことしたら、先生、辛いでしょう？

清二は言う。男に襲われた後に、男に触ったり触られたりするのは嫌だろうと。

そんなことはない。あの男と清二が同じであるはずがないと言い聞かせようとしたが、突然清二が頬に触れてきたものだから、是清は全身を強張らせてしまった。

それを見て、清二は「ほらね」と悲しそうに笑った。

——ごめんなさい。俺が悪いんです。襲われた直後に、あんなことした俺が……だから、無理しないでください。大丈夫。俺……ちゃんと、分かってますから。

分かっていない！　全然君は分かっていない！　そう、叫びたくてしかたなかった。

それができなかったのは、自分の感情を測りかねていたせいだ。

清二に抱き締められて腰が抜けたのは、自分でも驚くほど安心したから。この言葉に嘘はない。

何もかもが不快で恐怖でしかなかった新見の感触に慄《おのの》いた体に、清二の感触はいつも以上に心地よく感じられた。

そして、ひしひしと感じたのだ。清二は心の底から自分を大事に想ってくれていると。

見知らぬ女と歩いていたことも、約束の時間に遅れたことも、何か事情があってのことで、気に病むことなんて何にもない。

そう思ったら、どうしようもなく安心した。それこそ、この温《ぬく》もりに包まれれば何もかも大丈夫だと思えるほど。

それなのに、清二と目を合わせた瞬間、全身の筋肉が強張った。

なぜそうなったのか分からないが、新見への怒りのせいか、猛禽《もうきん》のように鋭く爛々《らんらん》と光る瞳に見つめられると、安堵とは程遠い気持ちになり、心臓も痛いくらいに鼓動を打った。

その不可思議な症状は、今も続いている。

清二に見つめられると体が緊張し、胸が痛くなる。たまらず目を逸らすが、視線は常に清二を追ってしまう。こんなにみっともなく右往左往する自分は絶対見られたくないと思うのに、清二がこちらを見ていないといやに寂しくなって……と、相反する感情が一気に襲ってきて、自分がどうしたいのか分からない。

一つだけはっきり分かるのは、そんな自分を見るたび傷ついた表情を浮かべ、清二がますます離れていってしまうのは、どうしようもなく嫌だということ。

だから、必死に平静を装おうとしたけれど、余計に気を遣わせるだけの逆効果。

どうしたらいいのだろう。焦燥感ばかりが膨らんでいく。

とりあえず、今できることを一つ一つ片づけていってみよう。何もしないよりはましだ。

そう思って、是清は長谷川が勤める出版社の編集長に手紙を書いた。

あの新見とかいう破廉恥《はれんち》な自惚《うぬぼ》れ男に襲われた。あんな男の絵付きで本を出したくない。ついては、早急に挿絵担当を変えること。これからも新見を自分の作品の担当にしないことを要求する。もし呑めない場合は、今後一切貴社とは仕事をしないと。

このまま何もしなければ、あの勘違い男はますます勘違いするだろうから、という思いもあるが、何より……あの男の絵がついた小説を清二に読ませたくない。

どんなに素晴らしい絵だろうと、あの男の名前を見れば、清二は必ずあの時のことを思い出し、不愉快な気持ちになる。

そんな気持ちのまま、清二のために一生懸命書いた小説を読んでほしくなくて……と、そこまで考えて、是清は眉間《みけん》に皺《しわ》を寄せた。ふと、新見が言っていた言葉が脳裏を過ったのだ。

——辛いですよね。あまりに愛され尽くされ過ぎると、慣れてしまって全然満足できない。

『この程度か』と落胆して、ぽいっと捨ててしまう。

（……そんな気持ち、知るか）

生まれた時から、自分のそばには誰もいなかった。

強欲な両親は、勢いのある権力者の家にすり寄るため、生まれて間もない自分を養子に出した。しかし、その家が衰えたと見て取ると、さっさと縁を切らせて他の家へと養子に出し……と、それを延々繰り返す。

そんな家の子どもを可愛いと思うわけもなく、是清を押しつけられた家の者たちは、衣食住の面倒は見ても、可愛がりはしなかった。それどころか、両親が差し向けたスパイなのではないかと警戒して部屋に監禁し、外に出る時は監視をつけさせた。

見た目だけ豪奢《ごうしゃ》な匣《はこ》の中で独りきり、飼われるだけの毎日。誰も自分を顧みない。

唯一《ゆいいつ》寄り添ってくれたのは、是成が送ってきてくれる本だけ。

是清にとって文学は親であり、兄弟であり、友であり、教師だった。

自分が求めれば、この世の理《ことわり》も愛情も全部教えてくれる文学に抱かれる毎日。

そんな日々を経て家に戻り、匣の外に出ることになっても、それは変わらなくて……いや、むしろますます文学にのめり込んだ。

外の世界は、匣の中とは比べ物にならないほど薄汚く、居心地の悪いところだった。

文学にしか興味がない是清を激しく糾弾し、立派な駒になれと強要する両親。

自分たちより上の成績を取る是清が目障りでしかたないらしく、策を弄して陥《おとしい》れようとしたり、階段から突き落としたりしては、お前なんか消えてしまえと責め立てる兄弟たち。

ちやほやしてやるから、お前が持っている地位や才能の恩恵に与《あずか》らせろと声高に要求する、うっとうしい集《たか》り蠅《ばえ》。

どいつもこいつも利己的で、金のことしか頭にない。思い出すのもうんざりな連中ばかり。

本当の意味で大切にされた記憶なんかほとんどない。

それでも時々、何の打算もない、温かな好意を向けてくれる人間がいた。

是清に本を送り続け、家にいる時は面倒を見てくれた兄の是成。こっそりお菓子をくれた使用人。草木の名前を教えてくれた庭師。

彼らとのささやかなひとときは楽しかった。けれど……どういうわけか、是清が好感を持つ人間ほど、「お前のためなのだ」と言って、是清の元を去ってしまう。

——私のような者は、あなたのそばにいるべきではないのです。

——是清。俺は、お前や千鶴ちゃんを守れる強い男になりたいんだ。だから、立派な軍人になるために遠くの学校に行くことを決めた。

そんなことを一方的に告げ、是清の手の届かないところへ行き、二度と帰ってこない。

心から愛した女性、千鶴子でさえもそうだった。あんなにも愛をぶつけ、千鶴子も……自分には是清だけ。是清に嫌われたら生きてはいけないと、華奢な手で必死にしがみついてきたというのに、「清様のため」と言い残し、是成のものになってしまった。

清二も同じだ。是清が好きだと言うくせに、これまで出会った人間の誰よりも大事にしてくれるくせに、すぐいなくなろうとする。

自分にとって、どれだけ清二が必要で特別な存在か言動で示してみせても、雨が降ると、いつも浮かべている柔和な笑顔が剝《は》がれ落ち、ひどく切なげな顔で遠くを見つめる。

だから、三年経った今もなお、お前だけが特別なのだと示すための接吻をしたり、雨の夜は一緒に寝たりと、いなくならないよう注意を払うのに必死で……いや、三年前よりもずっと、自分は神経を尖《とが》らせている。

なにせ、今の清二は昔と違って……と、思っていると、何かが膝の上に飛びついてきた。

伊織だ。作法の稽古から戻って来たらしい。

「たじゃいまかえいまちた！　たかいたかいちてくだしゃい！」

「君は……文脈が可笑し過ぎる。どうして挨拶からそういうことになる？　それに、いつも言っているだろう。二言だらけの君にはもう二度と、絶対！　たかいたかいはしない」

――せんせえ。もういっかい。もういっかいだけ……。

たかいたかいしてやるたびにそんなことを言ってくるので、連続十五回もたかいたかいしてやった結果ぎっくり腰になって悶絶した忌まわしい記憶に右眉をつり上げつつ断ると、伊織は頬を膨らませた。

「ぶう！　じゃあ、おうましゃんになってくだしゃい！」

「馬？　僕にそんな変態な趣味はない。頼むなら田島君にしろ。ところで、彼はどうした？」

是清があたりを見回すと、伊織は庭のほうを指差した。

「きよちゃんは、ひまわいしゃんのごはんを、ものおきにもっていきまちた」

「向日葵《ひまわり》のご飯？　……ああ。肥料のことか。なんだ、あれに肥料までやるつもりか」

「はい！　たくさんおせわちて、いっぱいたねをつくって、ととしゃまにおくゆんです！　ととしゃま、ひまわいしゃんがすきだって、おてがみにかいてあったかや……？　せんせえ？」

「君は……大きくなったと思ったが、彼に比べると、まだまだ小さいな」

膝の上で無邪気に笑う伊織を抱き上げて、しみじみ呟くと、伊織はこくりと頷いた。

「はい！　だかや、いおい、にんじんいっぱいたべて、きよちゃんみたいに、かっこよく、おっきくないます！」

両手を挙げて、高らかに宣言する。

その手も足も体も、何もかも小さい。これなら、自分が手を摑めば振り解《ほど》けないし、走って逃げてもすぐ追いつけるし、抱き締めればすっぽり腕の中に収めることができる。

抱き合っても、至近距離で目を合わせても、微笑ましい気持ちになるだけ。

かつての清二もそうだったが、今は違う。

是清の手を振り解くことも逃げ切ることも、簡単にできてしまう。

見つめ合うのも触れるのも、いやに緊張するようになってしまった。

甘えてもこなくなった。甘えさせようとしても「もう子どもじゃないんだから」と恥ずかしがって嫌がり、二人だけの時間はどんどん減っていって……ああ。

「彼はどうして、昔のままで……いられなかったんだろう」

昔のままなら、たくさん一緒にいられたし、こんなにあれこれ悩むこともなかったのに。

と、切なく思った時だ。どさりと、何かが落ちる音がした。

何の気なしに顔を上げる。買い物籠《かご》を取り落とし、愕然《がくぜん》とした表情で立ち尽くしている清二と目が合い、是清は息を詰めた。

「あ……君、いつから……」

「……ごめん、なさい」

是清の言葉を遮り、清二が掠《かす》れた声を漏らす。

「昔のままで、いられ……なく、て」

清二の顔がみるみる歪《ゆが》んでいく。そのあまりの痛々しさに、是清は狼狽《ろうばい》した。

「ま、待ちたまえ！　君は、勘違いしている。僕は……っ！　待てっ」

伊織を下ろしつつ弁明しようとしたが、清二は踵を返し、部屋を出て行ってしまった。

慌てて追いかけると、今まさに玄関の戸を開け、外に飛び出そうとしている清二が見えて、全身の血液が凍りつく。

行ってしまう。息を呑んでいると、背後から大きな声がした。伊織の泣き声だ。

「あああ。せんせえが、きよちゃんをいじめたですう！」

外に踏み出しかけた清二の足が、ぴたりと止まる。

「せんせえ、ひどいですう。きよちゃんが……うう、きよちゃんがかわいしょう。あああ」

「い、伊織。僕は……っ」

なんと話しかけていいか分からず言い淀《よど》む是清の横を、何かが通り過ぎた。

見ると、それは清二で――。

「ち、がう……違うよ？　伊織君」

泣きじゃくる伊織を抱き締めて、あやすように背中を擦《さす》る。

「先生は、悪くない。俺も、大丈夫だから……泣かないで。ね？」

今にも泣き出しそうな顔で無理矢理笑い、一生懸命言い聞かせる。

そんな清二と、清二のために泣く伊織に、心が掻き毟《むし》られる。

「……いい。もう、そんな……」

『秋月先生っ！』

背後で、またも大声がした。聞き覚えのない男の声だ。

今度は何だと振り返ると、庭先に長谷川ともう一人、どこかで見たような初老の男が猛然と走り寄ってくるのが見えて、ぎょっとした。

「秋月先生、このたびの新見先生の件、誠に申し訳ありませんでした！」

男がものすごい勢いで土下座して、地面に額を擦《こす》りつける。その言葉でようやく気づく。この男、長谷川が勤める出版社の編集長だ。

おそらく、是清の手紙を読んで謝罪に来たのだろうが……よりにもよって、こんな時に！

あまりの間の悪さに呆れていると、清二が伊織を抱いて立ち上がった。

「伊織君、先生はこれからお仕事だから、伊織君の部屋へ行ってようね」

「！　待てっ。まだ、話が……っ」

「先生ぇえ！　許してくださいっ」

伊織を抱いて部屋を出ていく清二を追おうとする是清の足に、長谷川がしがみつく。

「ぼ、僕は知ってたんです。新見先生が、先生は自分に気があると勘違いしてたこと。けど、そんなのいつものことで、気にも留めていなかったんです。そしたら、こんな……本当に、本当に申し訳ない……」

「分かった！　分かったから離せ！」

今それどころではないのだと言ったが、長谷川は聞く耳を持たない。あまりの罪悪感で我を忘れているらしい。編集長も、一番の稼《かせ》ぎ頭《がしら》である是清を失ってなるものかと食らいついてきて、離してくれない。

「先生」

長谷川たちに辟易《へきえき》していると、清二がひっそりと声をかけてきた。

「長谷川さんたちの話、聞いてあげてください。こうしていらしたのに、可哀想《かわいそう》です」

「しかし、君が……」

「大丈夫。……もう、逃げたりしません。ちゃんと、待ってます」

こちらに顔を向け、しっかりと目を合わせて言い切る。視線を逸らさぬよう必死に見つめてくるその瞳に、またも胸のざわめきを覚えつつ、是清は頷いて清二を奥へと行かせた。

その後、二人が落ち着いて会話ができるようになったのは、一時間も過ぎてのことだった。どれだけ取り乱しているのだと溜息が出たが、これも自分が送った手紙の文言のせいなのかと思うと、怒るに怒れなかった。

冷静に書いたつもりだったが、どうやら自覚していた以上に怒気に満ちた文章を書いていたらしい。普段、割と落ち着いている長谷川がこんなにも取り乱すくらい。

長谷川に対してでさえこうなのだ。清二に対しては、一体どれだけ――。

またも激しい焦燥に駆られる。どうしたらいいか分からず、途方に暮れる。けれど。

「先生、僕を許してくださるんですか？　こんなにもひどい目に遭わせてしまった僕を」

「許すも許さないも、君たちに対しての怒りはない。僕が提示した条件を呑んでくれるならそれでいい。今までどおりだ」

「本当ですか？　本当に……」

これからも関係を続けていきたいなら、なりふり構わず自分の気持ちを伝え、本音を教えてほしいと相手に訊くしかないのだろう。

必死に許しを乞うてくる長谷川たちを見ていたら、そう思えた。

とりあえず、先ほどの誤解を解くことから始めよう。

昔の清二を懐かしんでしまうのは、現状への不安と寂しさゆえのことで、清二への想いは今も昔も変わらないと。

（……もう、千鶴子の時のようなことはごめんだ）

長谷川たちを宥め、帰した後。伊織の部屋へ向かいながら思った。

部屋の前にたどり着くと、是清は一度小さく息を吐いてから中に声をかけた。

返事はない。ここにはいないのか？　不思議に思って襖《ふすま》を開いてみると、敷かれた布団の中で眠る伊織を見つけた。泣き疲れて寝てしまったらしい。

（機嫌よく帰ってきたのに、悪いことをしてしまったな。それにしても、彼はどこに……っ）

眠っている伊織の頭を撫でつつあたりを見回していた是清ははっとした。

わずかに開いた障子の隙間《すきま》から、雨だれに濡《ぬ》れる窓が見える。

全身の血液が、凍りついていくのを感じた。

＊＊＊

傘を差し、清二は庭に出た。せっかく植えた野菜の苗や花の芽が雨で折れたり、流されていないか確認するためだ。

畑や花壇を見回りながら思うのは、兄に言われた言葉。

――秋月さんがそう言ったのは、お前がずっと、子どものままでいると思ったからだよ。そうじゃなきゃ、大の大人が幼気な子どもに、そんなことを言うわけがない。

（そう……だよな。確かに、そうだ）

少し考えれば分かること。だが、清二にはそんなこと、考えもつかなかった。

ずっと、信じていたのだ。先生は身分や性別、年齢全てを度外視し、ただただ山野清二という存在だけを見据え、生涯無二の伴侶《はんりょ》に自分を選んでくれたのだと。

でも、本当は「大人になれない、普通とは違うお前を一生庇護してやる」という意味だった。そして、予期せず大人になった自分に先生は……。

――彼はどうして、昔のままで……いられなかったんだろう。

心底、持て余して困っているという感じだった。

先生は自分を煩《わずら》わしく思っている。そう思ったら、身の置き所もないほどに悲しくて、取り乱してしまったが、そのせいで何の関係もない伊織を泣かせてしまった。

先日、三人で仲良く植えた向日葵を見つめつつ、先ほど伊織と交わした言葉を思い返す。

先生に苛《いじ》められたわけではない。そう言い聞かせると、伊織は「じゃあけんかですか？」と訊いてきた。

——いじめゆのもわゆいことだけど、けんかもわゆいことです。はやく、なかなおいちてくだしゃい。

みんな、なかよちがいいです。そう言って、小さな手で指を握られて、胸が詰まった。

（仲直り……ちょっと違うけど……そう。そうだよな）

やはり、今のままでは駄目だ。隠し事をしている後ろめたさから、いたずらに先生や伊織を傷つけ、嫌な思いをさせるだけのこんな状況、続けていいわけがない。

ここまで来たら、怖くても何でもはっきりと正直な気持ちを伝えるしかない。

千鶴子という女性を熱烈に愛した過去。触れてきた新見に対して露わにした怒り。男の自分を本能的に怖がってしまう今の先生。それらを思うと、この気持ちを受け入れてもらえる可能性なんて、ないに等しいと分かってはいるが、それでも……言わなければ、このまま関係が壊れていくだけだ。

先生は、嘘なんかいらない、本物だけがほしい人だから。

（……先生、どんな顔するかな）

先生が植えた種から出た芽を軽く指先で撫で、心の中で呟いた。

その時、ぱしゃんと水が弾《はじ》ける音が背後でした。何だろうと振り返り、目を瞠る。

先生が雨の降りしきる庭に立っている。傘も差さず……しかも、よく見れば裸足《はだし》だ。

「先生っ！」と声を上げ、慌てて駆け寄る。

「どうしたんです。こんな雨の中、傘も差さずに……しかも裸足で……っ！」

傘を差しかけ、手拭《てぬぐ》いを差し出そうとすると、胸倉を掴まれて清二はぎょっとした。

「君って奴は……どうして、いつまでもこうなんだ」

「せ、先生？　一体、何のこと……」

「どうして、君はいつまでも僕から逃げようとするっ？」

日頃の、淡々とした口調からは考えられない怒声を上げ、先生が眦をつり上げる。

「確かに、図らずも君にぎこちない態度を取ってしまう僕も悪い。だが……僕は雨に濡れるのが嫌いだと、何度言えば分かるんだ！」

どうやら、雨を見て清二がここから出て行こうとしていると勘違いしているらしい。

そう思い至った瞬間、清二は驚愕した。

清二が雨の日に消えたら、自分は傘も差さずに探すと言われてはいたが、傘どころか履物さえ履かないで雨の中飛び出すなんて。

御華族様という高貴な家の出の先生が……信じられないことだった。

「せん、せい……とにかく、家に入りましょう。このままじゃ、先生の足が……っ」

「どうでもいいっ」

泥で汚れてしまった先生の綺麗な白い足に伸ばしかけた手を、容赦なく振り払われる。

「足くらい……言ったはずだ。君のことでなら、僕はどうなったっていいと」

「……っ！」

「いいんだ。痛めつけられようが何だろうが、君がそばにいてくれるなら、僕はそれでいい」

心が、歓喜で震えた。

先生は変わってしまった自分を疎《うと》んじている。そんなこと、馬鹿馬鹿しい勘違いだ。

やはり、先生は三年前と同じように自分を想ってくれている。感情をむき出しにして訴えてくる先生の姿に、その思いが強く感じられた。だが。

（……やめてくれ）

どこまでも真っ直ぐと、濁りのない純真な瞳でこちらを見据え、きっぱりと言い切る先生に眩暈《めまい》がした。

そんな熱烈なことを、そんなにも狂おしい綺麗な瞳で訴えないでくれ。ただでさえ、触れたくてしかたがないのに、そういうことをされてしまったら、自分は——。

「僕を置いていくな。僕を好きだ、大事だと言うのなら、しがみついてでもそばにいろ…っ」

熱烈にまくし立てていた先生の口が止まる。清二が思い切り、先生を抱き締めたせいだ。傘が落ちて、二人で雨に濡れる。雨音も、よりいっそう近くなる。

「き、君は……馬鹿正直にしがみつく奴があるか。僕は言葉の綾《あや》で言った……」

自分の唇を先生のそれに押しつけると、先生の声が途切れた。

先生は何も言わない。ただ呆然と、瞬きも忘れてこちらを見つめてくるばかりだ。

夢にまで見た先生の唇は柔らかく、艶やかで、雨の味がした。

このまま、口内に舌をねじ込んで蹂躙《じゅうりん》したい衝動に駆られる。それでも、清二は理性を総動員させて、唇とともに体を離した。

「せん、せ……俺は、先生と……こういうことが、したいと、思っています」

からからに乾いた口を必死に動かして、声を振り絞る。

「けど、俺は……先生を傷つけること、したくありません。だから……嫌なら、嫌と言ってください。もう二度と、しませんから」

本当は、こんな浅ましい欲望はすぐさま捨てる。だから嫌いにならないでくれと訴えるつもりだった。それなのに……どうやら自分は、自覚している以上に先生が欲しかったらしい。

……いや、欲しいというより、受け入れてほしいのかもしれない。

三年前に比べて、自分はこんなにも変わってしまったけれど、変わらず好きでいてほしい。あの頃のように自分の全てを受け入れて、包み込んでほしい。これからも先生のそばにいられるなら、こんな性欲喜んで捨ててやると思っていながら、強く強く……。

(先生……どうか、嫌じゃないって、言ってくださいっ)

可能性なんかないと分かっているのに、願わずにはいられなかった。

息を殺して返事を待つ清二を、先生は相変わらず見つめてくるばかりだ。

何も言わない。ますます雨に濡れて、髪から雫《しずく》が滴《したた》り落ちても、食い入るようにこちらを見つめてくる。

嫌悪の色は見えない。だが、それ以上のことは何も読み取れなくて不安を覚えていると、先生がゆっくりと視線を逸らした。

「……すまない」

雨に濡れた長い睫毛《まつげ》を伏せて、ぽつりと呟かれた言葉に胸を抉《えぐ》られる。

(そう、か……やっぱり…な)

分かっていたことだ。こうなることは全部……というか、よかったではないか。「汚《けが》らわしい。裏切り者」と、口汚く罵《ののし》られなかった。それだけでも、ありがたいと思うべきだと唇を嚙みしめていると、両頬に何かが触れてきた。これは、先生の掌?

「さっきのじゃ、よく分からなかった」

真顔で、先生は淡々と言った。

「もう一度、今度は僕から試していいか?　君のやり方じゃ何度やっても分かりそうにない」

「……は？　た、試すって……っ？」

清二は大きく目を見開いた。先生が、自分に……口づけている！

「ん……ほら。口を、開きたまえ」

やんわりと清二の上唇を噛んで、先生が促《うなが》してくる。ありえない光景にぽかんと口を開くと、舌が入ってきた。

ぺろりと、先生の舌が触れてきた。びくりと体が震える。その感触が伝わったのか、先生の動きが止まる。だが、すぐに小さく息を吸って、また舌を舐《な》めてきた。

先生は、何を考えているのだろう。男は本能的に駄目だろうに。訳が分からず混乱した。

しかし、接吻をしているにもかかわらず、色気の欠片もない真剣な表情で何かを確かめるように舌を舐める先生を見て、ようやく理解した。

先生はただただ、清二の問いにちゃんと答えようと必死なのだ。

男同士なんてありえないという固定概念で早々に切り捨てるわけでも、憐れみやその場の雰囲気に流されるでもなく、一度ちゃんと試してみてから答えを出そうとしている。

清二は嘘なんかいらない。先生の本当の気持ちが欲しいと知っているから。

そのあまりのいじらしさに、全身の血液が沸騰し、理性が焼き切れて――。

「んぅ……っ？　ま、待て……ま、だ……んぅ」

緊張して硬くなった先生の体を、近くに生えていた桜の木の幹に押さえつけ、唇に噛みつき夢中で貪った。何も考えていなかった。いや、考えられなかった。

先生が可愛い。先生が欲しくてしかたない。それ以外は、何も……何も。

「……んん…ぁっ。…ふ……ぅ」

先生の細くてしなやかな体をまさぐるように掻き抱き、縮こまる舌を捕らえて無遠慮に、唾液を飲む間も与えぬほどに貪る。

「先生……すき……大好きです……んぅ」

「ぁ、ん……は、ぁ…き、きよ……ふ、ぅっ」

先生の舌は、想像よりもずっと可愛くて甘美だった。

腕の中で捩《よじ》れる濡れた体や、二の腕を摑んで震える掌は頼りなくて悩ましく、触れ合わせた唇から零《こぼ》れ出る先生の声は、普段の硬質で冷たいそれからは想像もできないほどに上擦《うわず》り、甘やかで――。五感で先生を感じるたび、言いようもなく興奮し、血が滾った。

もっと、先生が欲しい。触れたいと思った。しかしここで、カアという鳴き声が聞こえてきた。弾かれたように顔を上げると、先生を押さえつけていた木の枝に止まって、こちらをじっと見つめる鴉《からす》と目が合った。

そこでようやく、清二は我に返った。先生の同意も得ていないのにこんな……しかも野外で、自分は何をやっているのか！

「先生っ、すみません。あの……」

「君は……は、ぁ……卑怯《ひきょう》な、奴だな」

先生は乱れた息で悪態を吐《つ》きつつ、潤んだ瞳で睨んできた。その視線も表情も実に色っぽくて、睨まれただけなのに清二はどぎまぎした。

「あんな、おぼこい接吻をしてくるから、何も知らないと思ったのに……油断させて、襲いかかるなんて」

「いや！　そんなこと考えてる余裕なんかないです。ただ、先生が可愛過ぎるから、つい」

慌てて弁明した瞬間、先生の左眉が思い切りつり上がった。

「か、かわ……なんだ、その訳の分からない言い訳はっ。男相手に、馬鹿じゃないのか」

左眉がどんどんつり上がっていく。だが、ある箇所まで来た途端、左眉はすっと下がり、普段の五割増しぶすっとした仏頂面になってしまった。

それを見て、清二はあれ？　と思った。この顔、覚えがある。最近、目が合うたびに先生が浮かべていた表情だ。

今までは、不快感を露わにした表情だと思っていたが、もしかしてこれは……。

「本当の、ことです。先生は、すごく可愛いです。誰よりも……目が、離せなくなるくらい。だから、こんなことをしたいと思うのも、先生だけです」

思い切って、思っているままを口にしてみる。

先生の顔は相変わらずの仏頂面だ。左眉も動かない。しかし、顔がみるみる赤くなっていくので、清二は「ああ」と声を漏らしてしまった。

先生の左眉は、恥ずかし過ぎると動かなくなるのか！

しかも、羞恥の限界値を超えた表情が、いつもより五割増し不貞腐《ふてくさ》れた仏頂面だなんて、分かりにくいにも程が……と、そこまで考えて、清二ははたと気がついた。

（じゃあ、先生は最近、俺の顔を見るたびに恥じらっていたってことかっ？）

目も合わせていられないくらい、思わず体が緊張してしまうくらい！

そう思ったら、心臓が痛いくらいに鼓動を打った。その上、

「……全く、君という奴は。だが……そうか。僕だけ、か」

僕だけ。何度も、噛みしめるように呟いて、嬉しそうに顔を綻《ほころ》ばせる先生を見ると、また我慢できなくなって、清二は先生を抱き締めた。

先生は一瞬びくりと体を震わせたが、抵抗せず大人《おとな》しくしている。でも、抱き締め返してこないし、体も強張ったままなので、何だか心配になってきた。

「本当に、嫌じゃないですか？　先生は男に触られるの、嫌いでしょう？　それに……ずっと、我が子だと思っていた俺にこうされるのは、色々と抵抗があるんじゃ……ふぐっ？」

「君は、分からない奴だな」

おもむろに清二の鼻を摘んで、先生は右眉をつり上げた。

「あの男と君は違うと、何度言えば分かる。いや、あの男に限ったことじゃなくて……君だ

けが、違うんだ。君じゃなきゃ、こうして試してみようとも思わない。それに、我が子？いつ、僕がそんなことを言った？」

「へ？　でも……っ」

「我が子だなんて思っていたら、千鶴子のことも、『露となって一緒に消えよう』なんて言葉も言わない。少し考えれば分かるだろう」

聞き覚えのある問いかけとともに、今度は頰を摘まれた。絶句する清二の顔を見て、右眉がいよいよつり上がる。

「分かっていなかったのか？　君は、相変わらず鈍い。そんなだから、僕は四六時中必死で君の手を摑んでなきゃならないんだ。そんな、だから……僕は今、馬鹿みたいに嬉しい」

清二の頰を摘んでいた手を離し、今度は頰を愛おしげに撫でて、

「君に、繫いだ掌を握り返された。それだけで、何もかもがどうでもいいくらい嬉しい」

微笑った。薄闇に浮かぶ、その屈託のない笑顔に胸がぎゅっと詰まって、もう一度きつく抱き締め口づける。

「君は、また……ん。ま、待て。嬉しいとは、言ったが、まだ……ぁっ」

唇だけでは足りず、白い首筋に口づけると、先生は緩慢な動きで身を捩り、脳髄《のうずい》が蕩《とろ》けそうなほど、甘い声を上げた。

「ゃ……や、めっ。これ以上…は……ん。こ、わい……ぁ、ん……？　な、何だ」

「……先生。それ……わざと、ですか？」

顔を覗き込んで尋ねると、先生が心底不思議そうな顔をして首を傾《かし》げるので、清二は軽く眩暈がした。こんなに男の劣情を煽《あお》るようなことばかりしておいて、自覚がないなんて！

（……先生。今までよく、無事でいられたなあ）

今日まで先生を護ってくれた神様に全力で感謝していると、軽く頬を摘まれた。

「この状況で、何をぼーっとしている。君は、失礼だ！」

右眉をつり上げ、ぷいっとそっぽを向く。そんな先生に、清二は胸がきゅんとした。

こんな時まで、ちょっと気を逸らすだけで怒ったりして……可愛い！

「ごめんなさい。あの……じゃあ、抱き締めるだけなら、いいですか？」

「え……ま、まあ、それくらいなら、別に……ぁ」

「はぁぁ」

先生、好きです。ぎゅっと抱き締めて、噛みしめるように呟く。腕の中で、小さく息を呑む気配がした。しかし少しして、先生は体の力を抜き、そっと清二の背に手を回してきた。

「やれやれ。君という奴は……」

『あああああ！』

突然、あたりをつんざくような泣き声が響いた。

『きよちゃあん、せんせえ……どこですかあ？　あああああ。ひといぼっちはいやですうう』

「……伊織、起きたのか」

「ま、まずい。早く行かないと……ああ！」

慌てて先生を離し伊織の元へ向かおうとしたが、ちらりと一瞥した先生の姿に目を瞠った。

接吻のし過ぎで乱れた息。潤んだ瞳。ほんのりと上気した白い肌。着乱れた黒い着物から覗く、桃色の乳首。その姿は壮絶に色っぽくて、こんなの……！

「先生！　先生は、ここにいてください」

「……は？　なんでだ。僕だけここにいてもしかたない……っ」

「こんな姿、伊織君にも見せられませんっ！　いいですか？　すぐ戻ってきますから」

先生の着乱れた着物を戻しつつ念を押し、駆け出した。

「ああ！　きよちゃん、よかったです。ちゃんといた……？　どうちてぬえてゆんですか」

「こ、これは……向日葵を見てきたんだ。そしたら、濡れちゃって……はは」

「しょうなんですか？　あいがとうごじゃいます！　でも……せんせえは？」

「先生は、その……ちょっと、色々と」

「そうだな。色々だな」

背後から声がして、肩が跳ねた。振り返ると、髪から雫を滴らせる先生が立っていた。

「ああ。せんせえ……？　せんせえも、ぬえてます。どうちて？」

「彼と仲直りしていたんだ。色々な方法でな」

「せ、先生っ、それは……っ」

「あんな状態の僕をほっぽり出した罰だ」

狼狽《うろた》える清二に顔をぐいっと近づけ、清二にだけ聞こえる声で先生が囁いてきた。清二が目を丸くすると、伊織に袖を引っ張られた。

「せんせえときよちゃん、なかなおいちたんですか！」

よかったですう！　と、濡れるのも構わず、伊織が清二と先生二人に抱きついてくる。

そんな伊織を見て、先生は左眉をつり上げた。

「……まあ、伊織に免じて許してやろう」

「なにがですか？」

「……え？　いや、何でもないよ。……心配させてごめんね」

癖っ毛の頭を撫でると、伊織はころころと微笑った。それを見て、先生も自分も笑う。

それがこの上なく幸せで、嬉し過ぎて……清二は色んなことを見逃していた。

すぐに気がつかなきゃならない大事なことを、色々と――。

＊＊＊

梅雨が明け、蟬《せみ》の音が聞こえ始めた初夏のある日。

是清が居間で身支度を整える伊織を見てやっていると、清二が愛らしい麦わら帽子を持ってやって来た。是成が愛する息子のために送ってきたものの一つだ。

「今日はこれを被《かぶ》っていこうね。日差しが強いから」

「……きよちゃん。きょう、おけいこいかなきゃだめですか？　いおい、こうちゃんたちとみずあそびいきたいです！」

「だーめ。今日は我慢しようね。明日なら遊びに行ってもいいから」

駄々を捏《こ》ねる伊織を宥め帽子を被せてやる清二。いつもどおりの光景。けれど。

「じゃあ先生、行ってきます。……すぐ帰りますから」

伊織を連れて家を出る間際に向けられた、常ならぬ視線にドキリとした。

二人を見送った後、いまだにざわつく胸を持て余しながら、是清は一人あの雨の日のことを思い返した。

清二に口づけられた時、何が起こったのか分からなかった。

清二が自分をそういう目で見ていたなんて、考えたこともなかった。

勿論、是清自身も清二をそんな目で見たことはないし、考えてみたこともない。

非常に驚いた。でも、清二への怒りや嫌悪感はなかった。

新見のように、こちらの意思などそっちのけで組み敷き、欲望のはけ口に使おうとしてきたら、嫌悪し、傷ついたかもしれない。

しかし、清二はそうしなかった。それどころか、是清に欲情してしまった己を深く恥じ、今までずっと一人で苦しみ続けてきた。こちらを見つめてくる罪悪感に満ちた瞳が、切実に訴えてくるものだから、是清は胸が詰まった。

どれだけ、自分を責めたのか。どれだけ、苦しんだのか。

清二の生真面目《きまじめ》で清廉な気性をよく知っているだけに、余計に心が痛んだ。

だが、それ以上に是清の心を揺さぶったのは、是清が嫌なら、どんなに捨てようと思っても捨てられないこの欲望を捨ててみせる。そう言って、是清の着物の袖を、震える指先でそっと摘んできたことだった。

これまで是清が好きになった人間たち同様、是清のためだと言ってすぐどこかへ消えようとする清二。自分が握り締めている手を離したら、すぐいなくなってしまうと思っていた。けれど、こうして……清二も必死に、是清の手を握り締めてくれていた。自分だけが、清二に縋《すが》りついていたわけではなかった。

そのことが、どうしようもなく嬉しくて、清二への愛おしさが噴き出した。

清二が欲しいと思うものなら、何でもくれてやりたいと思うほど。

それが体の交わりでも構わなかった。

是清は基本、互いに想い合い、求め合っているなら、同性だろうが、歳《とし》が離れていようが、血が繋がっていようが、相手が人外であろうがどうでもいいことだと思っていたから。

とはいえ、心がよくても体が駄目という場合もある。

だから、清二とそういう行為ができるのか試すために、自ら清二に口づけた。

清二が望んでいるのは、是清にも自分と同じように、身も心も求めてくれること。どちらが欠けていても意味がない。

清二に口づける時、是清は祈っていた。どうか自分に、清二の望みを叶《かな》えさせてほしいと。

その願いが誰かに届いたのか、清二に口づけても、新見の時のような嫌悪感を覚えることはなかった。

舌を触れ合わせても何ともない。むしろ、縮こまる清二の舌が何だかひどく愛らしく思えた。それで、頭を撫でてやるいつもの感覚で舐めてやったら、突如餓《う》えた獣のようにがっついてきた。びっくりしたが、それも気持ちを受け入れてもらえた嬉しさゆえの暴走と思えば微笑ましく……とにかく、清二の全部が可愛く思えた。そして。

「……はぁはぁ。ただいま、戻りました」

あの雨の日から数週間。表面上は、今までどおりの生活を送っている。

しかし、伊織が作法の稽古で家を空ける日だけ、一変する。

「……走ってきたのか」

「はい。だって……あ。すみません。汗、汚いですね。すぐ、洗い流して……っ」

「……別に、いい。君の汗、嫌いじゃな……んんっ。……ぁ」

清二の甚平《じんべい》の裾を思わず摘み引き止めると、唇に噛みつかれ、そのまま押し倒される。

伊織が稽古に行っている間、清二と肌を合わせるようになった。

最初は、抱き合って唇を触れ合わせるばかりの稚拙なものだったが、いつしか清二の唇は是清のそれを離れ、首筋を伝って下へと降りていくようになった。掌も着物越しでは物足りないとばかりに、服の中に入ってくるようになって、今では――。

「ぁ、あ……んぅ……ゃっ」

「せん、せ……ん。胸、好きなんですか？　……尖ってきた」

「！　ば、かっ……そんな、こと、言う…な……は、ぁっ」

ほとんど全裸に剝かれ、体の隅々まで愛撫されるようになって……全く。普段色事になど何の興味もないと言わんばかりの言動をしているくせに。

なんて奴だと呆れることしきりだが、それでも、

「ねえ。本当のこと、教えてください。先生にはたくさん、気持ちよくなってほしい」

全てを貪り尽くしてやりたいと言わんばかりの情欲で瞳を潤ませ、怒張した下肢は今すぐ解放されたいと震えているのに、それでもなお、是清を大事にしようと躍起になっている。

そんな清二を見るとどうしようもなく、胸どころか体も熱くなる。

むせ返る初夏の熱に汗ばんだ肌を擦り合わせ、連理の枝のごとく四肢を絡める。喧《やかま》しい蟬時雨《しぐれ》も遠のくほど、清二しか感じないこのひとときにどうしようもなく安らいで、思い知る。

自分は清二の、こういうところがたまらなく好きなのだと……まあ、伊織と夜叉丸だけは例外だが、それ以外は脇目もふらず、自分だけを見てほしい。

自分が清二に対して、そうなのだから……と、そこまで考えて、是清は内心苦笑した。

清二が望むならと始めたことなのに、気がつけば自分のほうがこんなにも満たされている。

(君はいつも……僕自身も知らない、僕の欲しいものをくれるんだな)

そんな清二に感謝するとともに、自分も清二を喜ばせてやろうと手を伸ばしたのだが――。

「んぐっ？　せ、先生、どこ触って……っ」

清二の尻の穴に指先を這わせた途端、素っ頓狂《すっとんきょう》な声を上げるので、是清はきょとんとした。

「？　僕も君を気持ちよくしようとしたんだが……ああ。そこを使うことを知らなかったのか。すまない。男同士はね、そこを使って性交する……」

「ま、待ってください！　先生は、その……俺を抱きたいんですか？」

ぎょっと目を剝く清二に、是清は小首を傾げる。

「抱きたいというか、本に書いてあったんだ。適性を持った者は、尻を突かれると得も言われぬ悦楽を味わえると。僕は、君を少しでもたくさん気持ちよくしてやりたい。だから、君に適性があるようなら、そっちに……っ」

是清の両肩を摑み、清二が困ったように笑った。

「先生。気持ちはすごく嬉しいんですけど、その……俺は、気持ちよくなりたくて、こういうことしたいんじゃないんです。俺はただ、先生が欲しい」

「！　……ぁ」

おもむろに手首を摑まれたかと思うと、再び畳の上に押し倒されて、是清は息を呑んだ。

「抱きたいんです。先生を、俺だけのものにしたい。駄目ですか？」

射貫《いぬ》くように見つめられ、掠れた低音で囁かれる。瞬間、心臓が破裂したと思うくらいに高鳴り、全身がカッと熱くなった。

「君、は……そういう言い方は、狡《ずる》い。しかし……君が、そう言うなら……んぅっ」

「ありがとうございます！　俺、いっぱい勉強して頑張ります！」

抱き締められ、接吻の雨が顔中に降ってくる。

そんな清二を見つめ、是清は内心不思議に思った。せっかくなら、より気持ちいいほうがいいと思うのだが……相変わらず、清二の感覚はよく分からない。

しかし、屈託のない子どものようなこの笑顔が見られるなら……清二がこれからも、自分だけをこうして見てくれるなら、こんな体くらい、喜んでくれてやると思えて……ああ。

「じゃあ、今日は指だけ……」

「！　ま、待て。もう？　……あぁっ。ぃ……んんっ」

清二がこんなにも自分を求めてくれる。とても幸せなことだ。

でも……少し、怖い。

同じなのだ。心だけでなく、体でも相手を求めるようになって、相手の……千鶴子のことしか見えなくなったあの頃と。

あの時もこの愛は永遠だと思っていた。終わりなんてあるはずがない。それなのに。

――清様。私たち、どうしようもなく子どもでしたわね。

大丈夫なのか。自分は何か、大事なことを見過ごしてはいないか。ちゃんと、清二の心が見えているのか。清二を愛おしく想えば想うほど、そう思わずにはいられなくて――。


「……せえ。せんせえ！」

突如、拙《つたな》い子どもの声が耳に届き、是清は瞬《しばたた》いた。すると、こちらを見下ろして微笑む清二の顔が、くりっとしたどんぐり眼《まなこ》でこちらを覗き込む伊織のそれに変わった。

周囲を一瞥してみる。昼下がりの木漏《こも》れ日が注ぐ我が家の居間が見えた。すぐそばに小さな布団が敷かれている。そういえば、買い物に出て行った清二に代わり、昼寝をしている伊織を見ていたような……と、そこまで思い出して、是清は口をへの字に曲げた。

(夢の中でまで、彼のことを考えているなんて……！)

重症過ぎる。と、左眉をつり上げていると、伊織が袖を引っ張ってきた。

「せんせえ、おひゆねちてたんですか？」

「僕だけ寝ていたような言い草をするな。こんな立派な寝癖を作っておいて。時に君、もう起きるのか」

癖っ毛頭に大きくできた寝癖をぴんっと指で弾いてやりつつ尋ねると、伊織は大きく頷いて、小さな両手を高く突き上げた。

「はい！　おはよーごじゃいます！　たかいたかいちてくだしゃい！」

「君は、また……文脈が可笑し過ぎる。それに、何度も言っているだろう。君には、二度と！　たかいたかいはしない……なんだ」

「せんせえ、きよちゃんとまたけんかちてるんですか？」

是清の顔を覗き込み、伊織がおもむろにそんなことを訊いてきた。

「喧嘩？　どうしてそう思う」

「うーん。なんだか、とてもさびしそうなおかおちてゆかや」

寂しい。その言葉を聞いた瞬間、是清はドキリとした。

「伊織。僕らは喧嘩などしていない。むしろ、いまだかつてないほど仲がいい。大丈夫だ」

言えるわけがない。清二が好きなことを自覚し過ぎて、清二と少し離れただけでも寂しいと思うようになってしまっただなんて！

「わあ！　そっか。だかや、きよちゃんと、いっぱいいいっぱいせっぷんちて、ぎゅってちてゆんですね！」

「そうだ。今日なんかもう十回もした……っ！　伊織っ。君は今、なんと言った……っ」

『すみません！』

伊織のとんでもない発言に是清がぎょっとしていると、玄関のほうから声がした。

聞き覚えのない男の声だ。一体誰だと思っていると、

『こちら、秋月是清様のお宅でしょうか？　私、山野清一と申します。弟、清二のことでお伺いいたしました』

続けて、声がそう言うので是清ははっとした。清二の兄だと？

なぜ、ここに？　清二は匿名で仕送りをしていたから、清二の居場所が分かるわけないし、ここまでの交通費もないはずで……と、色々考えていると、

「おとうと……！　きよちゃんの、おにいしゃまっ？」

伊織が思わずといったように駆け出した。是清は引き止めたが伊織は止まらず、玄関の戸を開けてしまった。

是清は目を瞠った。開いた戸の先に、以前街で清二が連れ歩いていた淑女が立っている。

この女がなぜここに？　訝しく思っていると、「あの」と先ほどの男の声がした。

見ると、いやにきっちりと身なりを整えた洋装の紳士が立っていたのだが、

「……きよちゃんに、そっくい」

伊織の言うとおり、その顔の作りは清二によく似ていた。どうやら本当に、清二の兄のよ

うだが……。いよいよ訝しむ是清の顔を見て、清一は深々と頭を下げた。

「い、いきなり押しかけて、申し訳ありません。あの、あなた様は……」

「僕が秋月是清だ。しかし……すまないが、彼はいないんだ。今、買い物に出ていて」

「いえ。今日は……秋月様に、お話があって参りました」

自分に？　清二ではなくて？

(どうやら、僕の知らない事情が色々ありそうだ)

是清は清一たちを家に上げた。


その後、是清は庭で遊ぶ伊織と奈津が見える客間で、清一からこれまでのことを説明された。貧乏百姓だった自分たちが金持ちになれた経緯《いきさつ》、清二と再会し話をしたこと……そこまで話されて、是清はあの日、なぜ清二が約束の場所に遅れてきたのか合点《がてん》がいった。

確かに、そういう事情なら遅れても無理はない。だが、それよりも気になったのが、

「……というわけで、清二を引き取らせていただきたいのです」

清一のこの言葉。

「清二にはこれまで、とても辛い思いをさせてしまいました。せめて、これからは好きなことを思い切りさせてやりたい。分かっていただけますよね？」

（……なるほど。彼が言っていたとおりの男だ）

真摯《しんし》に訴えてくる清一を静かに見据え、胸の内で呟く。

金持ちになっても謙虚さを失わない、真面目で穏やかで善良な男。

言動から見ても、清二の優秀さ目当てで寄越せと言ってきたこれまでの連中とは異なり、今まで苦労させた分、大事にしてやりたいのだという想いが感じられた。

人買いに売られていく清二を助けられなかったことへの罪悪感も伝わってきた。とはいえ。

「いつも、そういう言い草なのか？」

「……え？」

「……！」

「『あの時のことは、貧乏な家や世間が悪い』『俺は悪くない。何も悪くない』『分かってくれ』」

「そんな言い訳を声高に喚《わめ》き散らす、その言い草だ。煩くてしかたがない」

うんざりしたように息を吐くと、清一は表情筋を引きつらせた。

「な、何ですか、それ。どういう意味……」

「言葉どおりの意味だ。先ほどから聞いていれば、君は弟の話などそっちのけで自分の苦労話だけして、『自分にはどうしようもなかった。分かってくれるよな？』と、一々同意を求めてくる。後ろめたいことをしてきたとはいえ、怯《おび》え過ぎだ」

淡々と思ったままを言うと、清一は引きつった顔に無理矢理笑みを浮かべた。

「それ、は……当たり前でしょう？　人買いに売られていく弟を救えなかったんだから」

「そのことを言ってるんじゃない」

清一の言葉を遮り、是清は射貫くように視線を向けた。

「君は、色々と細工をしたな？　口減らしを決断した両親が自分ではなく、自分より頭が良くて要領のいい弟を選ぶように」

清一の表情が一気に強張る。やはり図星か。

「学びたがっている彼に、文字を教えなかったのもその一つだろう？　頭のいい彼なら、あっという間に文字を覚え、本もすぐ読めるようになってしまう。そうなったら、両親は自分ではなく弟を学校に行かせると言い出すかもしれない。それを恐れた君は……」

「やめてくれっ！」

清一が叫ぶ。心底怯え切った声だ。

「何なんですか、あなたは。何の根拠もない憶測を並べ立てて、そんな……」

「別に、責めてるわけじゃない。彼も承知しているようだしな。ただ、君のその感傷に僕たちを巻き込むなと言っている」

自己保身のために肉親を陥れる人間など、腐るほど見てきたが、当時の状況から考えればいたしかたないし、そのことに罪悪感を覚え、これからは清二を大事にしてやろうとここまでやって来たことを思えば、この男はとても善良だと思うし、清二もそう思っているはずだ。

責める気なんてない。しかし、その罪悪感を解消するために、清二を寄越せと言うのなら話は別だ。

「罪悪感や後ろめたさから求められ、優しくされても辛いだけだ。それに、彼から聞いただろう。今僕たちは三人で平穏に暮らしている。君が憐れむことなんかないんだ。だから…っ」

是清ははっとした。おもむろに、清一が敵意むき出しの瞳で睨んできたからだ。

「……そっちこそ、何も分かっていないくせに」

是清を睨みつけたまま、清一はずいっとにじり寄った。

「あなただって、清二が学びたがっていることを知ってた。それなのに、あなたは清二を学校へ行かせなかった。そうする力があったにもかかわらず。それどころか、中途半端に知識を植えつけて……それがどれだけ残酷なことか、分かっているんですか？」

「？　それは、どういう……」

「坊や、ちょっとおいで」

清一がおもむろに、庭で遊んでいた伊織に声をかける。

呼ばれた伊織は、笑顔でぱたぱたと軽い足取りで駆けて来た。

「はい！　なんですか？」

「坊や。清二は学生のお兄さんたちから何て言われているの？」

清一がそう訊いた途端、伊織は非常に困った顔をした。

「あ、あ……いおい、いいません。きよちゃんが、いっちゃだめって……」

「坊や。これは清二にとってとても大事なことなんだ。言わないと、清二が悲しい目に遭う」

「！　そ、そんな……そんなのいやですうっ」

「なら、正直に言うんだ。誰も怒らないし、悪いことじゃないから」

清一が言い聞かせるように言う。伊織は今にも泣き出しそうな顔をして、是清に縋《すが》るような視線を向けてきた。是清が躊躇《ためら》いながらも頷いてみせると、伊織は口を開いた。

「『べんきょーなんかちて、ばかじゃねえの』『しようにんなのに』『おまえなんか、なんにもなえないくせに』」

「……っ」

「清二は、そう言われてどんな顔して、何て言った？」

「……すごく、かなしそうなおかお、ちてまちた。そえで、『おえも、てーだいにいっていたや、こんなきもちに、ななやなかったのかな』って……あ」

伊織が途中で言葉を切る。是清の顔から、みるみる血の気《け》が引いて行ったからだ。

「あ、ああ……せんせえ。いおい、なにか、わゆいこと……」

「これで、分かったでしょう？」

是清を心配して是清の袖を摑もうとする伊織を押しのけ、清一が顔を近づけてきた。

「清二は今、幸せじゃないんです。あなたに遠慮して、幸せな振りをしているだけだ。坊やに口止めしていたことや、俺と会ったことを黙っていたことを考えれば分かるでしょう？」

清二は、幸せじゃ……ない？

「責めたりはしませんよ。子守のためだけに雇った使用人を、学校に通わせてやれなんてナンセンスだ。でもね、清二をただの子守としか思っていなくて、これからもその程度の扱いしかするつもりがないなら、清二を返してください。勿論、清二を引き取る代金はお支払いしますし、新しい子守もこちらで探しますから……」

切々と語りかけてくる。だが、是清は何も言うことができなかった。

清一たちが帰って行った後も、それは変わらなかった。

ぐるぐると、清一に言われた言葉の数々が頭の中を回り続ける。

清二が勉学好きだと、知ってはいた。周囲の人間から散々、清二を学校に行かせるよう言われてもいた。それでも、清二を学校に通わせようなんて、これっぽっちも思わなかった。

――先生の小説が読みたくなったんです。ただ読めるだけじゃなくて、ちゃんと理解したい。だから、いっぱいいっぱい勉強したいなって！

この言葉を、自分はこう解釈した。

清二は是清の小説を理解するためだけに勉強している。他のことなどどうでもいい。

清二のためだけに小説を書き、清二からの評価以外どうでもいい。清二以外誰も目に入らない是清にとっては、それが自然なことだった。

しかし、清二は違うのだと言う。

是清の小説を理解するだけでは足りない。それどころか、是清の使用人でいることさえ、不服に思っている。伊織が言うのだから、疑いようがない。

清二のことは誰よりも見ていると自負していたのに、自分は何を見ていたのだろう。

あまりの衝撃に頭の中が真っ白になる。

「……ねえ、せんせえ」

庭で遊んでいた雀《すずめ》たちが一斉に飛んで行った時、伊織が是清の袖を掴んできた。

「きよちゃんがかなしいの、いおいのせいですか？　いおいのおせわちてるかや、きよちゃんはがっこーってところにいけないの？」

「……伊織、それは」

「だ、だったや、いおいのおせわ、ちなくていいです」

是清が「違う」と否定する前に、伊織は震える声で言った。

「いおい、ぜんぶひといでちます。さびちいのも、がまんちます。だかや……うう。きよちゃんを、がっこーにいかせて……っ」

ぽろぽろ涙を流しながら懇願してくる。その姿がどうしようもなく痛々しくて、是清は思わず、清二がいつもしてやっているように伊織を抱き締めた。

「ち、違う。……君は、悪くない。何も悪くない」

こんな時何を言えばいいのか分からなかったが、とにかくそれだけは伝えると、伊織は堰《せき》を切ったように泣き出した。

「あああ。……ごめん、なしゃい。きよちゃんがかなちいの、いおいのせいだって、ちらなくて……うう。ごめ……ごめんなしゃ……うっうっ」

「伊織。そんなこと、言わないでくれ……っ」

自分を責め続ける伊織を抱く腕に力を込め、是清は声を震わせた。

自分は、清二が今の境遇に悩んでいると知って、茫然自失《ぼうぜんじしつ》になることしかできなかった。

それだというのに、伊織はどうだ？　今まで清二に負担をかけていた己を恥じ、自分は我慢するから清二を学校に行かせてやってほしいと言う。

伊織がどれだけ清二を好いているか知っているだけに、是清は激しく狼狽した。

なぜ、伊織はそんなことを言うのだろう。そばにいて欲しいと思わないのか。清二は自分を疎ましく思っていたのかと腹が立たないのか。

理解できない。しかし、胸のあたりが何だかもやもやして、いやに気持ちが悪い。

胸苦しさに眩暈がする。それでも、目の前で泣いている伊織を見るとたまらなくて、何とか泣き止《や》ませようと、是清は言葉を振り絞る。

「伊織。大丈夫……大丈夫だから……っ」

拙く言葉を振り絞っていた是清は口を閉じた。

がしゃんという鋭く大きな音があたりに響く。これは、玄関の戸を叩く音か？

『是清っ、いるのか？』

聞こえてきた怒鳴り声に、全身が強張った。

この粗暴で品のない濁声《だみごえ》、忘れもしない。叔父《おじ》の声だ。

秋月家当主である父のコバンザメで、倫理観の欠片もない乱暴な男。

当主から見放され、自分に対しても反抗的な是清のことをずっと目の敵《かたき》にしている。

是清が秋月の家を出た時など、秋月家の恥になるから座敷牢《ろう》にでも放り込んでおくべきだと主張したほどだ。そんな男が、なぜここに？

目的は分からないが、あんな男に伊織を会わせるわけにはいかない。

是清は押入れの襖を開けて、伊織を中に入れた。

「？　せんせえ、どうちたんですか」

「いいか、伊織。ここに隠れていろ。何があっても絶対にここから出るな。分かったな」

強く言い聞かせて襖を閉める。と、同時に響く、玄関の戸が開く音。……入って来た。

是清はすぐさま押入れから離れ、いつものように泰然と座した。そこへ、白髪の老人が大きくてがたいのいい男二人を連れて部屋に入ってきた。

「是清。叔父であるこの私が、わざわざこんなあばら家に訪ねてきてやったというのに居留守か。相変わらず、無礼極まりないごみめ」

革靴で畳を踏み鳴らし、叔父が吐き捨てる。よく見れば、後ろに控えている男たちも土足で……最悪だ。清二が毎日丹精込めて掃除している家を汚すなんて！

右眉をつり上げていると、叔父は持っていた杖《つえ》で畳を叩いた。

「ふん！　挨拶もなくだんまりか。会話もろくにできない分際で、なぜまだ野垂れ死んでいないのか……まあいい。貴様に用はない。ここに是成の息子がいるだろう。とっとと出せ」

「……さて。何のことやら」

惚《とぼ》けつつ、是清は内心首を傾げた。

なぜ、自分だけでなく是成のことも目の敵にしているこの男が、伊織に用があるのか。訝しんでいると、叔父は荒々しく鼻を鳴らした。

「惚けるなっ。貴様が是成から息子を預かっていると調べはついているのだぞ！　この夥《おびただ》しい玩具の山から見ても」

「それは僕の趣味です」

「そんなわけないだろう！　これ以上白を切ると、誘拐罪で訴えるぞ」

「誘拐？　耄碌《もうろく》しましたね、叔父上。自分が数秒前に言ったことも覚えていられないなんて」

父親から正式に息子を預かっているのに誘拐？　矛盾しているにも程がある。

指摘すると、叔父は心底馬鹿にしたように嗤った。

「貴様こそ分かっておらん。いいか？　兄上は先日、是成を次期当主に据えると申された」

「あの男が？　……馬鹿な。是成は僕と同じく、家を出た身のはず。それなのに……ぐっ」

「貴様のようなごみと是成を一緒にするなっ」

是清に容赦なく平手打ちを食らわし、叔父は怒鳴った。

「秋月家の人間でありながら、物書きなんぞという低俗なものに成り下がりおって！　他の兄弟たちもそうだ。互いの足を引っ張り合うことしか頭にない。それに引き替え、是成はどうだ。着実に実績を上げ、今では大佐様だ。奴こそ、秋月の当主にふさわしい」

力説する叔父に是清は嗤った。つまり、大佐という地位が欲しいだけか。富や権力しか頭にない家族に嫌悪し、家を出た是成の心などどうでもいい……いや、それだけではない。

「分かったら息子を出せ。大事な秋月家の御曹司《おんぞうし》を、貴様のような下々《しもじも》に任せておけるか」

この男は、伊織が大事なら家に戻り跡を継げと、伊織を盾に是成を脅迫するつもりだ。だから、こうして伊織を奪いに来た。

この連中は家に無理矢理連れ帰って、伊織をどう扱うだろう。

一人部屋に閉じ込めるのか？　それとも、頭ごなしに怒鳴り痛めつけて、言うことを聞けと脅しつけるのか？

駄目だ。そんなこと絶対に許さない！　伊織を、自分と同じような目に遭わせてたまるか。

とにかく、この連中を伊織からできるだけ遠くに離さなければ。

「そうですか。事情は分かりました。しかし……がはっ」

口を開いた瞬間、拳が飛んできて、是清は畳の上に突っ伏した。

「分かっているぞ。小賢《こざか》しい貴様のことだ。嘘を並べ立て、我らを煙に巻く気だろう。そうはさせるかっ。言え！　子どもはどこだっ？」

何度も杖で打ち据えられる。是清は歯を食いしばって耐えた。抵抗したところで、後ろに控えている屈強な男二人に勝てるわけがない。けれど、このまま諦めるわけにもいかない。どうすればこの状況を打開できるか、必死に考える。しかし、ここで——。

「だめぇえ！」

悲鳴に近い子どもの声が耳に届き、はっとした。

弾かれたように顔を上げると、玩具の刀を握りしめ、こちらに走ってくる伊織が見えたものだから是清は驚愕した。

なぜ出てきてしまった。あれだけ隠れていろと言ったのに。

動揺のあまり固まる是清の元まで駆け寄った伊織は、くるりと背を向けると、是清を庇《かば》うようにして叔父の前に立ちはだかった。

「やめて！　せんせえをいじめゆな……きゃっ！」

握りしめた玩具の刀を振り上げ果敢に立ち向かったが、その手を容赦なく叩き落とされて、伊織は尻餅《しりもち》を突いた。

それでも諦めず、玩具の刀に手を伸ばす。その手は可哀想なほどに震えていた。表情も今

にも泣き出しそうなほど歪んでいる。

怖くてしかたないのだ。それなのに、是清を守ろうと懸命に唇を噛み締める。

胸が張り裂けそうになった。伊織が自分のためにここまでしてくれるほど想ってくれていたなど、考えたこともなかっただけに、なおさら――。

「おお、こんなところにいたか。探す手間が省けた……っ」

「触るな！」

怯える伊織へ無遠慮に伸ばされる叔父の手を、無我夢中で叩き落とす。

「せ、せんせえ……わっ」

目に涙を溜《た》めて縮こまっている伊織を抱え上げ、是清はそのまま駆け出した。

四歳児を抱きかかえて、大の大人三人から逃げるなんて不可能。冷静に考えればすぐに分かることだが、今の是清の頭はそこまで動いてくれなかった。

とにかく、伊織だけでも逃がさなければ。守らなければ！

是清の腕の中で震える伊織の感触を覚えれば覚えるほど、それしか考えられなかった。

「逃げたぞっ！　早く捕まえ……ぎゃっ」

伊織を連れて、庭に飛び降りた時。背後から叔父の悲鳴とともに、大きな音が響いた。

思わず振り返り、息を呑む。

大男の一人と取っ組み合う清二が見える。その近くには、床に突っ伏した大男のもう一人と顔から血を流して身悶《みもだ》えている叔父がいた。

まさか、清二がやったのか？　一体、いつの間に。

あまりの早業《はやわざ》に面食らっていると、「先生っ！」と清二が鋭く声を上げた。

「伊織君を連れて逃げて……早くっ！」

清二の言うとおりだ。伊織を連れている今、一刻も早くここを離れるべきだ。

分かっている。それなのに……応戦してはいるが、痛めつけられる清二を見てしまった途端、体が動かなくなってしまった。

おそらく、最初の一人は不意打ちで何とか倒せたのだ。だが、もう一人は……。

その時、男が懐《ふところ》を探り、あるものを取り出した。冷たく光る匕首《あいくち》だ。

あんなもので刺されたら、清二が……清二が！

瞬間、言いようのない恐怖が全身を駆け巡り、体が勝手に動いた。

決して離すものかと抱えていた伊織を下ろし、地面を蹴る。

匕首を振り上げる男の太い腕に、死に物狂いで飛びついた。

「！　なんだっ。邪魔する……ぎゃっ！　この野郎っ」

男の腕に思い切り嚙みついていると、頬にすさまじい衝撃が走った。男に思い切り頬を殴られたのだ。

是清の痩身《そうしん》は吹き飛び、近くの簞笥《たんす》に叩きつけられる。そこで、是清の意識は暗転した。

気がつくと、是清は見覚えのない白い天井を見上げていた。

ここは、どこだろう？　緩慢な動きで瞬きしていると、そばで「ああ！」と掠れた声がした。顔を向けると、大きな目をうるうるさせる伊織と目が合った。

「い……伊織！　君は、無事か……ぃっ」

上体を起こした瞬間、体中が軋んで是清は身を強張らせた。そんな是清に伊織が駆け寄る。

「せんせえ！　だいじょーぶですかっ？　いたい？」

「僕の、ことより……君は？　怪我は、ないか？　それに、彼は……」

「いおいは、だいじょーぶです。きよちゃんは、えっと……はい」

痛みを堪《こら》えつつ尋ねると、紙を差し出された。清二からの書置きだ。

是清が気を失った後、叔父たち三人を取り押さえたこと。是清を病院に搬送したこと。叔父が華族の威光を盾に警察を黙らせ、伊織を連れ帰ろうとしたため、何とか言いくるめて今日のところは帰らせたこと。このまま連中が引き下がるとは思えないので、是成の部下に連絡を取り、協力を仰いでいるところだという旨が記されていて、是清は驚いた。

実に迅速で的確な対応だ。機転が利くと常々思っていたが、まさかここまでとは。

改めて感心した。そして、ここまで動けるのなら大丈夫そうだと安堵していると、伊織が突然勢いよく飛びついてきた。途端、背中に鋭い痛みが走り、全身が強張ったが、伊織はまるで気づかず、ぎゅうぎゅうしがみついてくる。

「せんせえ、ごめんなしゃい！　でてきちゃだめっていいつけ、まもやなくて。でも、せんせいがいじめられゆのがいやで、すごくいやで……」

「……い、伊織」

しがみついて懸命に訴えてくる伊織に、是清は戸惑いの声を漏らした。

「君は……そんなに、僕が大事なのか？」

「……へ？　あたいまえです！　せんせえは、いおいときよちゃんの、たいせつなかぞくです。だいすきで……す？　せんせえ？」

みるみる顔が赤くなっていく是清に伊織が首を傾げていると、ノック音が部屋に響いた。

「伊織君。先生はどんな具合……先生っ？」

ベッドの上で上体を起こした是清を見るなり、清二が一目散《いちもくさん》に駆け寄ってきた。

「よかった、目が覚めたんですね！　でも、顔がすごく赤い。もしかして、熱が出たとか」

「ち、がう。そうじゃない。ただ……伊織が、僕を大切な家族だ何だと言うから」

是清の両頬を包み込み、是清の額に自分のそれを押しつけてくる清二に、ますます顔を赤くしながらぼそぼそ呟くと、清二が声を上げた。

「先生！　そんな当たり前のこと言われて照れたんですか？」

「あ、当たり前って……僕は、君のように伊織をちゃんと慈《いつく》しめた例しがない。たかいたかいだって、してやらない。だから、伊織は君ばかりが好きだと……っ」

あやすように指の腹で頬を撫でられて、伊織は君ばかりが好きだと……っ」


「また。そういうこと言って。伊織君、先生優しい？」

「はい！　せんせえはとってもやさちいです！　いっぱいあそんでくえて、きょう、いおいときよちゃんのために、こわいひとたちと、たたかってくれまちた！　でも、たかいたかいちてくれたら、もっとすきです！」

こちらを見上げて即答する伊織に、是清は居たたまれなくなって目を逸らした。

是清のことを優しいと言うだけでは飽き足らず、体を張って守ろうとしたり……そんな物好きは清二以外いないと思っていただけに、戸惑いを隠せない。

「き、君のせいで、伊織は君並みの物好きになってしまった！」

眦をつり上げて睨んでやったが、清二は楽しそうに笑った。

「はは。いいじゃないですか。家族は仲良しなのが一番です」

包み込むようにそっと抱き締められる。伊織も無邪気に抱きついてくる。

二人の温もりと抱き締めてくれる感触。そして「家族」という単語に心が震えた。

一人だけをひたすら愛するのではなく、同時に複数の人間をそれぞれ違う意味で愛おしいと想うこの感覚。

（……そう、か。これが、「家族」というものか）

自分のような人間に「家族」なんて無縁と思っていたのに、世の中分からないものだ。

それでも……ふつふつと、二人を大事にしたいという思いが込み上げてきた。今の自分なら、これまでとは比べ物にならないくらい二人を大事にできそうな気がしたから。

そのためには、まず秋月家の件を何とかしなくてはならない。

清二たちにまた、あんな怖い思いをさせてたまるか。

「二人とも、聞いてほしいことがある。これからしばらくの間、不自由な思いをさせることになる。辛い思いをさせることもあるかもしれないが、それは僕らが家族を続けていくために必要なことなんだ。分かってくれ」

己の力のなさを露呈して恥ずかしい限りだったが、恥を承知で頭を下げる。

二人は初めて頭を下げた是清の姿に驚いたようだったが、すぐに首を振って、是清の顔を覗き込んできた。

「先生、そんな……一人で全部抱え込むようなこと、言わないでください。俺もできる限り頑張りますから、困ったら何でも言ってくださいい。ね？」

「いおいも！　いおいもがんばいますう！」

優しく微笑んで、また抱きついてきてくれる。その温もりに胸の奥がじわりと温かくなるのを感じつつ、是清は掠れた声で「ありがとう」と呟いた。

その後、是清はすぐ是成に事の仔細《しさい》を知らせる手紙を書いた。

秋月家を出ている部外者にして一介の作家でしかない自分が、秋月家の家督相続について口を出すなどおおよそ不可能だ。この件は、是成に何とかしてもらうしかない。

勿論、自分にできることはできる限り、手を尽くした。

まず、是成が手を打ってくれるまでの間、身を隠して生活するための住居を手配した。

秋月家が今回の件で伊織を諦めるとはどうしても思えなかったし、父の決定をよく思わない兄弟たちが、伊織に危害を加えようとすることも十分考えられる。

ゆえに、手筈《てはず》が整うと、是清は医者の制止も聞かずに退院し、隠れ家に移り住んだ。

出版社と連絡を取って足がつくといけないから、作家業もしばらく休業することにした。

念のため、是成の部下に頼んで屈強な護衛を何人か貸してもらった。赤の他人に四六時中見張られるなんて窮屈なことこの上ないが、これもいたしかたなくて……と、二人の安全を確保するため、考えつく限りの手は打った。

できることは防戦一方、しかも兄の権力に縋ることが多く情けないことこの上なかったが、それでもまた二人を危険な目に遭わせるよりはましだと、傷ついた体を引きずり奔走した。

だが、遊び仲間たちに囲まれた、住み慣れた家を離れることも、赤の他人にずっと見張られることも、伊織には非常に堪えたようで、隠れ家に移り住んでからは元気がない。

そんな伊織を見るのは辛かった。自分にもっと力があれば、伊織にこんな思いをさせずに済んだのに。歯がゆくてしかたない。

そんな腑甲斐ない自分を、伊織は一切責めなかった。それどころか、清二と是清と一緒なら平気。と、一生懸命笑って励ましてくれる。

それが余計に苦しい。辛いのに「辛い」とさえ言わせてやれないなんて。

こんな痛みは、生まれて初めてだ。

千鶴子の時は、何一つ儘《まま》ならない非力過ぎる存在だったがゆえに、「守る」という発想自体がなかったし、清二と出会った頃には、清二を庇護してやれる力を十分持っていたから、守ってやれなくて苦しい、だなんて、思うことなどなかった。

守りたいと思う人間を自力で守れぬことが、これほどに辛いだなんて思いもしなかった。

そして、今更……清二のこれまでの苦悩を思い知り、たまらなくなった。

是清がどれだけ清二を必要としているか言動で示し続けても、いなくなりたい衝動が消えなかった清二。なぜ、好きだと言いながら、そんなにも自分から離れたがるのだろうとやきもきするばかりだったが、今なら分かる。

……いや、清二は財力も地位も力も、何一つ持っていない。そのくせ、是清のことを大事にしたいと常々思ってくれているような男だ。今の自分とは比べ物にならぬほどの苦しみを味わってきたに違いない。

それなのに、自分はずっと使用人でいさせたばかりか知識まで与えた。それが、己がいかにちっぽけな存在か清二に思い知らせ、余計に傷つけることだと知りもしないで……ああ。

——いおい、ぜんぶひといでちます。さびちいのも、がまんちます。だかや……うう。きよちゃんを、がっこーにいかせて。

幼い伊織でさえ、すぐ分かることなのに。

——あれはなあに？　白玉かしら？

自分こそ、何も知らない夜露の姫だった。匣の中で独りきり、本を読んで全てを分かった気になっていた、井の中の蛙《かわず》。踏みしめている大地が、ぐらぐらと揺れる心地がした。

（僕は……これまで、どれほど滑稽だったんだ……っ）

居間で独り座り込み、自己嫌悪に沈んでいると、手の甲に鋭い痛みを覚え我に返る。

夜叉丸が尻尾《しっぽ》を優雅に振り、こちらを見ている。一体何だと、引っ掻かれた手を膝上から下ろすと、夜叉丸はすぐさま膝上に飛び乗ってきた。

どうやら、手が邪魔だと言いたかったらしい。

しかも、是清の膝上に陣取るなり仰向《あおむ》けに寝転がり、大きな伸びをするではないか。そのあまりにだらしない姿に是清は息を吐いた。

「君はいつも暢気《のんき》だな。人の気も知らないで」

文句を言っても、夜叉丸は聞く耳を持たない。よりいっそう是清に甘えてくるばかりだ。そんな、自分に何もかも許して無防備に甘えてくる姿を見ているうち、是清は胸が詰まった。自分の言葉を馬鹿みたいに信じて、健気《けなげ》に耐える伊織の姿が脳裏を過ったからだ。勿論、伊織だけではなくて……と、思っていると、「ああ」と背後から声がした。

「すごい！　夜叉丸が伸びてる！」

子どものように顔を輝かせ、清二が隣に腰を下ろした。

「お前、こんなに長かったんだね。……はは！　可愛いお腹《なか》。ぽっこりしてる」

無邪気に笑う。慣れない土地での家事は勿論のこと、元気のない伊織を励ましたり、護衛に来てくれる軍人への対応など、いつも以上に苦労しているというのに。

伊織のように、無理をして笑っているのだろうか？

「夜叉丸の腹ぐらいで、君は大げさだな」

注意深く様子を窺いつつ話を振ると、清二が瞬きした。

「腹ぐらい？　とんでもないです！　夜叉丸は一度だって、俺にお腹を見せてくれたことないんですよ？　伊織君や他の皆にもそう」

「！　そう、なのか？」

「そうです。もう、夜叉丸はこんなに好きだって言ってるのに。伊織君の時もそうだったけど……先生、鈍いです」

言い切る清二に、是清は右眉をつり上げた。確かに先ほどまで、自分の無知を恥じていたが、こんな状況下でものほほんとしている清二に「鈍い」と言われると、何だか癪《しゃく》に障る。

「そんなことはない。少なくとも、君よりは鋭い！」

「そうですか？　……じゃあ、俺がどれだけ先生のこと好きか、分かってます？」

「当たり前だ。高々それくらいのこと……っ！」

勢いに任せそこまでまくし立てたところで、はたと気がつく。いやいや、自分は何を言っているのか。しかし「本当ですか？　嬉しいです！」と、清二が満面の笑みを浮かべるものだから訂正できなくなってしまった。それに、いやに嬉しそうに笑うから、つい。

「君は……僕のどこが好きなんだ」

そんな問いが口をついて出てしまった。

「どこ？　そうだなあ。色々あるけど、例えば……あ。駄目だ。やっぱり内緒にします」

「？　どうしてだ」

「だって、言ったら先生、してくれなくなりそう」

先生、照れ屋さんだから。また、やたらと楽しそうに笑って少し頬を赤らめる。

周囲の人間は皆、是清という清二は不幸だと言って憐れんでいて、現に不幸としか思えないほど辛い思いをしているというのに……本当に、清二は暢気で物好きだ。

それでも、今はそれがどうしようもなく救いだった。

そして、自分がどれだけ唾棄すべき人間であろうと、こんな自分を純粋に慕ってくれる二人との約束を違えるわけにはいかないと思うのだ。

必ず、約束どおり平穏な日々を取り戻してみせる。

その想いだけで今を耐え、一日でも早く以前の暮らしに戻れるよう尽力した。

しかし、今や平民の自分が華族相手にできることなど、たかが知れていた。

何をしても事態は全く好転せず、気持ちばかりが焦っていく。

そんな矢先、是成の部下がやって来て、秋月家のことは、日本に緊急帰国した是成が直接父親たちに談判して話をつけたから、もう家に戻ってもいいと告げられた。

「あれだけ脅してやれば、もう大丈夫でしょう。いやあ、連中の慌てっぷりときたら、傑作でした」

何でも、伊織のことで激怒した是成は一個中隊を率いて、屋敷に押し入った挙げ句、今度伊織や是清に手を出したらただではおかないと脅しつけたのだと言う。

熱く語られる父親の武勇伝に、伊織は「ととしゃま、しゅごいです！」と、目を輝かせ、もっと話を聞かせてくれと相手にせがんだ。

伊織のその姿に、是清はひどく惨《みじ》めになった。

自分がどう頑張ってもどうしようもなかったことを、是成だとこんなにも簡単に……。

情けないことこの上ない。それでも、「これで家に帰れる！」と、二人が喜んでいるのだから、よしと思うべきだと自分に言い聞かせる。

結局何もできなかったと思うのなら、これから二人にしてやれることを考えるべきだと。

このことが、自分たちのこれからを揺るがす大事の予兆とも知らずに——。


「ごめんくださいまし」

自宅に戻った翌日の昼下がり。伊織を寝かしつけた清二と一緒に、体を洗うため夜叉丸を追いかけていると、軍人の護衛を連れた一人の淑女が訪ねてきた。

歳の頃は二十代後半。花柄のワンピース、短く切りそろえた髪に西洋の帽子というモダンな装いに、猫のようなつり目が相まって、非常に勝気《かちき》な印象を受ける。

「お久しぶりです。私のこと覚えて……いないようですね。私、藤枝友恵《ふじえだともえ》と申します。千鶴子さんの女学校時代からの親友で、千鶴子さんを通してお会いしたことがありますのよ？」

友恵ははきはきと自己紹介した。是清が自分のことを覚えていなくても気にするふうもなく……結構さばさばした性格らしい。

千鶴子にこんな友人がいたことも驚きだが、なぜ自分を訪ねてきたのだろう。

訝しんでいると、友恵はバッグからあるものを取り出した。是成からの手紙だ。

「今日は、是成さんの代理で参りました。伊織さんのことで」

その要件なら上げざるを得まい。だが、なぜ是成の代理が彼女なのか。内心首を捻りつつ、客間に通した。

友恵から受け取った手紙を読むと、その理由が書いてあったが――。

「是成が……あなたと結婚？」

思わず呟くと、友恵は仄《ほの》かに頬を染めつつ頷いた。

「私の父も軍人で、是成さんと同じ命《めい》を受けまして、家族で大陸に渡りましたの。そこで、微力ながら生活のお世話をさせていただいているうちに……」

だが、お互い気持ちは分かっていても、何も言うことができなかった。

「是成さんは千鶴子さんのことをいまだに引きずっていましたし、私も……千鶴子さんがどれだけ、是成さんを想っていたか知っていたので」

是清の胸はズキリと痛んだ。こんな話を自然にしてくるあたり、友恵は是清と千鶴子の関係は知らないらしい。是成とのことは、よく知っているみたいなのに。

千鶴子にとって、自分とは一体何だったのだろう。

改めて、言いようのない虚《むな》しさを覚えている間にも、友恵は話を進める。

「……でも、今回の件で是成さんは思ったのです。自分が千鶴子さんに囚《とら》われ新しい家庭を持たないせいで、伊織さんを危険な目に遭わせている。これこそ、千鶴子さんへの裏切りではないかと」

「だから、是成はあなたと結婚すると？　伊織を、引き取るために」

その言葉に、友恵にお茶を出していた清二も動きを止める。

「はい。それが皆のためですわ。伊織さんのための結婚と思えば、私たちもふんぎりがつきますし、これからも今回のようなことが起こらないとは限りませんから、あなたのためにも」

友恵が色々喋っているが、是清の耳には入ってこなかった。

いつか、こんな日が来ると分かってはいた。

伊織が物心ついた時から「お前のことは一時的に預かっているだけで、いつか親元に返す」と、事あるごとに自分にも伊織にも言い聞かせ続けてもきた。

けれど、まさかこんな……自分が無力なばかりに、伊織を返すことになるだなんて！

――せんせえは、いおいときよちゃんの、たいせつなかぞくです。だいすきです！

――きよちゃんとせんせえがいっちょなや、がまんちます。

自分のことを信じて、弱音も吐かずずっと我慢してくれた伊織に、なんて言えば……。

「……なので、私たちは上海《シャンハイ》で暮らすことになります」

ふと、耳に届いたその言葉。是清ははっと我に返った。

慌てて是成の手紙に目を走らせると、任務の都合上、伊織を上海に呼び寄せ、そのままそこで暮らす。出航は五日後だと書かれていたものだから驚愕した。

五日後には伊織と別れなければならないことも衝撃だったが――。

「あの幼い伊織を、知り合いもいない、言葉も通じない異国の地に住まわせると？」

ほんの数日間の隠れ家での生活さえ戸惑っていた伊織のことを思うと、不安に思わずにはいられない。

「ご心配になるのは分かります。ですが、大丈夫ですわ。上海は住みやすい街です。日本人もたくさん移住しておりますから、お友だちもすぐにできるかと」

「あ、あの……すみません、その」

たまらずと言ったように、清二が口を開いた。その声は、かすかに震えている。

「どのくらいの間、向こうにいらっしゃるんですか？　日本に帰ってくることは」

「それは、分かりません。今回は無理を言って帰国したので、今度はいつ帰って来られるか」

「じゃ、じゃあ、もしかしたらもう二度と会えないってことも……」

「……う、そ」

突然部屋に転がった、愛らしい声。その場にいた全員が顔を上げた。

そこには、立ち尽くす伊織の姿があった。いつの間に、起き出してきたのか。

「いおい……もう、きよちゃんにも、せんせえにも、やちゃにもあえないの？」

「い、おり。それは……」

「うしょつきっ！」

涙を湛《たた》えた瞳で是清を睨みつけ、伊織は叫んだ。

「せんせえ、いいまちた。しゃんにんでかぞく、つづけゆために、がまんちろって」

「……っ」

「せんせえは、いおいがきやいなんだ！　だかや、ととしゃまにいおいなんかいやないって、おてがみかいたんだ！」

きやい。いおいがきやいなせんせえなんか、だいきやい！

あまりにも悲痛なその叫びは、是清の心を容赦なく抉った。

＊＊＊

伊織が叫んだ瞬間。先生の体が、刃物を胸に突き立てられたように痙攣《けいれん》した。

そのままぴたりと止まって、微動《びどう》だにしない。何も言わない。表情も、完全な無表情で……まるで人形のようだ。

その様がひどく危うげに見えて、声をかけようとしたが、ぱたぱたと遠ざかっていく足音にはっとする。伊織が部屋を飛び出したのだ。

全く動かない先生が心配でしかたなかったが、伊織をこのままにしてはおけない。

「失礼します」と断って、清二は伊織を追いかけた。

伊織は家の裏で蹲《うずくま》り、声を殺して泣いていた。

その姿に心を痛めつつ近づいてそっと声をかけると、伊織がしがみついてきた。

いまだに「せんせえ、だいきやい」と繰り返す伊織を抱き締めて、背中を擦ってやる。

「伊織君、泣かないで。先生は伊織君のこと、嫌ってなんていないよ？　伊織君のこと、とても大切だって思ってる」

言い聞かせるが、伊織はふるふると首を振る。

「ううう……でも、せんせえがおてがみかいたや、あのひとがきまちた。だったや」

「違うわ」

おもむろに、背後から声がした。振り返ると友恵が立っていて、気遣わしげな表情でこちらに近づいてきた。

「是清さんのお手紙は、あなたを心配する気持ちで溢《あふ》れていたわ。それに、あなたを引き取ろうってお決めになったのはお父様。是清さんが言い出したことじゃないわ」

伊織の目線に合わせて座り込み、優しい口調で切々と諭す。伊織が愚図《ぐず》って話を聞かなくても諦めない。

結局、友恵は伊織が泣き疲れて眠るまで付き添ってくれた。

「今日はひとまず帰ります。今連れて帰ってしまったら、余計傷ついてしまうでしょうから」

「ありがとうございます。それに、すみませんでした。俺がよく見ておかなかったばかりに」

「いいえ、きっとどう話してもこうなっていたと思いますわ。この子にとっては、あまりに急な話ですもの。受け入れられなくて当然。……明日また来ます。まずは、私に慣れてもらうところから始めないと」

眠っている伊織の頭を撫でるその横顔に、強い意志が見えた気がした。これからは自分が伊織を立派に育てていくのだという固い決意が。

この人なら、伊織を任せても大丈夫かもしれない。かすかな期待が芽生えるのを感じていると、友恵がおもむろに顔を向けてきた。どうかしたのかと首を傾げると、友恵は「感心しているんです」とにっこり笑った。

「実は私、是清さんが伊織さんのために雇った使用人は数人いると思っていたんです。家事や子守は勿論のこと、軍部への連絡や護衛への対応も全部一人でやるなんて、大人でも普通できませんもの。それなのに……こんなにも優秀な人材を伊織さんのために見つけてくるなんて、是清さんは伊織さんが可愛くてしかたないのね」

「あ……いえ。俺は……」

「でも、子守としては……ちょっと、優秀過ぎるわ」

褒められて面食らう清二に、友恵はそろりと言った。清二が瞬きすると、友恵は探るようにこちらを見つめてきた。

「あなた自身もそう思っているんじゃなくて？　今回のことなんて特にそう。使用人でしかない自分にできることなんて高が知れてる。もっとしっかりとした地位があれば、持っている力を存分に発揮できたのにって」

「……っ！」

「今までは、伊織さん中心の生活で自分のことは全部後回しにしてきたんでしょうけど、これからは自分のことや外の世界に目を向けてみるのもいいんじゃないかしら」

是清さんも、許してくれると思いますよ？　そう言い残して、友恵は帰っていった。

遠ざかっていく後ろ姿を呆然と見送る。そしてふと、兄との会話を思い出した。

先日、清二は軍部の電話を借りて清一に連絡を取った。突然数週間も家を空け、音信不通になった自分を心配しているだろうと思ったのだ。

案の定、清一はひどく心配していた。近所の人間から、清二たちが家から消えた日、強盗が押し入り大騒ぎになったという話を聞き出していたせいだ。

さらに、先生が元華族であることも調べていた清一は、それとなくだが、華族のいざこざに巻き込まれる前に先生から離れるべきだとまで言い出した。

そんなものだから、清二は正直な気持ちをぶちまけた。

心配してくれる気持ちはありがたいと思っている。だが、自分は先生が誰より好きだ。自分の全部をかけて幸せにしたい。だから、何があっても、先生のそばを離れる気はないと。

清一は弟の激白に大いに驚き戸惑ったようだったが、長い沈黙の後、先生はそのことを承知しているのかと訊いてきた。

――ああ、受け入れてくれたよ。……兄ちゃんたちと、違って。

人買いに売られた時、「売られるくらいなら死ぬ」と即答した自分を、おぞましい化け物でも見るような目で見て逃げた、兄たちの背中を思い返しつつ告げると、電話越しでも分かるくらい、清一が呼吸を乱した。

――兄ちゃんは、俺があまりのひもじさに追い詰められて、血迷ったことを言ったと思ってるみたいだけど、違うんだよ。

自分は元々、そういう性分なのだ。自分のために全てを賭しても構わないと思うほど、想ってもらいたい。自分自身そういう想い方しかできないから。

――先生はそれでも、俺がいいと言ってくれた。俺を受け入れるために、体さえもくれた。赤裸々に、はっきりと言ってやる。その言葉に対しての返事はなかった。長い沈黙。

――……お前、秋月さんとどうなりたいんだ。一緒に、心中でもする気か。

――……はは、そうだね。

自分がそう言えば、喜んで頷いてくれるだろう。「清二のためならどうなってもいい」という台詞そのままに、清二を刺そうとする匕首に、何の迷いもなく身を投げる先生なら。

だが……だからこそ、絶対に死なせたくない。大事にしたいと、心の底から思うのだ。

――こんな……肉親にさえ怖がられるほど業《ごう》が深い俺を、ここまで受け入れて、好きになってくれたんだからって……可笑しな、話だけどね。

自嘲《じちょう》する清二に、清一は深く息を吐いた。

——そうか。なら、もう反対しない。だがな、清二。今のままじゃ、秋月さんを幸せにするのは無理だと思う。自分だけの力で、秋月さんを幸せにしたいと思ってる今のままじゃ。

それはどういう意味か。訊き返すと、清一は「経験談だよ」と苦笑した。

——たった一人の力だけで幸せにできるほど、人間の心は軽くない。俺は女房だけじゃなくて、お前も父ちゃんたちも幸せになってくれなきゃ幸せになれないし……お前だってそうだろう？　秋月さん一人幸せなら、他の人間は全員どうなってもいいと思うか？

清二は言葉に窮した。とっさに伊織や家族の顔が脳裏を過ったのだ。

——もう一度、よく考えてみろ。秋月さんを幸せにできる男は、どういう男なのか。

その問いが今も、頭にこびりついて離れない。

先ほどの友恵の言葉、半分は図星だった。

この数週間、色んなものが羨《うらや》ましくてしかたなかった。

遠く離れていながら、部下に命じて先生を守り、秋月家からの脅威も難なく払拭してしまう是成。外敵を討ち果たすためのあらゆる戦術、武術を兼ね備えた護衛たち。

自分がどれだけ無力で無能なのか、いやというほど思い知らされた。

そして今、もう伊織を任せておけないと、伊織を失う羽目にもなって……口惜しいことこの上ない。力が欲しい。と、強く思った。

でも……だったら、是成に対抗して、是成と同じ地位につけばいいのか？　学校に通い、軍に入って、お國《くに》のために戦って、是成に負けないくらい出世する。そうすることが、先生を大事にすることになるのか？　喜んでくれるのか？

色んな考え、声が、頭の中をぐるぐる回る。

その激しさに眩暈を覚えたが、目を閉じることでそれを殺して立ち上がる。

先生と、伊織のことを話さなければならない。それに、先生自身のことも気にかかる。

先生はこの数週間、これからも三人で家族を続けていけるよう、それこそ身を削るように尽力してきた。それなのに、お前にはもう伊織を任せておけないから引き取ると言われた挙げ句、伊織からも嘘吐き呼ばわりされて……どれほど心が傷ついたことだろう。

（先生、大丈夫かな……っ）

清二の足がはたと止まる。瞠目《どうもく》した。薄暗くなった客間に一人、清二が伊織を追いかけて部屋を出た時と全く同じ体勢で座り込んでいる先生が、視界の端に映ったからだ。

まさか、あのままずっと……。

背中に嫌な汗が流れる。躊躇いがちに近づくと、小さく光るものが二つ見えた。

夜叉丸の目だ。ずっと先生に寄り添っていたらしい。

お前は本当に優しいね。心の中で語りかけて、清二は先生の正面に腰を下ろした。

「……伊織は？」

声をかけようとすると、先生がぼそりと呟いた。

「伊織君は、今眠っています。それで……っ」

「膝を貸せ」

同じ体勢でいたら疲れた。ぞんざいに言って、先生が膝上に頭を乗せてきた。

清二は目をぱちくりさせた。少し考えて、肩でも叩こうかと尋ねたが、「いらない」と面倒臭そうに返された。これ以上は、あまり構われたくないらしい。

そう判断した清二は口を閉じて、先生の白い顔を見つめた。

月明かりに照らされているせいか、いやに顔色が悪く見える。

先生は今、何を考えているのだろう。やはり、伊織のことだろうか？

本当は伊織のことで話さなければならないことはたくさんある。でも、どうしても口が動かない。話したら最後、伊織への愛おしさが込み上げて、たまらなくなりそうだったから。

（いつかこんな日が来るって分かっていたけど、まさか……こんな形でっ）

また込み上げてきたやるせなさに、唇を噛みしめていると、

「駆け落ちしようか」

静まり返った部屋に転がった、その言葉。

「僕と君と、伊織で……是成が追いかけて来られない、遠くへ行くんだ」

「……。ああ……それ、だと……わっ」

伊織を誰にも渡したくないと思っていた直後だっただけに、逃げるならどこがいいだろうと真剣に思案していたら、いきなり膝を叩かれて、清二はびくりと肩を震わせた。

「真に受けるな。冗談に決まっているだろう。……まあ、昔の僕なら本気で言っただろうが」

こんなにも、不可能なこと。と、自嘲するように息を零す先生に、清二は目を見開いた。

先生の口から、そんな言葉が出るなんて思いもしなかった。

「不可能……ですか」と、思わず訊き返す。先生は寝返りを打ち、頷いた。

「そうだ。親馬鹿の陸軍大佐を敵に回すんだぞ？　どこまでも追いかけてくる。無宿者に落ちぶれて野垂れ死ぬか、心中でもしない限り、三人ではいられないだろう」

一瞬大げさだと思ったが……確かに、この三年間ほぼ毎日伊織へと送られてきた手紙や玩具の山などを考慮すると、そんな未来しか見えない。

先生と二人なら、それでもいいかなと思った。でも。

「伊織にそんなことをさせるのは耐えられない。だから、手を離すしかない」

「……そう、ですよね」

まあ、最初から分かっていたことだが。と、清二が小さく肩を落としていると、

「……知らなかった」

先生が不明瞭な声で、ぽつりと独り言《ご》ちた。

「大事だからこそ手放す。そんな感情さえ、今の今まで、僕は知らなかった。そんなだから

……伊織は今、あんなに辛そうにしているのか。千鶴子と、同じ顔をして」

「……っ！」

「僕は一体、どれだけ間違えた？　どれだけ、伊織に惨《むご》いことをしてしまった？　こんなに苦しいなら……僕を一人、匣の中に閉じ込めて放っておいたあいつらが正しかったのか？　あいつらと別れることになっても、苦しくも何ともなかったんだから……っ」

「いいえっ」

無表情で呟き続ける先生の両頬を包み込み、清二はきっぱりと否定した。

「違います。今こんなに辛いのは、今まで幸せに過ごせたからです。悪いことじゃない」

諭すように訴えると、先生は「そう、なのか？」と不思議そうに聞いてくる。「あれはなあに？　白玉かしら」と、夜露を指差す深窓の姫君のように。

その悲しくもあどけない瞳に、清二はようやく気がついた。

この人はずっと、周囲に心を閉ざすことで今までを生きてきた。

そうでもしなければ、本来生まれた時から知っているはずの、「笑う」「泣く」という表情の作り方さえ忘れてしまうほどの孤独に耐えられなかった。

そして、こうも思った。この世の誰もが好き勝手生きていて、誰も自分を顧みてくれない。だったら、自分も好き勝手生きてやればいい。

嫌いなものは嫌い。寄せ付けないし、したくない。好きなものは好き。それのことだけ考えて、離さなければいい。

清二や千鶴子は、そんな雨の中、唯一出会った人間だったのだろう。

先生の世界に、人間は清二たちしかいない。だから、先生にとってそれが全てで、手放すなんて考えられなかった。

けれど今、初めて……愛おしいからこそ離れるという感情、苦しみを知った。

自分のことを純粋に慕い、大事な家族だと言ってくれた伊織と接するうちに芽生えた父性愛によって、ようやく——。

だからこそ、今こんなにも自分を責めている。

分かってしまったのだ。千鶴子に対して、自分がどれだけ残酷な仕打ちをしてしまったか。

その衝撃で、今まで信じてきたものがガラガラと崩れ落ちて、途方に暮れている。

どうしようもない罪悪感と自己嫌悪に押し潰されて。それでも……。

「どう、すればいい……？　こんな僕でもまだ、伊織にしてやれることは、あるんだろうか」

恥も矜持《きょうじ》も捨てて、そんなことを聞いてくる先生は、やはり……どうしようもなく優しい。

泣きたくなるくらい——。

「じゃあ……ちゃんと、お別れしましょう。勿論、伊織君が大好きだってことも伝えて」

「伊織は……僕を嫌いなままでいるほうがいいんじゃないか？　好きだから、こんなにも苦しいんだ。だったら」

「違います。伊織君が先生を嫌いになれるはずないでしょう？　今も、先生が大好きですよ。だから、先生に嫌われたと思って傷ついてる。仲直りしたほうが、絶対にいい」

明るい声を振り絞り、清二は先生を抱き締めた。先生は清二の泣き顔が嫌いだと常々言っているから、今の顔を見せるわけにはいかなかったのだ。

その夜、清二は夢を見た。「二人で露となって消えるまで、大事にしてくれ」と、先生に微笑んでもらえた、あの雨の日の夢だ。

自分は三年前の、幼子の姿をしていた。しかし、降りしきる雨の中、一緒に手を繋いでいたのは、先生ではなくて……自分と同じ背丈の男の子だった。

赤ん坊の伊織をおんぶ紐《ひも》で背負い、片方の手で、小さな体に不釣り合いな大きな蛇《じゃ》の目傘《めがさ》を差し、もう片方の手で清二と手を繋いでいる。

清二が面食らっていると、人形のように綺麗で無表情な顔を向け、男の子が口を開く。

『一つ、訊きたい。僕はちゃんと、「手を繋ぐ」という行為が、できているだろうか』

清二が「え？」と、思わず声を漏らすと、男の子は左眉をつり上げて俯いた。

『本で読んだことはあるが、したことがないんだ。僕は……とても、いいが、君は…っ』

自分と同じ大きさの……でも、ずっと華奢な手を握り返す。

『いいよ？　こうしてると、ここがすごく、ぽかぽかする』

自分の胸を鷲掴み、微笑ってみせると、拙く表情筋を動かして、嬉しそうに微笑む。鼻の奥が、つんと痛んだ。

とっさに目を逸らす。その先には、暗く沈んだ情景が広がっていた。

全てが雨に覆い尽くされ、何も見えなくて……ああ。

（そうか。ここは……先生の心の中だ）

泣き方を忘れてしまったから、流したくても流せない涙を、心の中で雨のように降らせ、全ての視界を遮って、誰も見ないし、誰にも……土砂降りの涙の中、独り寂しく佇《たたず》む幼子の自分を見せない。そうして、そのまま……ここまで来てしまった。

こうして、自分と手を繋いでいても――。

それを思うと、やるせなかった。これまで自分と過ごした三年間は、先生にとって何だったのだろう。どうしようもなく虚しくなったが……。

『おい、何してるんだ。僕とこうしているのに、よそ見なんかするんじゃあないよ』

どこか拗《す》ねた声で言って、より一層握る手に力を込め、引っ張ってくる。

あどけないその所作に心が甘く疼《うず》き、悲しみとは別の感情が湧き上がってきた。

（悲しんでる場合かっ。決めたじゃないか。この人を、誰よりも幸せにするんだって！）

そのためには、どうしたらいい。どうすれば、この雨はやむ？　必死になって考えた。

＊＊＊

伊織と仲直りしたほうがいい。清二はそう言ったが、是清にはそれがいいことなのか分からなかった。好きだからこんなに苦しいと言うのなら、嫌いになったほうが伊織は楽になれるのではないかと。だがすぐに、その考えも不確かなものへと変わっていく。

是清はもう、自分自身が信用できなくなっていた。

この数週間で、自分の中の色んなものが突き崩されて、もうほとんど残っていなかった。

これからも、三人で家族を続けるという約束さえ果たせなかった。

それでもまだ、伊織をどうにかしてやりたいという感情は残っていた。もう二度と会えないかもしれない。そして、千鶴子への過ちを完全に理解できただけに、より一層強く……。

だが、いくらそう思っていても、現実は厳しい。

「……おはよー、ごじゃいます」

朝目覚めると、伊織がこちらを覗き込んでいた。驚きつつも挨拶を返すと、朝餉《あさげ》ができたから呼びに来たと言うので、ますます驚いた。

戸惑いながらも、伊織と一緒に居間へと向かう。

朝餉を用意して待っていた清二も加わり、いつものように三人でちゃぶ台を囲む。

しばらくして、伊織がおずおずといったように是清の名を呼んだ。

「……せんせえ。えっと、きのうは、ごめんなしゃい。いおい、ひどいこと、いいまちた」

一生懸命言葉を振り絞り、そんなことを言うので、是清は思わず清二を見た。清二の入れ知恵だと思った。しかし、清二も驚いた顔をして首を振るばかりだ。その間も、伊織は言葉を振り絞る。

「い、いおい……こえかやは、いいつけ、ちゃんとまもいます。いいこにちます。だかや」

『ごめんください』

玄関から声がした。友恵の声だ。瞬間、伊織の顔が凍りつき、一目散に部屋を飛び出した。どこへ行くのかと思ったら、すぐ「かえって！」という叫び声がした。

清二と二人で慌てて駆けつけると、伊織が友恵を睨みつけていた。

「いおいは、きよちゃんとせんせえと、ずっといゆんです！　どこにもいきません！」

「伊織さん……でも、ね。お父様もあなたのことを待っていらっしゃるのよ？　お父様のこと、嫌い？」

「……ととしゃま、きやいじゃないです。あって、みたいです。でも、きよちゃんたちと、あえなくなるなや……あえなくていい！」

言い切ると、伊織は踵を返し、是清の足に飛びついてきた。

「せんせえ！　ととしゃまにおねがいちてくだしゃい。いおいをつえていかないでって。いおい、いいこにすゆかや！」

必死に懇願してくる。友恵がいくら話しかけても聞く耳を持たない。しまいには、

「……せんせえ。やっぱい、いおいのこと、きやいなんだ。きよちゃんも、なんにも、いってくえない。きよちゃんも……いおいのこと、きやい、なん……ううう」

そんなことを言い出し、ぽろぽろと涙を零し始めてしまった。

その姿を見て、是清はまた狼狽した。

自分だけでなく、あんなに懐いていた清二のことさえ疑い始めるなんて。

かける言葉も見つからず立ち尽くしていると、友恵が声をかけてきた。

「すみません。少々、二人でお話させていただいてよろしいかしら」

「それは……」

「大丈夫です。伊織君は、俺が見ていますから。……伊織君、奥へ行ってようか？」

伊織を抱き上げて、清二が席を外す。その後ろ姿を見遣り、友恵は目を細めた。

「伊織さん、今までとても幸せでしたのね。でも……そのことが、今あの子を苦しめてる」

そんなことは分かっている。問題は解決法だ。

「このままだと、伊織さん。誰も彼もを嫌いになって、独りぼっちになってしまいますわ。ですから、お願いがあります」

ここで、友恵は言葉を切った。改まったように居住まいを正す。

「是清さん。清二さんを、私たちにください」

「……え」

清二を……何だって？

「伊織さんは、清二さんにとてもよく懐いています。彼がついて来るとなれば、あの子も納得するでしょうし、上海での生活も心強いはず……」

「ま、待ってくれっ」

是清は戸惑いの声を漏らした。

「あ……確かに、彼は、あなたの目から見れば、ただの使用人だろうが……」

「大丈夫ですわ」

是清の言葉を、友恵は笑顔で遮る。

「彼のこと、決して悪いようにはいたしません。伊織さんが大人になってもずっとお仕えできるよう最高の教育を受けさせて、将来は立派な高官にしてみせます。彼は大変優秀な若者な上に、軍人にいたく興味を持っていると伺っておりますから、本人も喜ぶと」

「！　彼、が……軍人、に……？」

「ええ。これは、あなたたちの護衛についた是成さんの部下から聞いた話ですけど、彼は護身術など熱心に教えを乞うてきて、『憧れる』と、しきりにおっしゃっていたそうで」

知らない。そんな話は聞いたことがないし、護衛たちとそんな交流を持っていたことも、まるで気づかなかった。清二が帝大生たちに何と言われていたか、気づかなかったように。

だが、清二までいなくなってしまったら、自分は……！

それだけは絶対に嫌だ。無理だと思った。けれど。

「お願いです。これは二人のためです。少なくとも清二さんがついてこなければ、伊織さんは確実に不幸になってしまいます。そうなったら、千鶴子さんだって悲しむ」

伊織が不幸になる。千鶴子。その言葉に、全身総毛立つ。

「皆の幸せのためです。ですから……是清さん！」

是清は踵を返し、足早にその場を離れた。

伊織のことでさえ、いまだに諦め切れていない現状で、こんな話……聞くのも堪《た》えられない。しかし、その先に待っていたのは――。

「どうちても、いかなきゃだめなや、みんなで、いっちょにいくのは……」

「駄目、なんだよ」

膝上に乗せた伊織を抱き締めて、掠れた声で答える清二が見える。

「行けないんだ。どんなに、君と一緒にいたくても」

ごめんね。そう言って、伊織に気づかれぬよう静かに涙を流す。

その光景を見た瞬間、自分が縋りついていた最後の何かが、ガラガラと崩れ落ちていく音が、聞こえた気がした。

＊＊＊

先生と友恵は、ずいぶん長いこと客間に籠《こ》もって話し込んでいた。それも、茶を出そうとしても「入って来るな」と断られるくらい深刻な話のようで――。

「き、きよちゃん。せんせえ、どうちておへやかやでてこないんですか?」

「……さあ。俺にも分からないよ」

「もちかちて、いおいがわがままいったかや、せんせえ……」

伊織が眉をハの字に下げ、への字口になっていると、襖が開いて友恵が出てきた。伊織が思わずと言ったように、友恵に駆け寄る。

「あ、あ……あの、なんのおはなち、ちてたんですか?」

「それは……是清さんに聞いて」

また、明日来ます。しばしの逡巡《しゅんじゅん》の後そう言って、友恵は帰って行った。

その様子に何か違和感を覚えたが、先生のことが気になって、清二は客間に入った。

先生は姿勢よく座し、友恵が座っていたらしい座布団を静かに見つめていた。表情はいつものように無表情で、何の感情も読み取れない。

「先生。あの……」

「腹が減った」

思い切って話しかけた言葉を遮り、先生は開口一番そう言った。清二が「へ?」と声を漏らすと、先生はこちらに顔を向け、右眉をつり上げた。

「君は減らないのか？　飯時はだいぶ過ぎているというのに」

「そ、そう言えばそうですね。でも……あの」

「伊織。君は減らないのか？　普段あれだけ食い意地が張っているくせに」

「へ？　い、いおいは、えっと……あ」

ぐぅうう。大きな音が伊織の腹から鳴り響く。どうやら、指摘されて急にお腹が空《す》いたらしい。先生はふんと鼻を鳴らし、「飯」とぞんざいに言ってくる。

清二はしばしぽかんとしていたが、鳴りやまない伊織の腹の音を聞いていたら質問する気も失《う》せて、おずおずと頷いた。

夕餉《ゆうげ》の用意を手早く済ませ、三人で食卓に着く。

夕餉の間、先生はいやによく喋った。話題は、漬け物がよく漬かっているだの、天気の話など、非常にとりとめのないものばかり。

そんな話、今している場合ではないと思った。それなのに、気がついたら清二も先生の話に乗って、自らも他愛ない話を口にしていた。

懸命にいつもどおりの楽しい食事にしようとする先生の姿を見ているうちに、分かってしまったのだ。これが三人最後の夕餉だと。

「……さて。腹も膨れたことだし、話をしよう。伊織、ここに座りたまえ」

皆でご馳走様《ちそうさま》の挨拶をした後、先生は自然な口調で言った。伊織が緊張した面持《おもも》ちで先生の前にちょこんと座ると、先生は改まったように姿勢を正した。

「まず、単刀直入に言う。君は明日、友恵さんと一緒にこの家を出ろ」

ひどく直截《ちょくせつ》的な物言いだった。しかし、だからこそ、この決定はもう翻《ひるがえ》らないという事実が言葉以上に伝わってきた。伊織もそうだったらしく、口がへの字口になった。

「どう、ちて？　いおいたち、なかよちで、かぞくで……みんないやなのに、どうちて」

「僕が弱いからだ」

淡々と、先生は言い切った。

「君は陸軍大佐、秋月是成の息子だ。今回のように、是成を陥れるために君を狙《ねら》う輩《やから》が、また現れるかもしれない。だが、僕の力では君を守ってやることができない。それに加えて、君が将来、そんな連中から自分で自分を守れる強い男になるための教育を施すことも、人脈を確保する力もない」

子ども相手に配慮の欠けた言い方。それでも、ありのままの心を伝えようというひたむきさに溢れている。

先生はいつもこうだ。相手が子どもだろうが何だろうが、大真面目で実直。自分も……おそらくは伊織も、そんな先生が好きだ。だからこそ、今伊織は真剣に話を聞いている。

「ゆえに、もう一緒に住むことはできない。それだけだ。好き嫌いの問題じゃない」

そこまで一気にまくし立てて、先生は目を瞑《つむ》り小さく息を吐いた。

もう一度目を開き、伊織を真っ直ぐと見据える。色んな感情が溢れて揺れる瞳で、必死に。

「恨むなら、僕だけを恨め。後は、誰も悪くない。君の父上が君を引き取りたいと言ったのは、僕が腑甲斐ないゆえだし、彼が『君のそばにはいてやれない』としか答えられなかったのも、僕がそうさせたことだ」

「！　先生、それは……っ」

「……い、いおいも」

伊織が掠れた声を漏らした。

「いおいも、よわいです。また、わゆいひとたちがきても、せんせえのこと、まもえない」

「……伊織」

「いおい、もういやです。せんせえがあんなふうにいじめやえゆの、ぜったいにいや。きよちゃんがそうなゆのもいや」

そこまで言って伊織は口を閉じた。口をむにむにさせた後、意を決したように顔を上げる。

「い、いおいが、きよちゃんとせんせえを、まもれゆくやい、つよくなれたや……かえってきても、いいですか？」

いじらしいその言葉を聞いた瞬間、清二は伊織を力一杯抱き締めたい衝動に駆られた。

子どもの君に、そんなことを言わせてしまってすまない。立派な大人になるまで世話をしてやれなくてすまない。

たくさんの「すまない」が、胸の内で噴き出す。そして、それを上回る愛おしさで眩暈がした。けれど、必死になって堪える。

伊織が男の顔をしている。大事な人を守ると決意した男の顔を。

そんな顔をした伊織を子ども扱いしたり憐れんだりしたら伊織を侮辱したことになる。

「……ああ。自力で上海から戻って来られるくらい立派になったら好きにすればいい。僕も彼も拒みはしない。それと……念のため、君が無事船に乗るまで彼を付き添わせるから」

「……ええっ？」

先生のその言葉に、清二と伊織は二人同時に素《す》っ頓狂《とんきょう》な声を上げた。

「俺だけ、ですか？　あの……確か出航は四日後ですよね？　ということは、俺は三日間近く家を空けるってこと……」

「そうだが？　しかたないんだ。長らく家を空けていたせいで、もう留守にできない……っ」

「だめですう！」

何をとんでもないことを言っているんだとばかりに、伊織は声を荒げた。

「せんせえ、きよちゃんのあかちゃんなのに、きよちゃんがそんなに、せんせえのおそばはなれたや、せんせえしんじゃう！」

大真面目にそんなことを言うものだから、先生は目を剝き、清二は思わず噴き出した。

「君たちは、僕を何だと思っているんだ！」と、先生に二人で怒られた後、清二たちは伊織を真ん中にした川の字になって床に就いた。

伊織は右手を先生、左手は清二とそれぞれ手を繋いで、今夜が最後だからずっと起きてる！と宣言したが、一時間ほど過ぎる頃には、すやすやと可愛い寝息を立て始めた。今日もたくさん泣いて疲れたのだろう。

寝顔は、昨日よりずっと安らかだ。伊織の中で色々と折り合いがついたのだろう。

その寝顔に心底ほっとして、最近ずっと張りつめていた緊張の糸が切れた気がした。心地よい安堵が胸に広がる。そしてふと襲ってきた睡魔に抗《あらが》えず、意識を手放した。

それから、どれほどの時が経っただろう。不意に、清二の意識が覚醒した。

まだ眠いのに、どうして起きてしまったのか。ぼんやりと天井を見上げ、何度か瞬きしていると、コトリとかすかな物音がした。

何の気なしに目を向けると、部屋を出ていく先生の背中が見えた。

厠《かわや》だろうかと、最初は暢気に考えていたが、いくら待っても先生は帰ってこない。

伊織との最後の夜に、何をしているのだろう。

何だか嫌な予感を覚えた清二は、伊織を起こさないよう、静かに部屋を抜け出した。

先生の仕事部屋から灯《あか》りが漏れているのが見えて、こっそり覗いてみると、文机《ふづくえ》に座り一心不乱にペンを走らせる先生の姿が見えた。

こんな時に、何を書いているのだろう。内心首を捻ったが、ペン先を見つめる先生の顔を見た瞬間、清二ははっと息を呑んだ。

今にも泣き出してしまいそうな、苦悶《くもん》に満ちた表情。

あんなに辛そうな先生の顔を見たのは初めてで、清二はひどく動揺した。

＊＊＊

『拝啓。山野清二君。こんな形で、このような大事を伝える無礼をどうか許して欲しい。これは、君に対する甘えだ。義姉からも聞いたと思うが、伊織と一緒に上海に渡って欲しい。伊織にはまだまだ君という存在が必要だ。それに、これは君のためでもある。今のまま、僕のそばにいても……』

そこまで読んで、是清は紙をくしゃくしゃに丸めて投げ捨てた。

文机に突っ伏し、頭を抱える。何だ、この駄文は。ど素人《しろうと》の三文小説以下の内容だ。

売れっ子作家が聞いて呆れる。だが、しかたがないとも思った。

この手紙で、自分が清二に何を伝えたいのか分からない。

伊織と同じように、お前のことも大事にしたい？　それとも——。

「……先生？」

不意の呼びかけに、心臓が跳ねた。

「どうしたんですか？　こんな夜更けに」

なぜ、清二がここにいる。伊織と手を繋ぎ、安らいだ表情で眠っていたではないか。それなのに、どうして……。

「……君こそ、何をしている。早く、伊織のところに戻れ」

今、清二の顔も見ず、是清はつっけんどんに言った。

清二の顔を見たくない。一緒にいられるのはこれで最後だと思うとたまらなくなって、みっともなく縋りついてしまいそうになる。

「今夜は、伊織がこの家で過ごす最後の夜なんだぞ。それなのに……一人にするな」

こう言えば、必ず引き下がると思った。

清二は何だかんだ言って、伊織のことを第一に考えて行動する。あれほど好きな房事も伊織が家にいたら絶対にしないし、伊織に呼ばれれば是清を置いてすぐ行ってしまうのだから。

「……そうですね。じゃあ、先生と一緒に戻ります」

そっぽを向いたままの是清を凝視しつつ、清二がすぐそばに腰を下ろしてきた。

狼狽する。なぜ戻らない。伊織のことが心配ではないのか。

「一人で戻れ。僕はまだやることがある」

「俺だけ戻っても、先生がいなかったら、伊織君は悲しみます」

「……別に、伊織には君さえいれば事足りる……っ」

動揺を悟られぬよう声を振り絞っていると、両頬を摑まれ顔を向けさせられた。その先には、憤りに満ちた表情でこちらを見つめる清二の顔があったから、是清ははっとした。

「どうして、まだそんなことを言うんですか。伊織君が、あそこまで言ってくれたのにっ」

しまった。言葉を間違えた。

何とか上手く誤魔化さないと。ぐらぐら揺れる頭で必死に考える。けれど、こちらを一心に見つめる清二の顔を見ていたら、

「……思い、出したんだ」

ようやく口にできたのは、そんな言葉。

「さっき、伊織が言ったのと……同じようなことを、昔是成にも言われた」

――是清。俺は、お前や千鶴ちゃんを守れる強い男になりたい。だから軍人になる！

「それで、思い出したんだ。ああ、伊織は……是成の子だったと」

「……先生」

「……馬鹿、みたいだろう？　僕は今まで、忘れていたんだ。忘れて……伊織は、僕と君の子どもだと思い込んで」

……なぜだ。なぜ、自分は今、こんな話をしている？

「だが、あの子はやっぱり、是成の子どもで……もう二度と、戻ってなんてこない。是成も

そうだった。いつの間にか僕のことなど忘れて、千鶴子とともに遠くへ行ってしまった。だから……んんっ？」

譫言《うわごと》のようにまくし立てていた是清は目を瞠った。清二がいきなり口づけてきたのだ。

「き、みは……突然、何を……んんっ……ぁ」

清二の意図が分からず戸惑うばかりの是清の口内に、無遠慮に舌が侵入してくる。とっさに体が逃げを打ったが許されず、その場に押し倒されてしまった。

その上、股間にまで手を伸ばしてくるものだから、是清は驚愕した。

「君はっ、正気かっ？　こんな、時に、何を考え……ゃ……ぁあっ」

股間を揉みしだかれるとともに、首筋に嚙みつかれて戦慄《せんりつ》する。

清二は本気で、今から自分を抱くつもりだ。

「や、めろっ。嫌だ。こんな、伊織が見たら……っ」

抵抗した。今こんなところを伊織に見られたら、伊織は深く傷つく。自分どころか、清二も嫌いだと言い出しかねない。それだけは駄目だ。

何が何でもやめさせなければ。なけなしの理性で、そう思った。それなのに――。

「や、め……ぁ。……ん、ぅ……は……っ」

清二に触れられた下肢は、たちまち反応し、清二の手に押しつけるように腰をいやらしく揺らしてしまう。

清二に触れられるとそうなるよう、体を作り変えられてしまったから？　……いや、そうでなくて、心が熱を帯びている。

一番伊織についていてやらなければいけないこの時に、清二が伊織そっちのけで自分を抱いている。そのことに、言いようもない歓喜と興奮を覚えてしまったのだ。

（……僕は、最低だ）

罪悪感と自己嫌悪で涙が溢れ出た。しかし、抱き締められるとともに涙を舐め取られて、

「……先生」

耳元で甘く囁かれた途端、体中が痺《しび》れて動かなくなった。

清二がゆっくりと顔を上げる。目が合う。自分だけを狂おしいほどに見つめてくる清二と。

その瞬間、是清の中で何かが切れた。

「！　先生……んんっ」

「ん、ぅ……。き、よじ……清二っ。……ふ、ぅ」

清二の胸元を摑み引き寄せて、口内に舌をねじ込む。

清二は是清の突然の豹変《ひょうへん》に一瞬驚いたようだったが、すぐに是清を抱き締め返し、接吻に応えてきた。

舌を何度も絡め、夢中で吸った。けれど、それだけでは全然足りなくて、是清は性急に清二の寝間着に手をかけた。

脱がせると、寝間着の中から程よく筋肉がついた、雄々しくも美しい裸体が姿を現す。滑らかで触り心地のよい肌。体温の低い是清の体に優しく染み込む温もりを宿した、しなやかな筋肉。是清の体をしっかりと抱きとめることができる広く頑丈な胸と、力強く抱き締めてくれる逞しい腕。

何もかも、是清のために誂《しつら》えたかのようなその体に、己の白く華奢な腕や足、体を、舌と同じように絡め、自ら晒《さら》した肌を擦りつける。

こんなにも浅ましく清二を求めるなんて、いつもの自分では到底できないことだが、今は男の矜持だの節度だの、どうでもいい。

最後なのだ。こんなふうに、清二と触れ合うことは、もう二度とない。

ただただ、清二が欲しかった。感じたかった。だから、清二の体をまさぐっていた手を下へと伸ばし、もうすでに兆《きざ》しを見せ始めていた清二の自身を摑んで、震える手で擦った。

「は、ぁ……これ、舐めても、いいか?」

清二は驚いたように目を丸くした。しかし、すぐ悩ましげな息を吐いて肩を摑んできた。

「じゃあ、俺も……舐めます。だから」

「え? わっ……こ、これ……こんな、格好……あっ」

「ほら。先生も、舐めて……ください。……んぅ」

清二の顔の部分に是清の一物《いちもつ》が来るよう、是清を四つん這いにして跨《また》がらせた清二は、何の躊躇いもなく、是清の一物を口に含んだ。

あまりに恥ずかしい格好と、一物に感じる清二の生々しい口内の感触に、羞恥で全身から汗が噴き出した。

それでも、是清は小さく息を吸うと、清二の反り立った硬いものを口に含んだ。

初めて口に入れたそれは、先走りの蜜が滲んでいて、生々しい臭気が鼻の奥を突いた。

だが、これは自分に感じてくれた証《あかし》なのだと思うと、不快には思わなかったし、口内に感じる、ドクドクと忙《せわ》しなく脈打つ鼓動も何だか愛おしく思え、胸が熱くなった。

「ん、ぅ……ふっ。あ……んん」

口淫《こういん》の勝手など分からなかったが、いつも清二がしてくれるやり方を思い出しつつ、舌を動かす。

唾液《だえき》を飲み込むのも忘れるほど懸命に竿《さお》を舐め、咽《むせ》るほど深く咥《くわ》えて強く吸い上げる。

清二が少しでも気持ちよくなれるよう、少しでも、自分のことを覚えていてくれるよう……なんて、そんな想いも、清二の口淫がもたらす快楽でどんどん白く濁っていく。清二にねっとりと竿を舐められ、陰嚢《いんのう》を揉《も》みしだかれるたびに腰が揺れて、口が止まりそうになる。

それでも必死に口を動かしていたが、内部に指を突き入れられた瞬間。

「ぁ……んんっ？　き、よ……ゃっ！　そこ、は……やめ、て…く……は、ぁ」

前立腺を爪で引っかかれ、目も眩《くら》む悦楽が全身を駆け巡る。

腰が砕け、たまらず畳の上に倒れ込んだが、清二は離してくれない。

「き、よ……は、ぁっ。そ、れ……ゃ……ぁ、ん…ぅっ」

震える腰を摑まれ、口淫を施されながら二本目の指を突き入れられる。

そうされるともう駄目で……気がつけば、いつものように、自分が一方的に清二に貪られていた。

やはり、清二の愛撫はつま先から脳髄まで、全てが蕩けてしまうほどに心地いい。

是清さえ知らない性感帯を的確に探り当て、噛んで、弄《いじ》って……という、技巧的な上手さもあるが、短期間でここまで上手くなったのはひとえに、是清を気持ちよくさせたい一心ゆえのこと。それを思うと、体どころか心までも抱き締められるような気がするから。

今夜も、清二の愛撫は心地よかった。いつもなら、このまま快楽の渦に飲まれるばかりなのだが、今夜は……そうするわけにはいかない。

「ぁ、あ……頼みが、ある。今夜は……最後まで、してくれ」

快感で痺れて動かしづらい腕で懸命にしがみつき、甘く濡れた声で強請《ねだ》った。清二の体がびくりと震える。

「……せん、せえ」

「僕が、痛がっても……やめるな。奥の、奥まで……きて……ん、ぁあっ」

内部に埋め込まれた三本の指が一気に抜き取られて、是清の細い腰が震えた。その腰を清二は引き寄せ、足を大きく開かせる。

ここで清二の動きが止まった。獣のような荒い息を殺しつつ、情欲に濡れた男の目で、組み敷いた是清を見下ろしてきたが、ふと息を止めたかと思うと、目を閉じ大きく息を吐いた。

初めての挿入に、緊張しているらしい。

可愛い。胸の内で甘い疼きを覚えていると、清二が勢いよくのしかかってきた。

「ごめんなさい。今回は、我慢してくださいっ……」

「！　あああっ」

引き裂かれるような激痛と、臓物がせり上がってくるような圧迫感に全身が竦んだ。

快感なんて、欠片もない。それでも――。

「先生……ごめん、なさい。でも……ああ。これ……す、ご…っ」

清二が恍惚《こうこつ》の表情を浮かべ、呻《うめ》いた。初めて挿入《はい》った是清の中は、想像以上に気持ちよかったらしい。しかし、すぐに歯を食いしばり、今にも動き出しそうな腰を押し止《とど》める。

初めて感じる悦楽に身悶えているのに、それでもなお、自身の快感を押さえつけ、是清を少しでも良くしようと躍起になっている。

そんな清二がどうしようもなく愛おしくて、是清は清二にしがみついた。

その拍子に、清二の楔《くさび》は是清の最奥へ一気に潜り込んだ。是清の内部が強張り、清二にいやらしく絡みつく。

「！　せ、先生っ？　わ……あぁっ」

清二が是清を抱き締め、快感の声を上げた。瞬間、内部で何かが爆《は》ぜるような感覚を覚えて……これは、まさか。と、思っていると、耳元で「……うう」と、小さな唸《うな》り声がした。

見ると、耳まで真っ赤になった清二が、こちらを睨んでいた。

「先生……意地悪です」

拗ねたように言って、口をへの字に曲げる。それでも、是清の体はぎゅっと抱き締めたまま。お気に入りの玩具を抱えて離さない子どものように。

そんな清二を見ていたら、ふと……視界がぐにゃりと歪んだ。

「先生？　どうした……！　まさか、泣くほど痛かったんですか？　すみません、すぐ抜き」

「君は……つくづく、僕のことが、好きなんだな」

涙に濡れた目で微笑い、掠れた声で呟いた。清二はわずかに目を見開いたが、すぐにちょっと得意げに笑って、大きく頷いた。

「そうですよ？　だから……伊織君のことは、我慢してください」

「！　きよ……っ」

「俺は、いなくなったりしません。ずっと、先生のそばにいます」

大好きです。そう言って、清二は零れ落ちる涙を舐めてくれた。

その言葉も、抱き締めてくれる腕も涙を舐めてくれる舌も、嘘なんて欠片も見えなかった。

本気で言ってくれていると、心の底から思う。

けれど、それはあくまで、伊織について行くことができないと思っているからだ。

「お前がついてこないと伊織が不幸になる。一緒に来てくれ」と言われたら、清二はどう思うだろう。伊織を犠牲にしてまで、是清のそばにいたいと思うだろうか。仮に、そばにいてくれたとしても、今までどおり自分を想い続けてくれるのか。

――行けないんだ。どんなに、君と一緒にいたくても……ごめんね。

……そんなこと、あるはずがない。

昔の自分だったら、清二は伊織のほうが大事なのだ。ひどい裏切りだと激怒しただろう。

だが、今なら分かる。伊織がどれだけ愛おしい存在であるか知っている今なら。

それなのに、自分は……思ってしまったのだ。伊織に悲しい思いをさせることになっても、清二がそのことで罪悪感に押し潰されようと、自分のそばにいてほしいと。

愛しているからこそ手放す。この理屈が頭だけでなく心でも分かれば、自分も少しは周囲の言う「まっとう」になれると思っていた。相手の心を思いやり、優しくできる人間に……なんて、それは大きな間違いだった。

伊織に対しては「まっとう」になれても、清二に対してはどうしても駄目だ。

何を犠牲にしようが何だろうが、そばにいてほしい。

清二の才能を活かすためには、僕のそばを離れなければならない？　知ったことか。

軍人になりたい？　なんでお國に命を捧げる？　君の全部は僕のものだ。許さない。

君は、僕だけの使用人でいればいいんだ。

誰よりもそばにいて、僕の全ての世話を焼き、僕の小説を理解するためだけに勉学に励む。

何をするにも、全ては僕のため。そんな君のままでいてほしくて……ああ。

なんて……汚らわしく、おぞましい感情なんだ。

——お前みたいな、どうしようもない最低の屑には、人を愛する資格なんかない。

——君みたいな男に拾われて、彼は不幸だっ。

今まで、まるで理解できなかったこの言葉が今更、心に深々と突き刺さる。

（……そう、か。彼らの言っていたことは、真実だったのか）

だから、誰も自分に優しくしてくれなかった。愛してくれなかった。

優しかった人たちも、皆逃げていった。

ようやく分かった。それでも、この汚らしい清二への想いを止めることができない。

そばにいる限り、自分は清二を縛り、傷つけ続ける。清二が外の世界に目を向け始めたと
言うのなら、今までよりもいっそう強く。

大事にしてやることなんてできない。ましてや、幸せになんて、到底——。

だったら、縋りつくように握りしめている清二の手を離すしかない。

……大丈夫。外の世界を知れば、こんなにも浅ましい自分のことなどすぐに忘れて、のび

のびと自分のために生き、誰かと幸せになるはずだ。

是成や千鶴子のように……と、そこまで考えて、是清はやるせなくなった。

つくづく、清二は不幸だったと思う。こんな屑に気に入られてしまって。

それでも……好きなのだ。清二が、どうしようもなく好きだ。

甘え方さえ知らない清二を、自分の全部で甘やかし倒して、幸せにしたい。

その気持ちに、嘘はない。

だから、是清は浅ましく続きを強請り、みっともなく媚態《びたい》を打って清二を煽った。

今夜で最後だから、せめて……清二が欲しいと強請ってくれたこの体を惜しげもなく差し出して、目一杯甘やかしてやりたかった。

自分の中で何度も達し、気持ちよさそうに顔を歪める清二を見るのはとても幸せだった。

それでもやはり、終わりの時はやって来てしまう。

「……そろそろ、伊織君のところに戻ったほうがいいでしょうね」

着替えを持ってきます。そう言って、清二はあっさりと離れ、部屋を出て行った。

……終わって、しまった。

「是清だけの清二」から「伊織の清二」に戻ってしまった清二が消えていった襖を、静かに見つめ続ける。すると、指先に柔らかくてふかふかとした感触を覚えた。夜叉丸だ。

いつの間にと驚く是清をよそに、夜叉丸はこちらに近づいてくると、是清に身を寄せるようにして丸くなった。

清二が着替えを持ってきても、着替えを済ませ、二人で眠っている伊織の元に戻っても、是清のそばを離れようとしない。まるで、自分がいてやるから元気を出せと言うように。

そんな夜叉丸に、是清は目頭が熱くなった。彼女もまた、この三年間ずっと自分を慈しんでくれた。だから――。


「おはようございます」

翌朝、友恵は約束の時間より一時間も遅れてやって来た。

「ごめんなさい。急な用事が入ってしまって……っ」

慌ただしく入ってきた友恵は、よそ行きの格好をして出迎えた清二と伊織を見て目を見開いたが、是清が首尾よく事を進めたと察したらしく、安堵の息を吐くとともに、是清に深々と頭を下げた。

そんな友恵に清二への手紙を無言で託すと、友恵は神妙に頷き受け取った。そして、すぐに顔を上げて、

「それじゃ、行きましょうか。あ……その猫、この籠に入れてくださる？」

後ろに控えていた軍人に向けて、是清の膝の上で丸まっている夜叉丸を指差すものだから、清二と伊織はぎょっと目を剝いた。

「あ、あの……やちゃも、いくんですか？」

「勿論よ！　夜叉丸はあなたの母様の猫なんだから、あなたのお供をするのは当然よ」

友恵は明るく笑ったが、伊織は是清の顔を見遣り、おろおろした。

「あ……でも、やちゃがいなくなったや、せんせえ……」

「まあ！　伊織さんはとても優しいのね。でも、是清さんなら大丈夫よ。むしろ、夜叉丸があなたについて行くことを望んでいるわ。あなたが少しでも寂しい思いをせずに済むように」

そうですわよね？　と、笑いかけてくる友恵に、是清は無言で頷いた。

それを見て取り、軍人が夜叉丸の首根っこを摑んだ。夜叉丸は是清の着物に爪を立てて是清にしがみついたが無情にも引き剝がされ、籠の中に放り込まれてしまった。

みゃあみゃあ鳴きながら、自分だけでもここに残る。お前を独りにはできないとばかりに、懸命に籠を引っ搔く。

そんな夜叉丸に目で別れを告げていると、表のほうから友恵を急《せ》かす声がした。

『友恵様、早く出られませんと、汽車の時間に間に合いません！』

「大変。ほら、お二人とも急いで」

「え？　でも、まだせんせえにごあいしゃつ……っ」

「ごめんなさい。すぐに出ないと汽車が出てしまうの。約束の時間に遅れたら、お父様が心配されるわ。ほら」

戸惑う二人を強引に促し行ってしまう。

特に、腹は立たなかった。むしろ助かる。

改めて別れを言われたら、きっと色々なものが込み上げてきて平静を装える気がしない。それでなくても今、夜叉丸の行動に胸がざわついているというのに……と、思っていると、

「すみません、先に行っててください。すぐ、行きますので」

友恵にそう声をかけ、清二が走って戻ってきた。

「ごめんなさい、忘れるところでした」

「？　何のこと……んっ」

いきなり両頬を包み込まれ、唇を自分のそれに押しつけられて、是清は目を瞠った。

「行ってきます。……大丈夫。伊織君を見送ったら、すぐ帰りますから」

唇を離し、にっこり微笑むと、清二は踵を返した。

行ってしまう。一度も振り返ることなく、颯爽《さっそう》と——。

その後ろ姿は、よそ行きの一張羅《いっちょうら》を着ていることも相まって、今までで一番眩《まぶ》しく、美しく見えて、是清は呆然と見蕩《みと》れることしかできなかった。しかし、視界から清二の姿が消え、自動車の発進音が聞こえた瞬間、涙が一筋、是清の白い頬を流れ落ちた。

気がつくと、是清は清二の部屋にいた。

なぜ、ここにいるのだろう？　ぼんやり考える。……ああ、そうだ。清二の荷物をまとめてやろうと思ったのだ。それが、今の自分が清二にしてやれる最後のことだからと思い出し、清二の持ち物に手を伸ばした。

しかし、いくら荷造りしようとしても、全然作業が進まない。

改めて見ると、清二はつくづく、是清が買い与えたものしか持っていなかった。しかも、どれもこれも馬鹿みたいに大事にしている。

勉強を教えてやった時に是清が書いた覚書や走り書きの切れ端さえ、綺麗に取ってあった。こんなものまで取っておいて、何になるのか。さっぱり分からない。それでも……。

——ありがとうございます！　たいせつにします！

何か贈ってやるたび、是清が贈ったものを抱き締め、満面の笑みを浮かべて喜ぶ清二の顔が、どうしようもなく好きだった。

清二の持ち物を一つ一つ手に取るたび、その顔が一々鮮やかに思い出され、こんな自分でも清二は全力で好きでいてくれたのだと思い知る。しかし、それを想えば想うほど、

——俺は、いなくなったりしません。ずっと、先生のそばにいます。

——行ってきます。……大丈夫。伊織君を見送ったら、すぐ帰りますから。

真摯な声音で告げられたその言葉と笑顔が、是清の心を切り刻む。

どうして、最後にそんな……希望を持たせるような台詞を吐いたりするのか。

もう、帰ってこないくせに。もしかしたら……と、期待してしまうではないか。

だが、いくら耳をそばだてても、聞こえてくるのは無情に時を刻む時計の音だけ。「ただいま帰りました」という声なんか、ちっとも聞こえてこない。

一秒ごとに期待をへし折られる苦しみが、無限に続く地獄。

無自覚とはいえ、言葉一つでここまで自分を苦しめる清二が、憎らしくてしかたない。

それなのに、早く帰ってきてこの苦しみから解放してくれと願ってしまう。そんな自分のみっともなさに吐き気がして……それでも、耳をそばだてることをやめられなくて――。

そんな生き地獄を、どれほど無様にのたうち回ったことだろう。

自分の名前を大声で呼ぶ男の声で、是清は我に返った。顔を上げると、こちらを覗き込む軍人たちと目が合った。

「伊織様と清二様の荷物を取りに参りました。どれを持って行けばよいでしょう?」

「……今日、は」

「はい?」

「今日は、何日だ」

虚ろな目で尋ねる。相手は訝しげな表情を浮かべつつ、「七月二十五日です」と答えた。

二十五日。清二が伊織の見送って帰ってくるのは二十四日だったはずだから、清二はすでに、伊織とともに日本を離れたらしい。と、思い至った瞬間、自然と嗤いが込み上げてきた。

ほら見ろ。やっぱり、清二は行ってしまった。

清二は伊織を見捨てることなんてできないし、「外の世界でしっかりと学び、立派な男になってくれることが自分の望みであり歓びだ」という自分からの手紙を読めば、素直に従う。清二の性格を考えれば、当然の結果だ。それなのに、もしかしたら帰ってきてくれるのでは……なんて、愚かにも程がある。

だが、これで……帰らぬ清二を待ち続ける地獄は終わり。何の迷いも、なくなった。

「あの……それで、伊織様たちの荷物は」

「……でもいい」

「……は？」

「何でもいい。持って行け。僕にはもう、必要ない。……何にも、いらない」

底なし沼のように暗い瞳を細めて呟く是清に、相手はいよいよ困惑の表情を浮かべた。

「は、はあ。では、こちらで勝手に選別させていただきます」

一言断って、軍人たちは作業にかかった。

軍人だからなのか何なのか、彼らは非常に手際が良かった。

清二と伊織の持ち物を即座に選別し、てきぱきと箱に入れていく。自分とは、大違いだ。

「よし。大体これでいいか。……すみません。最後に一度確認していただけますか？　手当たり次第入れたので、是清様のものも混ざっているかと」

「……はあ。承知いたしました。それではこれで、失礼いたします」

相手に顔も向けず、無機質な声で言い捨てる是清に、軍人たちは珍妙な生物に遭遇した人間のように、大きく首を捻りつつ引き揚げていった。

一人になると、是清はぎこちなく頭を動かし、部屋を見回した。

何もかもがなくなった、がらんどうの部屋に独りきり。何だかあの頃のようだと、子ども時代を思い返したが、すぐ……やっぱり違うかと思い直す。

あの頃は、一人でいたいから、独りなのだと思っていた。

あんな、自分をただの駒としか思っていない連中など、こっちから願い下げだ。誰が駒になどなるものか。自分は自分自身のためだけに生きてやる。

だから、誰にも干渉されない一人がいい……なんて、そんなものはただの強がりだ。

自分は誰にも愛してもらえない人間だという事実から、目を背けるための言い訳。

けれど、今は……と、思っていた時だ。ザアアという大きな音が耳に届いた。

顔を上げ、目を瞠った。

雨が降っている。夕立特有の大粒の雨がこの世の全てを覆い隠すように降りしきっている。

その光景を見つめ、是清は両の目を細めた。

「……白玉か」

何ぞと人の　問ひしとき　露と答へて　消えなましものを
いつか清二に教えた伊勢物語の歌を口ずさみ、ゆっくりと立ち上がる。

そのまま……傘も持たず、裸足で、雨に濡れる庭に降りて歩き出す。

傘も差さずに歩くから、体はすぐびしょ濡れになった。視界も雨脚が激し過ぎてよく見えない。それでも、是清は何かに導かれるように、覚束《おぼつか》ない足取りで歩き続ける。

——あしおともあしあともけしてくれる雨の日に、いっそ……。

(……そうか。君は……こんな気持ちで、雨を見ていたんだな)

初めて知った。もう、今更過ぎることだけれど。

とりとめもなく、そんなことを考えていると、雨音とは違う音が聞こえてきた。

雨音よりも激しく大きな音。

進んでいくと、川が見えた。この夕立で増水し、濁流がうねりを上げている。

(……ああ。『大きな雨』だ)

この「雨」に包まれたら、清二が言っていたように、消えることができる。

跡形もなく、何もかも……。濁流に向かって、一歩足を踏み出す。

「……みゃあ」

轟音《ごうおん》に紛れ、背後から聞こえてきた声に足が止まった。この声、もしかして夜叉丸っ？

「夜叉丸……っ」

そこにいたのは、夜叉丸とは似ても似つかぬ三毛《みけ》の子猫だった。

なんだ、別の猫か。しかし……。再度猫を見遣る。

掌に乗りそうなほど小ぶりな体に、大きな雨粒を打ちつけられ、ひどく辛そうだ。

（……しかたがない）

是清は子猫を抱き上げて、近くに生えている木の下へ連れて行ってやった。

「しばらくここで雨宿りしていろ。そうしたら、雨もやんで、母親が迎えにくる」

そう言い添えて、再び歩き出す。けれど、いくらも行かないうちに、「みゃあ」という鳴き声が近くでした。

振り返ると、雨に打ち据えられながらついて来る子猫が見えた。

無言で首根っこを摑み、もう一度木の下へ連れて行くが、やはりついて来てしまう。

「いい加減にしろ！」

五回同じことを繰り返して、是清はとうとう怒鳴った。

「僕は君を飼う気はない。媚《こび》を売るだけ無駄だ。あっちへ行け！　僕に構うなっ」

力の限り叫んだ。それでも子猫は歩みを止めない。

それどころか、是清の足元までやってくると、是清の足に小さな体を甘えるようにこすりつけてくるので、是清は顔を歪めた。

こんな、会ったばかりの猫なんか放っておいて、さっさと目的を果たしてしまえばいい。

しかし、自分が川に消えた後、この猫はどうなるのかと思うと、足が動かない。

是清を追いかけて、川に飛び込んでしまうのか。それともこのまま雨に打たれ続けて衰弱死してしまうのか。だが、そんなこと言っても……。

「……勘弁、してくれ」

是清はその場に崩れ落ちた。

「……僕は、もう嫌なんだ。今すぐ、全部終わらせたいんだっ。だから……っ」

膝の上によじ登ってきた子猫に向かって、子どものように愚図っていた是清は、はっと息を呑んだ。突然、雨音が遠のき、雨がやんだのだ。その代わり、降ってきたのは、

「『ここにいたのか。君って奴は、この僕にこんな面倒をかけさせるなんて』」

聞きたくてたまらなかった声。

「『探していたんだぞ？　ずっと』……って、はは。あの時と、逆ですね」

是清に傘を差しかけて、清二は笑った。

けれど、その姿はずぶ濡れで、足元は裸足で泥まみれになっている。

長い間、是清のための傘を抱えて探し回ってくれていたのだと分かったが……。

「……どう、して」

掠れた声を漏らすと、清二は笑うのをやめ、しゃがみ込んだ。

「俺の居場所は、何があろうと先生のそばだけです」

真っ直ぐと見据え、言い切られた言葉に是清は息を呑んだ。

「き、君は……友恵さんから、聞いていないのかっ？　君が上海に行かないと」

「はい。友恵さん……それに、是成様から、伊織君のために後生だからと懇願されました。だから俺、言ったんです。『先生は、俺がいないと生きていけない』」

「……は？」

「『きっと、五日だって持たない。だからどうか』って、必死に……土下座して頼んだんです。そしたら……わっ」

「何を考えている！」

是清はそばにできていた水溜《みずたま》りの水を清二に引っかけ、憤慨した。

「君は、何も分かってない！　僕がどんな想いで……大体、誰が君なしでは生きていけないと言った？　自惚れるな。ぼ、僕は、君なんかいなくたって生きていける！　だから……っ」

今すぐ抱きついてしまいたい衝動を抑え、なけなしの理性で必死に強がる。

伊織を犠牲にし、同情で戻ってきたって、幸せになれるわけがない。

すると、清二の顔から笑みが消え、憤りに満ちた表情に変わった。

「嘘！　たった今、死のうとしていたくせにっ。……というか、先生は馬鹿です！　こんなことをして、俺や伊織君が喜ぶと本気で思ったんですか？　冗談じゃない！」

「き、よ……っ」

「……分かって、ください」

あまりの剣幕に絶句する是清をきつく抱き締め、清二が苦しげに呻いた。

「俺も伊織君も、先生が大事です。幸せにしたいんですっ。だから、俺をそばに置いてください。それで、二人で伊織君を待ちましょう。俺たちのためだと言うなら、どうか」

「伊、織を……？　馬鹿な……伊織は、もう……」

是清が弱々しく首を振ると、清二は「いえ」と、きっぱり否定した。

「帰ってきます。あの子なら、帰ってきますよ。俺がこうして帰って来られたのは、伊織君のおかげなんですから」

伊織のおかげ？　意味が分からず首を傾げる是清に、清二は苦笑した。

「俺が土下座して頼んでも、是成様たちはなかなか許してくれませんでした。死ぬなんて大げさだ。先生は大丈夫だから、気にするなって。そしたら……」

――ととしゃまたちは、せんせえのこと、ぜんぜんわかってないです！　せんせえは、きよちゃんのあかちゃんなんです！　きよちゃんがいないと死んじゃうんです！

「……っ！」

「格好良かったですよ、伊織君。俺を庇うように立ちはだかってね。俺と一緒に、俺がいつも先生をどうお世話してるのか、詳しく説明してくれて……」

「……こ、是成は、どんな顔をしていた」

震える声で尋ねると、清二はあっけらかんとこう答えた。

「口を大きく開けたままポカンとしてました。で、『そこまでならしょうがないな』って」

是清は羞恥で耳まで赤くなった。

伊織が是清のことを思い、是成を説得してくれたのは非常にありがたいことだ。しかし……しかし！　非常にもやもやした気持ちになっていると、

「でもね。是成様、最後に言ったんです。伊織君のことで頭がいっぱいで、先生のことをまるで考えていなかった。許してくれって」

おもむろにそんなことを言われて、是清は面食らった。

「僕の、こと……？　そんな……是成は、僕のことなんて、何とも……っ」

「先生」

両肩を摑まれ、言い聞かせるように言われる。

「先生が思っている以上に、皆先生が好きですよ？　先生には幸せでいてほしいと思うくらい。だから大丈夫。伊織君たちは、不幸になんてなりません」

是清の瞳は大きく揺れた。是成や、あんな小さな伊織が、そこまで自分のことを想ってくれていたなんて、思いもしなかったから。それは、素直に嬉しい。けれど。

「……いい、のか？」

是清は震える声を振り絞り、自分の胸を鷲摑んだ。

「ここに、化け物がいる。君や伊織を不幸にしてでも、君に……今までのように僕だけを見て、そばにいてほしいと願ってしまう、おぞましい化け物が」

「……っ」

「よくないことだと、分かっている。それでも、どうしようもないんだ。千鶴子の時は、彼女が是成を愛したと分かったら、諦めることができたのに、君だと……無理なんだ」

是清は震える唇を噛みしめた。

「君を上海にやっても、諦めきれない。少しでも気を抜くと、上海行きの船に飛び乗って、君を浚《さら》いにいきそうになって……それくらい異常で、害悪なんだっ。この化け物から君を守るためには、僕自身を消すしかなくて」

「先生……だから、自分を消そうと……」

「ぼ、僕は……っ」

からからに乾いた唇で、必死に言葉を紡ぐ。

「生きている限り、君を縛り続ける。僕のもの以外になることも許さない。こんな僕でも、君は……んんっ」

自己嫌悪に震える声を振り絞る唇に、清二がいきなり噛みついてきた。

「き、よ……ぁ、んんぅっ。……ふ」

清二の接吻は呼吸を奪うほどに荒々しく、情熱的だった。あまりの熱量にくらくらしていると、今度は痛いくらい強く両肩を摑まれ、鼻息荒くこう言われた。

「先生！　帰りましょうっ」

「……帰、る？　いきなり、なぜ……わっ」

「はい。ここだと、さすがにできないので！」

是清に傘を持たせ、横抱きに抱え上げると、清二は全速力で走り出した。

「できないって……君は、さっきから何を言って……あ。この猫」

「連れて帰りましょう。先生の命を助けてくれた、大事な恩人ですから」

大手柄だ。と、清二が声をかけると、是清に抱かれた子猫は妙に得意げな声で一声鳴いた。

そんな猫を見て楽しそうに笑う清二を、是清はただ呆けたように見上げた。


この身勝手過ぎる妄執《もうしゅう》を知ったら、清二は絶対に自分を嫌悪すると思っていた。

周囲は勿論自分自身でさえ、おぞましい。忌まわしいと思うのだから、なおさらだ。

それなのに、清二ときたら――。

「き、よ……ぁ、ゃっ……ふ、ぅ」

「ああもう、どうしよう。……可愛い。先生、可愛過ぎますっ」

熱に浮かされたように囁きながら、雨に濡れた是清の体を畳の上に組み敷き、貪る。

これまでと同じ……いや、それ以上に狂おしく、愛おしげな所作で。

そんな清二に、是清は内心思い切り首を捻った。

あの話を聞いて可愛いだなんて、清二の中の「可愛い」の定義は一体どうなっているのか。

まるで、意味が分からない。それでも、蕩けるような愛撫に身悶えるうち、だんだん思考が覚束なくなってきた。

あんなに聞こえていた雨音も遠ざかる。

そうして、残ったのは……清二が今、ここにいる喜び。

もう二度と清二に会えないと思っていたこともあるが、清二のいないここ数日は、本当に辛かった。心臓は鼓動を打っているはずなのに、死んでいるようだった。

逢いたかった。恋しかった。

だから、一番是清を刺激したのは、体が火照《ほて》り、汗ばんでいくほど濃厚になっていく、清二の感触だった。

触り心地のよい肌。最近知った、清二の雄臭い匂《にお》い。是清の肌に染み込む温もり。自分だけを一心に欲してくれる獣のような瞳と、「好きです」と熱っぽく囁いてくる低い声。

それらに包まれ、全身に感じることが、狂おしい愛撫よりもずっと深く、感じた。

ああ。自分はこの男がいなければ呼吸もままならない。改めて、そう思っていると――。

「……痩《や》せましたね」

是清の肌に掌を這わせていた清二が、ふと呟いた。

「たった数日、離れただけなのに、こんな……はは」

「き、よ……あ、あっ。ん、ぅ……っ」

内部に三本目の指が挿入され、是清は思わず身を捩った。清二はそんな是清を抱き竦め、耳朶《じだ》にかじりついてきた。

「『君がいないと生きていけない』ここまで体現しちゃうのは、先生くらいですよ」

でも……と、そこまで囁いて、清二は体を離した。埋め込んでいた三本の指を引き抜き、是清の弛緩した足を抱え上げる。

「先生がそうやって、俺を好きだってこと、教え続けてくれたから、俺は……先生の気持ち、心から信じることができた。だから……っ」

「！　あああっ」

熱い楔が内部に潜り込んできたものだから、痛みで腰が震えた。

やはり、この体はまだ男を受け入れることに慣れていない。せり上がってくる圧迫感に吐き気がする。

それでも、どうすればこの痛みを消すことができるかは覚えているらしく、腰は勝手に淫《みだ》らな動きで揺らめき、内部は清二の自身をさらに奥へと導くように蠢《うごめ》く。

それがあまりに居たたまれなくて、是清は手で顔を隠した。けれど、その手を摑まれて、

「……今度は、俺の番」

露わになった赤面に接吻の雨を降らせ、清二は言った。

「？　……俺の番、って……ぁあっ。ゃ……突然、動かす、な……んんっ」

ある箇所を突かれた瞬間、痛みとは違う衝撃が背筋を駆け抜ける。耳を覆いたくなるような甘い声が漏れる。清二は口角をつり上げると、そこばかりを突いてきた。

痛みを一瞬で忘れさせる強烈な快感に包まれる。あまりに強い刺激に、思わずしがみつくと、息が詰まるほど強く抱き締められた。

「これから、たっぷり教えますからね。俺がどれだけ、先生のこと好きで、大事か。どれだけ……さっきの質問全部、愚問中の愚問か」

「え？　それは……ああっ」

「終わらせてなんて、やらない。露と答えるだけじゃ、全然足りないっ。分かったんだ。ようやく……俺にしかできない、あなたにできること。だから、楽しみにしててください」

絶対、幸せにしてみせますからね？　先生。

ものを考えられたのは、そこまでだった。

大きく腰を動かされ、最奥を貫かれた途端、頭の中が真っ白になってしまった。

そこから先はもう、快楽の渦に飲み込まれ、堕《お》ちていくことしかできなかった。

八月も終わりに近づいたとある昼下がり。朝はすこんと抜けた青空だったのに、今は青々とした草木を打ち据える、激しい驟雨《しゅうう》が降っている。

庭を見渡せる縁側に座した是清は、雨に打たれて項垂《うなだ》れる三輪の向日葵を見遣り、小さく息を吐いた。

全く。よりにもよってこんな時に。せっかく、今日は……と、そばに置いていた封筒を手に取っていると、どこからか鈴の音が聞こえてきた。

転《ころ》びながらも勢いよく駆けてくる、首に小さな鈴をつけた子猫が見える。先日妙な成り行きで飼うことになった三毛猫、金剛丸《こんごうまる》だ。

金剛丸は雄のせいなのか、まだ子どもだからなのか、非常にやんちゃで落ち着きがなく、常に家中を駆け回っている。なので、居場所を把握するため、清二に鈴をつけられる始末で……全く、物静かだった夜叉丸とはえらい違いだ。と、思ったが、

「みゃあ、みゃあ」

そこに乗りたいからその手をどけろと言わんばかりに、膝上に置かれた是清の手を引っ掻いてくるので、是清は肩を竦めた。

夜叉丸も隙あらばここに乗りたがったが……この膝は、猫をおびき寄せる何かがあるのか？　是清の膝上によじ登り、撫でてくれとばかりに晒してくる金剛丸のぽっこりお腹を撫

でてやっていると、「先生」と声をかけられた。

「もうすぐ約束の時間ですけど、長谷川さん、今どのあたりでしょうね？　写真機、濡れて壊れてなきゃいいけど……あ。はは」

是清の膝上でくつろいでいる金剛丸を認めた清二は、笑いながら覗き込んだ。

「お前も好きなんだね、そこ。分かるよ、気持ちいいよね……あれ？」

清二が是清の隣に座った途端、金剛丸はむくりと起き上がり、清二の膝上に飛び移った。

「今度は俺？　欲張りだなあ……っ」

「そこは僕専用だ。乗らないように」

是清は金剛丸の首根っこを摑むと、清二の膝からどかし、代わりに自分の頭を乗せた。清二は目を丸くしたが、すぐににこにこ笑い出した。

「可愛い」

「……ふん。君は可愛くない。僕の膝を取られて、何をへらへら笑っている」

左眉をつり上げつつちくりと言ってやると、清二はますます笑みを深くした。

「すみません。金剛丸と遊ぶ先生が可愛くて、つい。でも、もうすぐ長谷川さんが来ますよ」

「こんなに雨が降っているのに、庭から入って来る奴はいない」

「ああ。確かにそうですね。……それより」

是清に清二の膝を取られて面白くなかったのか、是清に突っかかっていく金剛丸を宥めつつ、清二は是清が手に持っていた紙を覗き込んできた。

そこには、『きよじ　これきよ　だいすき』と、拙い子どもの字で大きく書かれている。是成が送ってきた手紙に添えられていた、伊織の手習いだ。

「本当、綺麗に書けていますよね。向こうに行ってから習い始めたとはとても思えない」

「全く、自分の名前そっちのけで、他の人間の名前を覚えようとするなんて、伊織は妙なところばかり君に似てしまった。しかし……ふん」

是成の手紙に再度目をやり、是清はまた鼻を鳴らした。「何です？」と清二が首を傾げるので、是清は是成の手紙を清二に差し出した。

「見たまえ。是成の奴、伊織が一番に僕らの名前の書き方を覚えたいと言ったのは、僕らが伊織を本当に慈しんで育てた証拠だ。改めて礼を言うだ何だと書いているが、あまりの嫉妬《しっと》に字が震えている」

「本当だ。『伊織は本当にお前たちが好きなんだな』のとこなんか特に」

「ふん。いい気味だ。悔しかったら、僕ら以上に伊織を慈しんでやることだな」

少々意地悪く言う是清を、清二は覗き込んできた。何だと一瞥くれると、「別に？」と笑い、そっと口づけてきた。

情事中のそれとはまるで違う、柔らかくて温かい、戯れのような口づけ。

是清が寂しがっていたことを、それとなく感じ取ったのだろう。

是清の心には、ぽっかりと穴が開いている。伊織と夜叉丸がそばにいないことへの寂寥《せきりょう》感《かん》によるものだ。

愛しい清二がそばにいるというのに、まさかここまで辛いとは思わなかった。

同じ痛みを抱えた清二と互いを慰め合ったり、新しい家族である金剛丸の無邪気さに救われて、最近はだいぶ落ち着いてきたが、ふとしたことで伊織たちのことを思い出すたび、心がじくりと痛む。

とはいえ、この寂寥感は、痛みとは別の感情もたくさん教えてくれた。

例えば、遠く離れても変わらぬ伊織への愛おしさ。

伊織の話を聞き、優しい子だと伊織を褒めるとともに、伊織がいないのは寂しいと一緒にしんみりしてくれた田島や、伊織が大事に育てていた向日葵が咲いたことを伝えたいという清二の話を聞き、会社から写真機を借りてこよう、綺麗に咲いた向日葵と是清たちが写った写真を送れば、きっと喜んでくれると申し出てくれた長谷川。激しい嫉妬を覚えていようが、こうして伊織からの手紙を届けてくれる兄たちへの感謝の念。

清二の兄、清一も……先日訪ねてきて、伊織がいなくなってさぞ辛いだろうと同情してくれるとともに、伊織を失い寂しがっている清二に寄り添ってくれてありがとう。これからも清二を頼むと頭を下げられ、自然と目頭が熱くなった。

——先生が思っている以上に、皆先生が好きですよ？　先生には幸せでいてほしいと思うくらい。だから大丈夫。

言われた時は、いまいちピンとこなかったこの言葉を、少しずつだが実感しつつある。

そして、実感すればするほど感じる、清二からの愛情の深さ。

自分の殻に閉じこもり、自分以外の全てを遮断し見ようとしなかった自分とは違い、清二は世界がよく見えていた。

世間の目から見て、自分と是清はどれだけ身分不相応か。自分を取り巻く人々は何を考え、どういう立場でいるのか。勿論、是清がどんな人間かも、是清の気持ちに応えるためには、何を犠牲にしなければならないかも、全部分かっていた。

それでも、清二は是清と生きる道を選び、ずっと考え続けてきた。是清を大事にするとはどういうことなのかを。

清二が出した答えは、是清に自分以外のものを見るよう促すことだった。

それの何が、是清のためになるのか。最初は分からなかったが、伊織のことで、清二以外の人間と心を通わせ、色んな感情を学んだ今、理解しつつある。

「あ……先生。雨が、上がりましたよ」

土砂降りの雨が弱まり、遮られていた視界が開けていくように。

「よかった。送るのが、雨に項垂れた向日葵にならなくて」

雨がやみ、あたりを包んでいた薄闇も消えて、清二の顔がよく見えるようになった。

前から、凜とした面構えだと知ってはいたが、こんなにも……勇壮で、眩《まばゆ》い魅力にあふれた男の顔をしているなんて、気づかなかった。

今まで以上に、胸が高鳴る。そして、雨上がりの空を見上げて、思う。

自分の心にかかる分厚い雲も、いつか晴れるのだろうか。雲間から陽が差し、暗く沈んでいた世界を照らすのか。

それは、どんな光景なのか。雨に項垂れる世界しか知らない自分には想像もできない。

だが、これだけは分かる。

「ああ！　先生、見てください。虹ですっ」

ありのままの世界が見えるようになれば、その時こそ……清二のことをちゃんと見てやれる。真の意味で、大事にすることができると。

――終わらせてなんて、やらない。露と答えるだけじゃ、全然足りないっ。

（……そうだな）

自分も、嫌だ。露と答えるだけで消えてしまうなんて、冗談じゃない。

清二のことがこんなにも好きで、清二もこんな自分を誰より愛してくれている。だったら。

「すごいな。あんなにくっきり……ああ、でも、虹って写真に写るのかな……」

「……きっと」

外へと駆け出し、虹を見上げて子どものようにはしゃぐ清二を見つめ、是清は口を開いた。

「『夜露』さえ知らなかった姫は、『虹』だって知らないと思う」

「……先生？」

「今度は……『虹』を、君と知りたい。いや、『虹』だけじゃなくて、もっとたくさんのことを、君と知っていきたい。そうして……君を、誰より幸せにしたい」

込み上げてきた感情をそのまま伝えると、清二は大きく目を見開いた。みるみる顔が赤くなり、瞳も戸惑うように揺れた。しかしすぐ、こちらを真っ直ぐに見つめてきて、

「じゃあ、競争ですね。どっちがたくさん、相手を幸せにするか」

負けませんよ。清二は微笑った。心底嬉しそうに……けれど、挑むように。

その笑顔に、またも心臓が跳ねた。

「あ、先生！　こちらにいらっしゃいましたか」

呼び声に顔を上げてみると、垣根の向こう側からこちらを見る長谷川と、長谷川に手伝いで引っ張られてきたらしい田島がいた。二人がかりで、大きくて立派な写真機を抱えている。

「ちょうどよかった。すぐ撮影に入ってもいいですか？　多分撮れないって言ってるのに、田島君が虹も一緒に写したいって言って聞かなくて」

「何を言ってるんだ。万が一ってこともある。可能性はゼロじゃない。ねえ、清二君」

同意を求めてくる田島に、清二が笑い返す。

「はい。そうですね。じゃあ、すぐ撮りましょう。先生」

清二が駆け戻ってきて、手を差し伸べてくる。その手を取って、是清は外に出た。

その先には、今まで見たことがないほど鮮やかで、綺麗な虹のかかる空が広がっていた。

虹の下で新婚旅行《ハネムーン》

「……わあ」

燃えるように赤く色づいた山々を抜けて停車した自動車から降りるなり、清二《きよじ》は感嘆の声を漏《も》らした。四階建ての、重厚で絢爛《けんらん》な屋敷が視界に飛び込んできたからだ。

（お殿様が住んでそう……）

こんなにも巨大で立派な建物など見たことがなかったため、ぽかんと口を開けていると、後から降りてきた先生が、金剛丸《こんごうまる》を引き連れ歩み寄ってきた。

「どうだ。気に入ったかい？」

「き、気に入ったって……！　もしかして、今日泊まる宿ってここですかっ？」

「？　何を驚いている。せっかくの新婚旅行《ハネムーン》なんだ。このくらいの宿には泊まらないとな」

ほら、行こう。そう言って、先生は何の躊躇《ためら》いもなく手を握り引っ張ってくる。

そんな先生の所作にぎゅんっと胸が高鳴るのを感じつつ、清二はふと、ここに来るまでの経緯《いきさつ》を思い返した。

始まりは、一ヶ月前に届いた写真だった。

それは、伊織《いおり》が夜叉丸《やしゃまる》や是成《これしげ》たちと鬼ごっこをして遊んでいる微笑《ほほえ》ましい家族写真で、そこに写る伊織の顔には弾《はじ》けるような笑顔が浮いていた。伊織が心底楽しい時に浮かべる表情だ。

伊織に向ける是成たちの表情も、どこまでも優しく温かい。

それを見てようやく、清二は心から確信することができた。

両親とこんなふうに笑い合えるのなら、伊織はもう大丈夫だ。少し、寂しいけれど……本当によかった。しみじみそう思っていると、先生がどこか吹っ切れた顔でこう言った。

——伊織に負けていられない。僕らもこれくらい、いい笑顔が作れるようにしていこうじゃないか。

——そうですね。伊織君はもう大丈夫みたいだし……でも、具体的にどうするんですか？

——伊織が中心だった生活から脱却するんだ。まずは、そうだな。僕ら二人だけだからこそできることを探してみようじゃないか。

そんな号令の元、二人だけだからできることを、二人で探し、実行した。

先生と伊織の好み半々で考えていた献立を、先生と清二の好み半々で考えるようにしたり、活動写真など、子ども連れでは憚《はばか》られて行けなかったところへ行ってみたり、夜は一つの布団で一緒に寝ることにしたり。

色々試した。そんな清二たちを見て、次回作の打合せに来た田島《たじま》がこう言った。

——清二君、今日も先生と仲良しだね。ここまで仲がいいと、まるで新婚夫婦みたいだ。

——！　ふ、夫婦だなんて、そんな……へへ。

——……新婚夫婦、だと？

頬《ほお》を染めてはにかむ清二の横で、先生が剣呑《けんのん》に左眉をつり上げ低く唸《うな》る。

——あ、あ……ち、違いますよ？　先生。決して！　悪い意味じゃ……。

——新婚夫婦……では、新婚旅行に行かなくてはならないな。

——へ？　は、はい！　勿論《もちろん》。新婚夫婦と言えば、それ……って、ええっ？

勢いのままに同意していた田島は、途中で我に返って声を上げたが、その時にはもう、先生は立ち上がっていて、外出の準備を始めていた。

——君、すぐ荷造りをしてくれ。僕は旅館等諸々《もろもろ》手配してくる。明日は金剛丸も連れて新婚旅行《ハネムーン》に出かけるぞ！

——明日っ？　それって……というか、打合せ……待って。先生、行かないでぇええ！

こうして、清二は先生……と、独りぼっちにするのは可哀想《かわいそう》だからと金剛丸も連れて、紅葉の盛りである箱根《はこね》までやって来た。

学生時代、この地をよく訪れていたという先生は、観光客があまりいない穴場に連れて行ってくれた。

溜息《ためいき》が出るほど美しく色づいた紅葉が連なる、石畳の小道。箱根の山々が一望できる芦《あし》ノ湖《こ》の遊覧船。箱根に……というか、このような観光地に来たことがなかった清二には、何もかもが新鮮で、楽しくて、金剛丸と一緒にはしゃぎ回った。

——先生！　さっきの猿回し、すごかったですね。猿がこんなふうに跳ねて！

抱いていた金剛丸を、先ほど偶々《たまたま》見かけた猿回しの猿に見立てて、興奮気味に振り回す清二の話を、先生は黙って聞いていたが、ふと両の目を細めたかと思うと、鼻を鳴らした。

どうしたのかと尋ねると、思い出していたのだと、先生は言った。

――初めて一緒に出かけた時も、君はそうやって、赤ん坊の伊織を振り回してはしゃいでいた。あんなにはしゃいだのは、あれっきりだったが……また見られるとは思わなかった。

――あ……すみません、子どもみたいに。へへ。でも……俺も、思ってました。何だか、初めて先生と街に出かけた時みたいだって。

お揃《そろ》いですね。にっこり笑ってみせると、先生は左眉をつり上げてそっぽを向いた。

それだけですごく満足だったが、こんな旅館に泊めてもらえて……至れり尽くせり過ぎて、何だか申し訳なくなってくる。というか……。

（こんな部屋に、金剛丸も泊まっていいだなんて、先生はどれだけすごいんだろう？）

外観に負けず劣らず豪奢《ごうしゃ》な客室に圧倒されつつ思っていると、

「よし。風呂に入るぞ」

荷物を運んでくれた中居《なかい》たちが下がるなり、先生がそう言い出すものだから、清二は膝上に乗ってじゃれついてくる金剛丸から顔を上げ、きょとんとした。

「え？　ふ……風呂、ですか？」

「そうだ。箱根といえば温泉。それくらい、君も知っているだろう」

ぎょっとする。確かに、言われてみればそうだ。でも、旅館の風呂となると、大浴場ということになる。それは勿論、他の人間と風呂に入ることを意味しているわけで……と、渋い顔をしていると、また手を握られ引っ張られた。

「心配するな。君の嫌いな大浴場には行かない。なぜなら、ほら」

先生が開いた木戸の先に浴室が見えて、清二は「あっ」と声を上げた。

「これなら、君も文句はないだろう？　そら、入ろう」

妙に目を輝かせて、先生は清二を急《せ》かした。


客室に備えつけられていた檜《ひのき》風呂は、男二人でも余裕を持って入れるほど広かった。窓から見える景色も絶景だし、初めて浸《つ》かった温泉も、普段使っている井戸水と違って、何やら肌触りがよく、肌が滑らかになっていくような気がする。

先生が「箱根と言ったら温泉だ！」と豪語し、早く入るよう急かしてきたのも分かる。

けれど、清二が一番心を奪われてしまうのは、隣で湯に浸かっている先生だ。

普段、硬質な黒の着物をきっちりと着込んで隠している、沁《し》み一つない艶《つや》やかな裸体をしとどに濡《ぬ》らし、惜しげもなく晒《さら》している。その上、「いい湯だな」と言いつつ無邪気に腕を上げ、肌に湯を馴染《なじ》ませたりする。

その姿は、天女の水浴びのように神々《こうごう》しく清らかだ。しかし、それと同時に、どうしようもなく男の劣情を煽《あお》り、今すぐその肌にむしゃぶりつきたいという衝動に駆られて……と、そこまで考えて、清二は慌てて先生から目を逸《そ》らした。

風呂に入った先生など毎日見ているのに、見るたびにこれだ。

自覚している以上に自分が破廉恥《はれんち》だから？　……いや！　これは、ありえないほど綺麗《きれい》で悩ましい先生が悪いのだ。先生以外には欲情したことがないのだから、絶対にそう！

なんて、本気で思うから、自分は……と、思っていると、突然頬に湯を引っかけられた。

思わず顔を向けると、今度は顔面に湯が飛んできた。

「……ふん」

見ると、両手で水鉄砲を形作った先生が、得意げに鼻を鳴らしているではないか。そんなものだから思わず、自分も手で水鉄砲を作って「お返し！」と、湯を引っかけ返した。

湯は先生の顔面に命中した。笑うと、先生は右眉をつり上げやり返してきた。そんな子どもじみたことをどれくらい続けただろう。不意に、先生が手を止めてまた鼻を鳴らした。

「やはり……君との入浴は、こんなに楽しかったのか」

ぽつりと零《こぼ》した独白。とっさに意味が分からず瞬《まばた》きすると、先生は左眉をつり上げて、そっぽを向いた。

「風呂場から聞こえてくる君と伊織の笑い声を聞くたび、思っていた。君との入浴は、そんなに楽しいのかと。だが、うちの風呂では君と入れないし、銭湯は……なぜか君はやたらと嫌がるし、試したくても試せなかった。だから」

旅行先を決める時、ここがいいと思ってしまったんだ。と、そっぽを向いたまま呟《つぶや》く先生に、清二は息を詰めた。

箱根に行くと言い出したのは、ここが懐かしの地だったから。あるいは、紅葉の盛りだからだと思っていたが、まさかそんな理由だったなんて。

あまりのいじらしさに心が疼《うず》く。だが、それと同時に感じたのは――。

「……俺が」

しばしの逡巡《しゅんじゅん》の後、清二は口を開いた。

「俺が、銭湯に行くのを嫌がったのは……先生の裸を、誰にも見せたくなかったからです」

先生がこちらに顔を向けてきた。「君は何を言っているんだ？」とばかりに顔を顰《しか》められ、清二は逃げるように目を逸らした。

居たたまれなさに顔が熱くなる。それでも、一生懸命口を動かす。

「すみません。こんな、自分勝手な理由で、先生に我慢なんかさせて。先生を大事にしたいと言っておいて、恥ずかしい……っ」

清二は口を閉じた。ふと一瞥《いちべつ》した先生の顔がいまだかつてないほど真っ赤になっている。

「先生っ？　どうしたんですか？　あ、もしかして逆上《のぼ》せたとか……ぶっ！」

またも顔に湯を引っかけられ、清二は面食らった。

「……ばか。この顔は、君のせいだ。というか……君にも、そういう感情があったのか。欠落しているのかと思った。僕が誰と話していようが、笑ってばかりで……くそ、参ったな」

早口にまくし立てて、先生が唇を噛《か》み締める。

「何というか、こんなに……嬉《うれ》しいとは思わなかった」

濡れた睫《まつ》毛《げ》を伏せ、掠《かす》れた声で呟く。瞬間、清二の理性は木《こ》っ端《ぱ》みじんに吹き飛んだ。

「！　んんっ……君、いきなり、どう……ぁ、ん」

先生を強引に抱き寄せ、唇に噛みつく。

上唇を噛むと、先生の体が怯《おび》えるように強張《こわば》った。だが、それはほんのわずかのことで、

「……ん、ぅ…ぁっ」

先生の瞳が頼りなく、けれど……男の劣情を誘うように揺れ、涙を滲《にじ》ませた。

形のよい唇が、ゆっくりと開く。

清二のそれを出迎えた先生の舌は、少し震えていた。まだ明るく、しかもこんな浴室で甘やかしてもらっているのだ。それでも、清二がしたいならと、こうして応えてくれる。

……恥ずかしくてしかたないと、強く感じる。いじらしくて、すごく可愛いとも思った。でも。

「き、よ……んぅ……ふ…ぁ」

先生の好きなところを舐《な》めて噛むたび、唇の合間から漏《も》れる先生の声が艶めいていく。

浴室のためか声が反響して、やたらといやらしく聞こえてくる。

抱き締めた裸体も温泉の湯のせいか、いつも以上に触り心地がよく、吸いついてくる。そんなことを感じれば感じるほどに血が滾《たぎ》り、唇だけでは足りなくなって……。

「！　き、み……な、に……ん…っ」

背筋を下から舐めるようになぞると、先生は声を上げ、身を捩《よじ》った。

「ま…さか、この、まま……ゃっ、……ん」

先生の体を後ろから抱き竦《すく》め、太腿《ふともも》の裏をなぞる。

白くしなかやな肢体が思わずといったように逃げを打つ。手足がばたつき、湯が弾ける。

「どう、したんだ。こんな……君らしく、な……ぁ」

「すみません。でも……っ」

先生を後ろから抱き締めたまま、浴槽にもたれる。先生の肩ごしに先生の体が見えた。

布団の中で暴いた時には白く透き通っているのに、今見るそれはほんのりと赤く色づき、濡れて光っている。おまけに乳首どころか、下肢さえすでに勃《た》ち上がっていて、先端を湯船から出し、蜜を流して震えている。

その下肢を無造作に摑《つか》むと、先生の腰が勢いよく跳ねた。

「ここ、まだ……触っていませんでしたよね？　それなのに、こんな」

「そ、それは……あ、ああっ」

「接吻《せっぷん》だけで……はは。可愛い」

耳朶《じだ》を口に含みつつ囁《ささや》くと、先生の耳朶は紅葉にも負けないくらい赤くなった。摑んでいた竿《さお》もいよいよ硬くなり、上を向く。

「あ、あ……み、見ないで、く……は、んんっ」

握ったそれを少し擦《こす》っただけで、先生は言葉を紡《つむ》げなくなった。

喋《しゃべ》れなくなった先生は、いやいやと首を振る。しかし、先生のそれを扱《しご》くたび、体は淫《みだ》らに捩れ、「もっと」と欲しがるように媚態《びたい》を打つのだ。

その光景は、目が潰れるのではないかと思うほど綺麗《きれい》で、いやらしくて……苛《いじ》めてやりたくなるほど可愛い。だから、浴室だろうが何だろうが、むしゃぶりつかずにはいられない。

「ゃ……ああっ。き、よ……そ、んな……は、ぁ」

下肢を弄《いじ》るだけでは満足できず、もう片方の手で火照《ほて》った肌に掌《てのひら》を這《は》わせる。そのたび、先生は身をくねらせ、切なげな声が浴室に響いて……ああ、可愛い。本当に可愛い。

でも、もっと……もっと可愛い先生が見たい。そんな願望に突き動かされ、夢中でまさぐっていると、おもむろに手を摑まれた。

「きよ、じ……んんっ。こ、んなの……ぃ、や……だっ」

「……っ」

その言葉を聞いた瞬間、清二は主人に「待て」と命じられた犬のように、ぴたりと手を止めた。この口調、本気で嫌がっている。

まずい。やり過ぎたか。動揺していると、拘束が緩んだことを感じ取ったのか、先生が緩慢な動きで身を捩り、こちらに顔を向けてきた。てっきり怒られると思ったのだが。

「この、体勢は嫌だ」

「……へ？」

「これだと、僕が……君に、何もしてやれない」

僕だけいいのは、嫌だ。いまだ身の内に残る快感に身じろぎながらも、そんなことを言ってくる。清二は一瞬きょとんとしたが、その言葉の意味をようやく理解し、笑ってしまった。

ああ、全く。この人だけは――。

「？　何が、おかし……わっ」

先生の体を抱え、今度は自分と向かい合うようにして、膝上に座らせた。

「……君、この体勢は一体……ぁ」

蕾《つぼみ》の縁をなぞると、先生が思わずと言ったようにしがみついてきた。そんな先生の耳を甘く噛んで、唇を寄せる。

「先生。俺の舌、吸ってくれますか？」

「君、の……？　……ぁあっ」

「……ほら。先生」

先生の滑らかな肢体を愛撫しつつ、強請《ねだ》る。

すでに赤く腫《は》れて勃ち上がっていた乳首を弄られ、先生は腰をくねらせた。しがみついてきている腕も、震えていて心許《こころもと》ない。それでも顔を上げ、口づけてきた。

「ん、ぅ……ふ。は、ぁ……きよ、じ」

先生の舌が、口内で懸命に動き回る。ぴちゃぴちゃと、音まで立てて。

けれど、指を深々と潜り込ませ、愛撫すればするほど、舌の動きは鈍り、拙《つたな》くなっていく。

指先がある箇所を引っ掻《か》いた瞬間、耐えきれなくなったように嬌声《きょうせい》を上げた。

「！　ゃっ……ゅ…ゅが……ぁ、ああっ」

先生が唇を噛みしめ、ふるふると首を振る。しかし、内部は絡《から》みつくように締めつけてきて、さらに奥へと誘ってくる。細い腰も、清二の指に擦りつけるように淫猥《いんわい》に揺らめかせる。

体の全部が、清二を欲しいと訴えてくる。

それなのに、先生はそんな自分の体にまるで気がついていない。与えられる快感に戸惑い、怯えた子どものように清二にしがみつくばかり。

そんな、どこまでもちぐはぐな先生の顔を覗《のぞ》き込む。

「ねえ、先生。さっき、謝りましたけど……これからも、銭湯には行かないでくれませんか？」

「……え？　それ、は……どう、いう……あああっ」

指を引き抜くと同時に、一気に貫いてやる。先生の背が大きく撓《しな》るとともに、食いちぎらんばかりに内部を締めつけられる。

痛みを軽く上回る、強烈な快感に眩暈《めまい》がした。

無茶苦茶に腰を突き上げ、先生を貪《むさぼ》り尽くしたい衝動に駆られる。その衝動を何とか抑えつつ、先生を再び引き寄せる。

「先生が周りの人と、もっと仲良くなってほしいって、思うけど……先生の体、誰にも見られたくない。この体は火照ったら、どんな色になるのか。この……」

「！　ああっ。そ、こ……んんっ」

「乳首、こんな色になるなんて……誰にも、知られたくない。ここも、ここも」

熟れた乳首だけでは飽き足らず、首筋、鎖骨……と、音を立てて吸い上げる。

「こんなこと、誰にも知られたくない。俺だけの秘密にして……っ」

はっと我に返る。先生が痛いほど強く、清二の髪を摑んできたのだ。

「は、ぁ……きみ、は……」

清二の顔を覗き込み、先生は小さく喘《あえ》ぎながら掠れた声を漏らした。

「そんなに、独占欲が強いなら、もっと早く……いや」

先生は途中で口を閉じた。代わりに、両手で清二の頰《ほお》を包み込んで、

「分か、った。これからも、銭湯には行かない。だから……君も、行かないでくれ」

「……先、生」

「僕も、見られたくない。この姿は、僕だけの君でいて……んんぅっ」

可愛いことばかり言う唇に、思わず嚙みつく。

舌を差し入れ、先生の口内を嬲《なぶ》る。先生が感じる箇所を、唾液《だえき》を呑《の》み込む隙《すき》も与えない程、角度を変えて何度も、何度も——。

「き、よ……ん、ぅ……僕だけの、きよ、じ……ふ……ぁ」

「先生。好きです……好きだ。すき……んぅ」

きつく抱き締め、譫言《うわごと》のように繰り返す。先生の内部はいやらしく蠢《うごめ》き、襞《ひだ》が淫《みだ》らに絡《から》みついてくる。それと同じくらい、腕も舌も自分を求めてきてくれて、ますます昂奮《こうふん》した。

欲望のままに腰を突き上げ、腕や舌を絡め、肌を擦りつけ……互いの全てで求め合う。

目の眩《くら》むような快感と、湯に浸かっているせいで、いつも以上に熱を帯びた体は不確かで、何もかもをどろどろに熔《と》かしていく。

どこまでが自分で、どこまでが先生か分からない。

これ以上ないほどに、先生と繫《つな》がっているのだと強く感じた。それなのに、そんな時でさえ、自分は……もっと、もっとと、先生を欲しがり続けた。


「……つくづく、思ったんだが」

こんなに、違うなんてな。風呂場で激しく求め合った後、逆上せてしまった先生を布団に寝かせ、団扇《うちわ》で扇いでいると、先生がぽつりと呟いた。

「？　何がですか」

顔を覗き込むと、先生がそっと目を逸らし顔を俯《うつむ》けた。

「君との暮らしだ。伊織の有無だけで、こんなにも変わってしまった。献立も外出先も夜寝る布団も……さっきの入浴もそうだ。伊織がいたら、君のあんな言葉、聞くこともなかった」

俯いた先生の頬が、赤くなっていく。すると、何だかこっちも無性に恥ずかしくなってきて、顔が熱くなった。

確かに、伊織がいないだけで、色んなことがびっくりするぐらい変わってしまった。献立や外出先など目に見えるものから、先生と話す話題や間に流れる空気に至るまで……この三年間、確かに一つ屋根の下で過ごしてきたはずなのに、ついこの間から一緒に暮らし始めたように、何もかも勝手が違って真新しく、常に浮ついていて……ドキドキする。

「今の僕たちの状態を何と言うのか。考えあぐねていたが、田島君の『新婚夫婦』という言葉が、ひどくしっくりきた」

「……先生」

「それ、で……気がついた。新婚……ということなら、僕たちはまだ、始まったばかりなんだと。だから」

そこまで言って、先生は口を閉じた。そして、布団に横たわっていた上体をゆっくりと起こし、姿勢を正して、清二に対峙《たいじ》した。

「子育て夫婦から新婚夫婦なんて、真逆もいいところだが、それでも……どうかこれからも、末永く頼む」

深々と、頭を下げてくる。そんなものだから、清二も慌てて姿勢を正した。

「いえ！　俺のほうこそ……俺、これからも……いや、これまで以上に頑張ります！　胸を張って、先生のそばにいられるように。だから……っ」

先生の手を握り、力説していた清二ははっとした。先生の手を握り締めていた手に、何かが飛びついてきたのだ。見ると、重ね合わせた手の上に、金剛丸が上体を乗り上げていた。

「みゃあ」

こちらを見上げ、「僕を忘れないでくれ」とばかりに鳴く。

それを見て、先生と二人で笑った。

「そうだね。お前もいたね。じゃあ、改めて」

これからもよろしく。二人と一匹でそれぞれ手と前足を繋ぎ、清二たちは笑い合った。

あとがき

はじめまして、こんにちは。雨月夜道と申します。このたびは、拙作「相合い傘で子育て中」をお手に取っていただき、ありがとうございます。

今回出されたお題は、「子育て」「大正」「猫」の、三本でした。

子育てものは初めてで。ついでに大正時代も初めてで、どうしたものかなあと、ぐるぐる考えておりましたが、その間中ずぅっと雨が降り続いたものだから……雨が降ると消えたくなる坊やと、心の中で土砂降りの雨が降り続いている、体は大人。中身は子どもの先生。という妙なカプが生まれ、できたのが今回の話だったりします。

自分で考えておいて、「このカプで子育てってどうなの?」なんて、思うこともありましたが、今はこのカプ……というか、是ちゃん（編集様命名愛称）に子育てをさせてよかったと思っています。

清二君は孤独な心を是ちゃんからの重過ぎる愛で満たされ、成長することできましたが（憧れの年上想い人のため強くなろうと努力する、少年が大好物なのです）、是ちゃんの場合、清二君への恋心だけでは、心の中で降り続いている雨はやみません。千鶴子さんの時みたいに、自分が差している傘に清二君を入れ、手を繋いでおしまい！　なので。

伊織君という無償の愛情を注げる相手の手を、自分から放してようやく、清二君のことをちゃんと大事にできる伴侶になれるのかなと。まあ、伊織君は二人が大好きで男前なので、約束どおりいつか会いに来てくれると思います！

ちなみに、伊織君のモデルは親戚の坊や（現一歳）です。食いしん坊なところやたかいたかいが好きところ、可愛い仕草など色々参考にさせてもらったんですが、ママのおっぱい大好きなところだけは取り入れられず……ごめんね。そういうところもすごく可愛いんだけど、是ちゃんたちは出ないから（笑）

さて、そんな今作にイラストをつけてくださった金ひかる先生。今回は非常にご面倒をおかけしました。

キャラ一人創るだけでも大変なのに、清二君と伊織君の三年前バージョン、現在バージョン（清二君にいたっては拾われた時のバージョンも）。ついでに夜叉丸や、お可哀想な編集ズ。果ては叔父上&チンピラまで、きっちりとイラストに起こしていただいて……しかし、どのキャラもしっかり格好よかったり、愛嬌があったり。はぶて顔の是ちゃん、伊織君とちびっこ清ちゃんは特に絶品でした。本当にありがとうございました！

編集様も、またも変化球極まりない話だったにも関わらず、根気強くお付き合いいただいてありがとうございます。いつも一緒に頭を痛めてくれる友人はじめ、育児のあれこれを教えてくれた親戚さん、坊や。それから、雨の神様！「雨がテーマ？なら、このほうが執筆が捗るだろう！」とばかりに、執筆中ずぅっとずぅっと……もう勘弁してくださいと泣きたくなるほど雨を降らせ続けてくれまして……ありがとうございました！

最後に、ここまで読んでくださった皆さま、ありがとうございました。

夜叉丸や編集ズに見守られながら、伊織坊やと一緒にちょっとずつ成長していく雨降り夫婦（？）を、少しでも楽しんでいただけますと幸いです。

それでは、またお目にかかれることを祈って。

二〇一六年一二月　　雨月夜道

✦初出　露と答えた、そのあとは……………書き下ろし
相合い傘で子育て中……………………書き下ろし
虹の下で新婚旅行《ハネムーン》……………………書き下ろし

雨月夜道先生、金ひかる先生へのお便り、本作品に関するご意見、ご感想などは
〒151-0051 東京都渋谷区千駄ヶ谷 4-9-7
幻冬舎コミックス　ルチル文庫「相合い傘で子育て中」係まで。

幻冬舎ルチル文庫

相合い傘で子育て中

2016年12月20日　第1刷発行

✦著者	雨月夜道　うげつ やどう
✦発行人	石原正康
✦発行元	株式会社 幻冬舎コミックス 〒151-0051 東京都渋谷区千駄ヶ谷 4-9-7 電話 03(5411)6431［編集］
✦発売元	株式会社 幻冬舎 〒151-0051 東京都渋谷区千駄ヶ谷 4-9-7 電話 03(5411)6222［営業］ 振替 00120-8-767643
✦印刷・製本所	中央精版印刷株式会社

✦検印廃止

ISBN978-4-344-83880-2　C0193　Printed in Japan